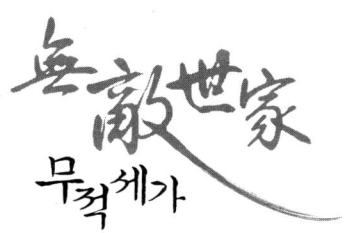

김수겸 新무협 판타지 소설
FANTASTIC ORIENTAL HEROES

무적세가 5

김수겸 新무협 판타지 소설

초판 1쇄 찍은 날 § 2008년 3월 12일
초판 1쇄 펴낸 날 § 2008년 3월 14일

지은이 § 김수겸
펴낸이 § 서경석

편집장 § 문혜영
편집책임 § 심재영

펴낸곳 § 도서출판 청어람
등록번호 § 제1081-1-89호
등록일자 § 1999. 5. 31
어람번호 § 제2-1442호

주소 § 경기도 부천시 원미구 심곡1동 350-1 남성B/D 3F (우) 420-011
전화 § 032-656-4452 팩스 § 032-656-4453
http://www.chungeoram.com
E-mail § eoram99@chollian.net

© 김수겸, 2007

ISBN 978-89-251-1231-2 04810
ISBN 978-89-251-1015-8 (세트)

무적세가

5

마도시대(魔道時代)
[완결]

김수겸 新무협 판타지 소설
FANTASTIC ORIENTAL HEROES

청어람
도서출판

目次

第一章 정파 무림맹

無敵世家

　운남 점창파를 마지막으로 구대문파 조사령을 모두 받은 자하령주 류한은 질풍처럼 대륙을 가로지르고 있었다.

　그의 뒤로는 소림의 사대금강과 십팔나한, 무당의 무당칠검과 청령십팔검수, 화산의 이십사매화검수, 개방의 십이무적개 등이 달리고 있었다.

　또한 섬서 종남파, 사천 아미파와 청성파, 감숙 공동파, 청해 곤륜파, 운남 점창파의 정예들이 뒤따르고 있었다.

　그야말로 구파일방이 심혈을 기울여 키운 정예들이 모조리 자하령주에게 합류한 것이었다.

　강호에는 이런 말이 있다.

"정파는 무림오대세가가 주도하나, 정파제일인은 언제나 구파일방에서 나온다!"

그 수는 오백이 되지 않으나 이들은 강했다.

이들만으로도 무림오대세가를 중심으로 형성된 동련이나 중맹과도 능히 자웅을 겨룰 수 있을 정도로.

이들은 금세 대륙을 남북으로 종횡해 대륙의 중앙에 자리하고 있는 안휘성 경계에 들어설 수 있었다.

자하령주 류한과 동행하고 있는 하북팽가 은풍삼십육도객의 수좌 팽다우는 잔뜩 긴장한 얼굴로 류한을 바라보고 있었다.

'남궁세가를 견제하는 것은 좋으나 크게 분란이 나면 안 될 것인데……'

남궁세가와 요사이 틈이 벌어진 것은 사실이었으나 어디까지나 남궁세가와 하북팽가는 한 배를 탄 사이였다.

하북팽가에 속한 자신과 동행한 자하령주가 남궁세가에서 분쟁을 일으킨다면 자신뿐만 아니라 하북팽가 전체가 곤란해질 수도 있는 일이었다.

팽다우의 이런 걱정을 아는지 모르는지 자하령주 일행은 어느새 합비에 들어서고 있었다.

합비는 현재 최고의 성세를 구가하고 있는 남궁세가의 영역.

구파일방이라 해도 이곳 합비에서는 남궁세가에 예를 갖

취 배첩을 보내는 것이 당연했다.

"배첩 따위는 필요없소."

자하령주 류한이 단호하게 말하자 처음부터 그와 동행했던 화산의 전대 장로인 검종 단운악이 말했다.

"령주, 그리해서는 안 될 것이네. 다른 곳도 아니고 이곳은 합비일세. 천 년 가까이 합비는 남궁세가의 땅이었네!"

검왕 남궁창천 이후 무수한 영웅호걸들을 배출하며 정파를 이끌어왔던 곳이 바로 이곳 남궁세가였다. 남궁세가는 구파일방에게도 존경의 대상이었다.

그 말에 류한은 이들로서는 이해할 수 없는 말을 던졌다.

"주인이 자기 집을 방문하는데 배첩을 보낸다면 이는 천하가 비웃을 일이오."

주인이 자기 집을 방문한다니……?

"그것이 무슨 말이오?"

"검종 장로, 그 말 그대로요. 지켜보면 곧 알게 될 것이오."

류한이 다시 말을 달리기 시작했다.

곧 합비 중앙에 자리하고 있는 남궁세가의 창천장원이 일행의 눈에 들어왔다.

류한은 처음 보았을 때보다 더욱 웅장한 자태를 자랑하는 창천장원을 잠시 바라보았다.

'이곳에 처음 온 지도 벌써 삼 년이 다 되어가는가.'

그와 동시에 백 년 후 완전히 불에 타며 마지막 단말마를 내뱉던 창천장원의 모습을 현재와 비교해 보았다.

'후우~! 그래서는 절대 안 되겠지. 이렇게 된 이상 반드시 내가 그리되는 것만은 막을 것이다.'

류한은 다시 한 번 다짐하며 창천장원의 정문을 향해 걸어 갔다.

장원을 향해 걸어오고 있는 류한을 가장 먼저 발견한 것은 남궁세가에서 주로 정문 경비를 서고 있는 전직 산적 두목인 용작두였다.

흑룡대에서의 지옥 훈련을 마친 후 제법 무인다운 기세를 풍기게 된 용작두가 류한을 제지했다.

"멈추시오! 이곳은 남궁세가외다!"

그와 함께 언제나 용작두와 함께하는 개작두 역시 위압적으로 어깨를 쭉 펴며 류한의 앞을 가로막았다.

그러나 류한은 그에 전혀 개의치 않았다.

류한은 황산에서 만난 적이 있는 두 사람을 보며 미소를 지었다.

"남궁세가인 것은 알고 있으니 길을 비켜라."

너무도 태연스럽게 말하는 류한을 보며 도리어 두 사람이 고개를 갸웃거렸다.

상대가 너무 당당하게 나오니 일순 할 말을 잃었다고 할까?

"신분을 밝히시오."

두 사람이 재차 묻자 류한이 묘한 미소를 지으며 답했다.

"현재는 자하령주이며, 얼마 전까지는 이곳의 소가주였다!"

최근 강호 전체를 떠들썩하게 하고 있는 두 사람을 꼽으라면 바로 자하령주와 남궁유한 소가주였다.

"당신이 자하령주… 란 말입니까?"

용작두가 깜짝 놀란 얼굴로 물었다. 곁에 있던 개작두는 더욱 크게 놀랐다.

"혀, 형님, 그게 중요한 것이 아닙니다. 저 사람이 지금 자신을 우리 세가의 소가주라 밝히지 않았습니까? 그것이 백배는 더 놀랄 일이지요!"

개작두의 지적에 용작두가 놀람을 진정시키며 류한의 얼굴을 뚫어지게 바라봤다.

세가 내에서 요직을 맡고 있지 않은 용작두라 해도 소가주의 얼굴을 모를 리 없었다.

그런데 지금 자신을 소가주라 밝힌 자의 얼굴은 자신이 기억하고 있는 소가주의 얼굴과는 조금, 아니, 많이, 완전히 달랐다.

"무슨 소리요! 이 용작두, 아무리 아둔하다 하나 소가주님의 얼굴을 기억 못할 리 없소. 어디서 감히 소가주님의 이름을 사칭하는 것이오!"

용작두가 발끈해 당장이라도 허리춤에 차고 있는 검을 뽑아 들 기세였다.

그 행동에 류한이 자신의 얼굴을 쓰다듬으며 말했다.

"시간이 지날수록 내 얼굴이 변할 거라더니 이제는 이전에 나를 알던 이들조차 전혀 알아보지 못할 정도에 이르렀는가?"

시간이 흐르면 사람의 얼굴은 변하게 마련이다.

그래도 사람의 성장이 끝난 후, 세월의 흐름에 따라 노화가 진행되면 그 얼굴을 알아보는 것이 그리 어렵지 않다.

반면, 한동안 떨어져 있다 어린아이가 어른으로 성장한 후 얼굴을 보면 예전에 그를 알던 이들조차 얼굴만 가지고 구분하는 것은 쉽지가 않다.

류한은 백 년 전의 시간으로 돌아온 상태였다.

그의 육체는 이미 시간의 흐름과는 엇갈려 있었다.

그랬기에 시간의 흐름에 따른 그의 얼굴 변화는 이미 상례를 완전히 벗어나 있었다.

그는 어린아이가 성인으로 변하며 겪는 변화 이상으로 얼굴이 급격하게 달라져 있었다.

류한의 시간은 보통 사람과는 다른 개념으로 흐르고, 급격하게 변화하고 있는 것이었다.

그런 이유로 일전에 남궁세가에서 그를 본 적이 있는 제갈연하 또한 그를 다시 보고 나서는 그가 바로 남궁유한이었음을 알아보지 못한 것이었다.

그러니 일 년도 더 지난 후에 다시 보게 된 그를 용작두와 개작두가 알아보지 못하는 것은 당연했다.

류한은 남궁유한이었고, 그의 속은 그대로였으나 얼굴로 사람을 구분하는 보통 사람들은 그가 남궁유한임을 알아보지 못하는 상황이 된 것이다.

"하긴 나조차도 이전의 내 얼굴이 어떠했는지 기억도 나지 않으니."

류한이 씁쓸하게 웃더니 용작두에게 말했다.

"남궁세가 정문을 지나기 위해서는 황산에서처럼 이번에도 너희들에게 통행세를 받아야 하는 것인가?"

통행세 소리에 화들짝 놀란 용작두가 고래고래 소리쳤다.

"무슨 헛소리요? 그, 그런 말도 안 되는 소리는 꺼내지도 마시오!"

"산적 체면에 통행세를 받지는 못할망정 오히려 통행세를 뜯긴 것이 부끄럽긴 한가 보군."

당황하는 용작두를 보며 류한이 다시 한 번 말했다.

"내가 남궁세가의 소가주 남궁유한이다!"

또 한 번 그렇게 말하자 용작두가 개작두에게 속삭였다.

"우리가 소가주님에게 통행세를 뜯긴 것은 하늘 아래 아무도 모르는 일이다. 그때 소가주님과 동행하고 있던 철대선생 일행도 거리가 떨어져 있어 알지 못하는 사실이지. 또한, 우리는 그 사실이 부끄러워 우리 산채 식구들에게 그 사실을 말하지 못하지 않았느냐?"

"그렇지요. 그 사실이 퍼지면 산채 식구들이 당장이라도 반란을 일으킬 정도의 대망신인데요."

개작두도 고개를 끄덕였다.

"그런데 자하령주란 이가 어찌 우리의 치부를 알고 있는 것이지? 얼마 전 돌아온 소가주님조차 기억하지 못하고 있는 사실을 말이야."

진즉부터 다시 돌아온 소가주에 대해 의심을 품고 있던 용작두였다.

그런 의심까지 곁들여지자 용작두는 자신을 소가주라 밝히고 있는 사내를 보다 유심히 살펴보기 시작했다.

확실히 얼굴이 다르긴 달랐다. 그러자 살펴보면 살펴볼수록 그 사람에게서 풍겨 나오는 분위기랄까, 기세랄까 하는 것은 뼛속 깊숙이 새겨져 있는 소가주에 대한 기억과 흡사했다.

'하~! 이런 괴이한 일이 다 있나? 얼굴은 다른데 느낌은 영락없이 소가주님이라니……!'

그렇다고 단순히 느낌만 가지고 이 사람을 소가주라 단정할 수는 없는 노릇이었다.

그래서 용작두가 연방 속으로 고민하고 있는데 류한이 웃으며 말했다.

"월하루 춘심이는 잘 있느냐?"

"케엑!"

그 소리에 용작두가 크게 쿨럭거렸다. 자신이 황산에 두고 온 월하루 춘심이까지 알고 있다니. 놀랄 노 자였다.

"헐! 어찌 춘심이를 아시오? 진짜 소가주님이시오?"

용작두가 휘둥그레진 눈으로 류한을 바라보자 류한이 조용히 고개를 끄덕였다.

용작두가 그런 류한을 보며 양손을 크게 휘저으며 말했다.

"이, 이는 내가 결정할 문제가 아닙니다. 윗분들에게 여쭤보겠습니다."

"태상부인과 철대선생을 불러오너라. 또한, 폭풍대도."

"아, 알았습니다. 잠시만 기다리십시오."

용작두가 급하게 세가 안으로 뛰어갔다.

얼마 후, 창천장원 안쪽에서 일련의 사람들이 나타났다.

철대선생과 태상부인 당혜는 물론이고 폭풍대, 그리고 총사 조량과 부총사 주오까지 밖으로 나왔다.

소가주를 자칭하는 이가 나타났다는 것은 보통 문제가 아니었기에 세가 수뇌부가 모조리 출동한 것이었다.

태상부인 당혜와 철대선생을 보자마자 류한이 공손히 읍을 하더니 말했다.

"이제야 돌아왔습니다."

"……."

그런 류한을 보며 당혜와 철대선생이 의아한 표정을 지었다.

난생처음 보는 인물이 소가주를 자처하며 마침내 세가에 돌아왔다고 말하고 있었다.

하지만 자신들이 매병(呆病: 치매)에라도 걸리지 않은 이상에는 지금 눈앞의 이 사람은 절대 소가주일 리도, 양자로 맞아들인 남궁유한일 수도 없었다.

그렇다고 이 사람을 미친 자로 취급해 대놓고 쫓아낼 수도 없었다.

누가 뭐라 해도 뒤편에 도열하고 있는 구파일방의 정예들을 이끌고 있는 자하령주가 아니던가?

구파일방의 임시 맹주인 자하령주가 말도 안 되는 소리를 지껄인다 해서 이들은 그를 함부로 대할 수가 없었다.

난감해하던 가운데 태상부인 당혜는 무언가 떠오르는 점이 있어 류한에게 물었다.

"혹시 비룡패를 가지고 있소?"

"물론입니다."

류한이 곧바로 품에서 비룡패를 꺼내 들었다.

동그란 자단목 패 위에 당장이라도 꿈틀거리며 비상할 것만 같은 네 마리 용이 새겨져 있었다.

그것은 분명 남궁세가 직계 남자들이 소유하는 비룡패가 확실했다.

비룡패를 확인한 당혜가 떨리는 목소리로 물었다.

"자하령주는 비룡일기공을 알고 있는가?"

류한은 그 소리에 곧바로 비룡패에 내력을 주입시키기 시작했다. 그러자 비룡패 위로 네 마리 용이 승천하는 듯한 기운이 은은하게 어리기 시작했다.

그 광경에 당혜가 순간 몸을 휘청거렸다.

'언젠가는 이날이 올 것이라 생각은 했었건만……'

그녀는 비룡패를 가지고 돌아온 류한을 남궁지화 당시 죽은 전대 가주 남궁선이 하남성 낙양에서 낳은 사생아로 판단하고 있었다.

살아 있는지 죽었는지 모를 그를 대신해 남궁유한을 소가주로 내세운 것이 바로 그녀였다.

"하, 하지만……"

그녀가 갑작스레 나타난 진짜(?) 손자를 바라보며 무언가를 말하려 할 때였다.

비룡패를 지닌 자가 남궁세가의 직계라는 사실을 알고 있던 총관 철대선생이 류한에게 말했다.

"어찌 된 영문인지는 알 수 없으나 령주께서 비룡패를 소유하고 계시군요. 남궁세가의 후손이라는 이유로 령주께서는 스스로 남궁세가 소가주를 자처하고 있는 것입니까?"

그 말이 끝나기가 무섭게 뒤편에 시립하고 있던 남궁쌍검 아평과 아소 형제가 발끈해 소리쳤다.

"말도 안 되는 소리 마시오! 남궁세가의 소가주님은 오직 한 분뿐이며, 그분은 유 자, 한 자를 쓰시는 분이오! 우리 폭풍대는 오직 그분만을 소가주로 모시며, 그분에게만 충성을 바칠 뿐이오!"

"그러지라. 껍데기만 남아 있던 남궁세가를 이렇게 부흥시 킨 것은 다 소가주님의 공인데 엉뚱한 사람이 뒤늦게 나타나 남궁세가를 날름 집어삼키려는 시도는 말도 안 되지라."

금강신 매타자 또한 동조했다.

"흥! 그깟 혈통이 무어 그리 중요한지 모르겠군요. 당신이 설령 진짜 남궁세가의 후손이라 해도 이곳은 남궁유한 소가 주님이 이끄는 남궁세가예요. 그러니 큰 분란 일으키지 말고 어서 돌아가세요!"

경천육십사비 하나로 천하제일비(天下第一比) 칭호와 함께 여중제일고수 소리까지 듣고 있는 초설마저 냉랭하게 소리쳤 다.

남궁세가 소가주는 오직 남궁유한 하나뿐이었으며, 그들 은 오직 남궁유한에게만 충성을 바치는 이들이었다.

"초설, 길게 말할 것 없다. 저자가 끝까지 남궁세가의 후손 운운한다면 이 곽상의 검이 용서하지 않을 것이니!"

검광 곽상이 살기를 풀풀 풍기며 류한을 바라봤다. 당장이 라도 마검 장한을 뽑아 류한을 베어버릴 것만 분위기였다.

그런 네 사람을 보며 무표정한 얼굴 한가운데로 가볍게 흐 뭇한 표정이 흐르고 있는 류한이 말했다.

"그러한가……."

"그대는 자하령주로서의 길을 가면 될 것이오. 다시는 남궁세가를 찾지 마시오."

곽상이 다시 한 번 류한을 윽박질렀다.

폭풍대 역시 강호에 떠도는 소문처럼 어느 날 갑자기 나타나 과거마저 의문투성이인 남궁유한 소가주가 남궁세가 후손이 아닐지도 모른다는 생각을 진즉부터 하고 있었다.

아니, 남궁유한을 지근거리에서 따랐기에 그를 보면 볼수록 소가주가 남궁세가 후손일 가능성은 낮다고 생각했다.

하지만 소가주가 남궁세가의 피를 이어받았든 그렇지 않든 그것은 전혀 중요하지 않았다.

자신들이 남궁유한을 남궁세가 소가주라 믿고, 세가 전체가 남궁유한 소가주를 한마음으로 따른다면 그것으로 족하다 생각했다.

곽상이 가장 앞에 나서 연신 소리치자 그런 그를 향해 류한 뒤편에서 한 노인이 걸어나왔다.

특별한 것 없어 보이는 노인이 나오자 누구보다도 곽상이 크게 놀랐다.

노인이 천천히 고개를 들어 곽상을 노려봤다.

"여전히 아둔한 녀석이로구나."

혀를 차는 노인을 보며 곽상이 말했다.

"아버지……."

검광 곽상의 입에서 튀어나온 아버지 소리에 남궁세가 사람 모두가 놀랐다.

"그렇다면 저 노인이 검왕⋯⋯."

검광 곽상의 아비가 무림사왕 중 수좌인 검왕 곽연인 것을 이 자리에 있는 사람들 중 상당수가 알고 있었다.

그들은 연신 놀라 소리쳤다.

"검왕이라니, 검왕이라니⋯⋯!"

커다란 놀람 속에서 곽상이 잔뜩 인상을 찌푸리더니 말했다.

"대체 왜 산을 내려온 것입니까? 그곳에서 돌아가실 것처럼 말하더니."

"그러려고 했다. 그러나 내 주인이 그것을 허락지 않았다."

검왕 곽연의 입에서 나온 주인이라는 말에 사람들이 또 한 번 놀랐다.

검왕 곽연이 누구던가?

그런 그를 부리는 주인이 따로 있다는 말은 너무나 충격적이었다.

"그래서 새로 모신 주인이 저 자하령주란 말입니까?"

"새 주인이라⋯⋯. 그럴지도 모르지."

검왕 곽연이 씁쓸한 어조로 말했다.

"그래서 새 주인의 명을 따라 이곳까지 와 아들을 죽이기라도 할 셈이오? 훗! 아버지가 준 생명이긴 하나, 그것이 쉽지는 않을 것입니다."

곽상이 마검 장한을 뽑아 들었다.

그가 그리하자 남궁쌍검 아평, 아소 형제 역시 검을 뽑았고, 초설 또한 예순네 자루 비수를 당장이라도 날릴 수 있도록 준비했다.

"흐흐흐! 언제나 선두는 이 매타자가 서지라. 이 매타자가 저 늙은이의 공격을 모두 몸으로 받아낼 것인게, 걱정 말드라고!"

금강불괴신공을 대성한 금강신 매타자가 언제나처럼 솥뚜껑 같은 손으로 자신의 가슴을 두드리며 소리쳤다.

그들의 범상치 않은 기세를 느낀 검왕 곽연이 웃었다.

"제법이구나. 근자에 남궁세가와 폭풍대의 이름이 강호를 진동시키더니 허명은 아니었던 듯싶구나."

자신의 뜻을 거스르고 십만대산까지 배신한 아들 곽상을 죽이겠다는 소리를 입에 달고 살던 곽연이었다.

곽연 또한 지팡이처럼 보이는 검집에서 검을 뽑았다. 그러고는 그 검을 곽상을 향해 겨눴다.

그 동작 하나만으로 맹렬한 기세가 휘몰아치며 주변 전체를 압도하기 시작했다.

'이 엄청난 기세라니! 검왕은 검왕이란 것인가?'

주변에 모여 있던 남궁세가 사람들이 연달아 마른침을 삼켰다.

검광 곽상이 천하에서 열 손가락 안에 드는 검객이라 해도, 아평과 아소가 남궁쌍검 소리를 들어도, 초설이 여중제일인이라 해도, 매타자가 금강불괴지신을 이뤘다 해도 상대는 엄연히 검왕 곽연이었다.

'우리 모두가 덤빈다 해도 아버지를 이길 수는 없다. 내가 십만대산을 떠난 것도 아버지를 뛰어넘을 방법이 없기 때문이 아니었던가? 미친 자처럼 궁극의 검을 찾아 헤맨 것도 다 그 이유 때문이었다.'

곽상이 잔뜩 긴장한 채로 말했다.

"초설, 아평, 아소, 매타자. 너희들은 나서지 마라. 이는 나와 내 아버지 사이의 일이니."

곽상이 아버지 곽연과의 일에 나서려는 네 사람을 제지했다.

"형님, 그럴 순 없습니다. 우리 폭풍대는 형제입니다. 형제는 살아도 같이 살고, 죽어도 같이 죽는 법입니다."

아평의 말에 이어 초설 역시 말했다.

"오라버니, 그것은 소가주님과의 약조이기도 해요. 그러니 우리를 말리지 말아요."

같이 싸우겠다는 네 사람을 보며 곽상이 다시 한 번 말했다.

"아버지는 손속에 사정을 두지 않는 분이다. 친아들을 죽이겠다고 나선 것만 보아도 능히 알 수 있다. 그러니 물러서

거라."

곽상이 재차 말려도 소용없었다.

그런데 곁에서 그 광경을 지켜보고 있던 류한이 지그시 미소를 지으며 곽연에게 말했다.

"곽 표사, 그만 두시오. 우리는 이곳에 싸우러 온 것이 아니니."

그에 이어 그동안 잠자코 있던 철대선생이 폭풍대를 말렸다.

"잠시만 기다리시게. 자하령주와는 일단 보다 많은 얘기를 나눠야 할 것 같으니."

그는 그러더니 류한을 바라보며 물었다.

"이 사람은 남궁세가의 총관을 맡고 있는 철모요. 자하령주가 비룡패를 가지고 있고, 비룡일기공으로 네 마리 용의 형상을 만들었으니 당신이 우리 세가와 어떻게든 연관이 있을 거라 믿소."

철대선생은 여전히 당황하고 있는 태상부인 당혜를 힐끔보더니 말을 이었다.

"우리는 아직 자하령주의 이름조차 듣지 못했소."

그 말에 류한이 바로 답했다.

"남궁유한이오."

이름조차 소가주와 같다 하니 기이한 면이 있었으나 철대선생은 침착하게 물었다.

"자하령주께서는 세가의 선대 가주였던 남궁선 가주의 아들임을 주장하시려는 것입니까?"

그러며 생각했다.

'만약 그렇다 하면 남궁세가는 불순한 의도를 가지고 온 이들과 싸울 것이다!'

다른 이는 몰라도 철대선생은 알고 있었다.

전대 가주 남궁선이 하남성 낙양에서 낳은 아들은 지금 남궁세가 공방에서 일하고 있는 서윤이라는 이임을.

자신이 뻔히 그 사실을 알고 있는데 상대가 억지를 부리면 하는 수 없었다.

'구파일방과 얼굴을 붉히는 한이 있더라도 자하령주 일행과 싸울 것이다. 또한, 남궁세가는 충분히 그럴 힘이 있다!'

겉으로는 웃고 있으나 언제라도 자하령주와 그 일행을 제압할 수단을 강구하고 있는 철대선생이었다.

류한이 웃었다.

"나는 내가 남궁유한임을 주장하려는 것이오."

그렇게 주장하고는 있으나 얼굴도, 목소리도 모두 철대선생이 기억하고 있는 소가주 남궁유한과는 달랐다.

"선생과 내가 만났을 때 천하를 경영하는 법을 두고 한 글자를 서로 나누었소. 그것은 바로…물 수(水) 자였소."

그 소리에 철대선생이 깜짝 놀랐다.

'소가주와 내가 그에 대해 얘기를 나눈 사실은 서윤과 나

외에는 아무도 모르는 사실이다. 그런데 어찌 자하령주가 그 사실을 알고 있단 말인가.'

천하의 지자라는, 머리 안에 만 권의 책을 담고 있다는 철대선생조차도 당최 이해하기 힘든 문제였다.

그사이 류한은 여전히 당황하고 있는 태상부인 당혜를 바라봤다.

"어머님, 삼신혈뇌고를 기억하십니까?"

"삼신혈뇌고……."

당혜가 류한을 허수아비 소가주로 내세운 후 그의 배신을 막기 위해 하독했던 독의 이름이 바로 삼신혈뇌고였다.

"제가 실수로 그 독을 마시고 말았지요."

류한의 그 말에 당혜가 소스라치게 놀랐다.

사람들의 이목이 있어 당혜가 류한에게 하독했다 말하지는 못하고, 자신이 실수로 마셨다 둘러댄 것이었다.

'삼신혈뇌고와 관련된 일은 천하에 나와 유한이 둘밖에는 모르는 사실이다. 그런데 어찌 자하령주가 알고 있단 말인가? 설마 자하령주가…….'

내심 그런 생각도 들었으나 곧 고개를 가로저었다.

'이 일에는 분명 무슨 곡절이 있을 것이야. 유한이는 지금 일을 보기 위해 합비를 떠나 있다. 그 아이가 진짜 유한이다.'

당혜는 잠깐 동안 의문을 품기도 했으나 곧 자하령주는 분명 남궁유한이 아니라고 확신하기 시작했다. 아무리 달리 생각해 보려 해도 얼굴과 목소리가 너무나 달랐기 때문이었다.

"자하령주, 더 이상 억지를 쓰지 마시오. 자하령주가 내 아들 유한이가 될 수는 없는 노릇이오. 어찌 어미가 아들을 알아보지 못한단 말이오?"

삼신혈뇌고까지 거론했음에도 당혜가 믿지 않자 류한은 가볍게 한숨을 내쉬며 손을 한 번 휘저었다. 그러자 그의 손에 어느새 두 자루의 검이 들려 있었다.

"창궁무애검법(蒼穹無涯劍法)과 회풍무류사십팔검(廻風霧流四十八劍)이다. 분심양의류를 익히고 이 두 검법을 익히게 된다면 좌검으로는 창궁무애를, 우검으로는 회풍무류를 동시에 펼칠 수 있을 것이다. 형제인 아평과 아소 너희 둘이 분심양의류로 펼치는 창궁무애와 회풍무류는 둘에 둘을 더한 넷이 아니라, 여덟이나 열여섯의 위력까지 능히 발휘할 것이다."

류한은 아평과 아소 형제에게 처음 검법을 전수할 때 말했던 말을 그대로 반복했다. 그러고는 곧장 두 검법을 능숙하게 펼쳐 냈다.

그러더니 근처에 바닥에 굴러다니던 나무 막대기 하나를 단번에 예순네 조각으로 갈랐다.

"초설, 이것이 내가 너에게 가르쳐 준 경천육십사비다."

류한은 예순네 개의 조각으로 일시에 경천육십사비를 구

사했다.

"매타자, 나는 너에게 금강불괴신공을 전수해 줬다."

곧이어 뒤에서 잠자코 듣기만 하고 있던 잡놈 복삼을 향해서도 말했다.

"나는 네 청을 받아 칠흡혼절산(七吸昏絶散)을 주었지. 기억하느냐?"

"그렇기는 합니다만……."

하오문 안휘성 분타주인 복삼이 의아한 표정으로 고개를 끄덕였다.

진짜 소가주가 아니면 할 수 없는 류한의 설명에 폭풍대 또한 도저히 이해할 수 없다는 표정이 될 수밖에 없었다.

그 와중에 수호검 진교 노인은 속으로 고민하고 있었다.

'비룡패는 확실하다. 그렇다면 분명 자하령주는 우리 세가와 깊은 인연이 있는 것이 틀림없다. 하지만 세가는 이미 남궁유한 소가주를 중심으로 단단히 결속돼 있지 않은가? 근 백년 내 최고의 성세를 구가하고 있을 정도이니. 그가 설령 전대 가주님의 진짜 아들이라 해도 이제는 너무 때가 늦었다.'

수많은 증거를 보였음에도 수호검 진교 역시 자하령주가 남궁유한 소가주라고는 믿지 않았다. 그러나 내심 그가 선대 가주의 아들일 가능성은 높다고 생각했다.

그렇다 해도 진교 노인은 그것조차 인정할 수 없었다.

'이미 천하에 남궁유한 소가주가 선대 가주님의 아들이라고 공표한 상태다. 뒤늦게 진짜 아들이 나타났다고 인정하게 되면 남궁세가는 천하에 거짓을 말하고 어릿광대 놀음을 한 것을 스스로 자인하는 꼴이다. 더욱이 세가와 혈연관계가 없는 남궁유한 소가주의 입지는 흔들리고 자하령주를 중심으로 그를 옹립하려는 내부 세력과 이를 이용해 우리 남궁세가를 흔들려는 외부 세력의 도발이 있을 수 있다. 두 명의 소가주는 곧 세가의 분열과 혼란으로 가는 일이니, 이를 방치할 수는 없는 노릇이다.'

진교 노인은 류한을 잠시 바라보더니 곧 마음을 정하고 말했다.

"자하령주, 이곳에 당신을 반길 사람은 아무도 없소. 그러니 돌아가시오. 그리고 다시는 세가를 찾지 마시오."

남궁세가의 피는 잊지 않았다 하나 남궁세가에서 태어나 육십 년 이상 세가 내에서만 살아온 그였기에 할 수 있는 말이었다.

그렇게 잘라 말하는 수호검 진교 노인을 바라보며 류한은 허탈한 웃음을 지었다.

그러면서 그는 자신이 손수 키운 폭풍대와 어렵게 초빙한 철대선생, 그리고 어머니로 모셨던 당혜 등을 차례차례 훑어보았다.

백 년 후의 세상에서 온 자신이지만 진정으로 대했던 이들이었다. 그러나 불행히도 그들은 자신을 알아보지 못하고 있었다.

"얼굴과 목소리가 달라졌다고 아무도 나를 알아보지 못하는구나. 사람은 그대로인 것을. 사람은 그대로인 것을……"

서글픈 감정이 몰려왔다.

그에게는 너무나 낯선 감정이었다.

그랬기에 더욱더 그 감정을 참아낼 수 없는 것인지도 몰랐다.

이곳에 오기 전에는 자신만만했다.

아무리 얼굴과 목소리가 달라졌다 해도 사람은 그대로이니 반드시 남궁세가 사람들이 자신을 알아볼 것이라고.

그러나 그 예상은 여지없이 빗나가고 말았다. 아니, 처참할 정도였다.

자신을 알아보지 못한다 하여, 서운하고 화가 난다 하여 자신의 손으로 부흥시킨 남궁세가를 때려부술 수도 없었다. 또한, 자신이 아끼던 사람들과 칼부림을 할 수도 없는 노릇이었다.

아무리 힘이 넘친다 해도 그것은 할 수도, 하고 싶지도, 해서도 안 되는 일이었다.

앞으로도 이럴 것이다.

자신의 얼굴과 목소리 등의 외양은 계속해서 변할 것이고, 잠시만 떨어져 있어도 가장 가까운 이들조차 자신을 알아보지 못하게 될 것이다.

"그 속도는 점점 빨라질 것이라 했던가? 언젠가는 세상에서 나를 알아볼 수 있는 이는 아무도 남지 않겠구나. 내 곁에는 아무도 남지 않을 것이다. 그저 죽을 때까지 싸우고 또 싸울 수밖에……."

자신의 운명을 알고 있었다.

마도시대 원정대를 이끌고 천부경의 문을 끊임없이 넘어야 할 것이다. 그리고 그런 그를 아무도 기억하지 못할 것이다.

이 시대에서도 한때는 남궁세가주 남궁유한으로 살았고, 이제는 자하령주 류한으로 살게 될 것이다. 그러나 그 두 사람은 각기 다른 사람으로 기억될 것이었다.

남궁세가 사람들조차 믿지 않는데 류한 자신이 남궁유한이라고 주장한다 하더라도.

"어쩌면 내 이름도 류한이 아닐지도 모르지. 다른 이름이 있었으나 단지 나조차 기억하지 못하고 있을 지도 몰라. 하하하! 나는… 대체 누구인가?"

류한은 서글프게 웃더니 등에서 검 한 자루를 뽑아 들었다.

"나는 영원한 이방인이다. 어느 시대에도 환영받지 못하는 자, 영원한 이방인일 것이다!"

그것은 바로 남궁세가주를 상징하는 군자검이었다.

군자검을 하늘로 치켜들더니 혼신의 힘을 다해 그것을 남궁세가 정문 앞에 꽂았다.

그가 하늘을 향해 소리쳤다.

"자하령주 류한, 십만대산을 오를 것이다! 십만대산에 올라 이 시대에서의 마지막 사명을 다하겠다. 그런 연후에 마도 시대 원정군을 이끌고 영원히 떠날 것이다!"

류한이 그리 선언한 후 땅에 박힌 군자검을 바라봤다.

"누군가는 이 검을 뽑아 내가 이 시대를 잠시 스쳐 갔음을 깨닫겠지. 언젠가는 반드시 그럴 것이다."

자신을 알아보지 못하는 남궁세가 사람들을 일일이 바라보며 류한은 쓴웃음을 지었다.

"고금무적 천추제일 남궁세가!"

그는 남궁세가 영웅의의 한 자락을 외치더니 미련없을 등을 돌렸다.

어차피 자신의 본명은 남궁유한도 아니었고, 남궁세가가 그의 것도 아니었다.

하지만 그동안 적잖이 정이 들었던 이들이 있었고, 마음을 주었던 남궁세가였다.

여러 감정들이 교차하는 상태로 그는 남궁세가 무사들이 쓰곤 하는 청죽고검을 손에 들었다.

그러고는 북쪽으로 향했다.

그가 움직이자 구파일방의 정예들 또한 뒤따르기 시작했다.

폭풍대와 칼부림을 할 수도 있었던 검왕 곽연 또한 그의 아들 곽상에게 짧게 말을 남겼다.

"네 녀석은 눈이 있어도 사람을 구분하지 못하는구나. 눈이 있으면 무엇 할까. 쯧쯧! 어쩌면 이것이 마지막 만남일지도 모르겠구나. 마음 같아서는 아비와 산을 배신한 네 녀석의 명줄을 당장이라도 끊고 싶으나 이제는 그럴 가치도 없어 보인다."

검왕 곽연은 아들 곽상에게 유언처럼 그 말을 남기더니 등을 돌렸다.

자신을 남궁유한이라고 자처했던 자, 아마도 남궁세가의 피를 이어받았을 가능성이 큰 이가 사라지자 남궁세가 사람들은 한동안 그가 떠나간 자리에서 눈을 떼지 못했다.

커다란 망치에 머리를 두들겨 맞은 것만 같은 멍한 느낌과 함께 묘한 여운이 그들의 영혼을 울리고 있었다.

'이 느낌, 너무나 익숙한 느낌이다.'

아평과 아소, 초설, 매타자, 곽상, 진교 노인, 그리고 복삼까지도 그 느낌을 여실히 느끼고 있었다. 특히나 자하령주가 군자검을 뽑아 땅에 박았을 때 그 느낌이 절정에 달했었다.

'소가주님은 진즉에 돌아오셨고 저자의 얼굴과 목소리는 소가주님의 그것과 전혀 다르다. 하지만 이것은 바로 소가주님의 느낌이 아닌가?'

용작두가 느꼈는데 그보다 훨씬 고수인 폭풍대가 소가주 특유의 느낌을 모를 리 없었다. 그러나 느낌이 그렇다 해서

소가주 얼굴과는 영 딴판인 류한을 소가주라 확신할 수는 없었다.

사람은 눈에 보이는 대로 믿게 마련이다.

그사이 매타자는 자하령주 류한이 땅에 깊숙하게 박아 놓은 군자검을 뽑기 위해 성큼성큼 다가가고 있었다.

천생 신력을 가진 매타자가 군자검의 검파를 한 손으로 쥐었다. 그가 가볍게 힘을 줘 뽑으려 했으나 땅속에 박힌 군자검은 꿈쩍도 하지 않았다.

매타자는 고개를 갸웃거리며 이번에는 양손으로 검파를 잡고 군자검을 뽑으려 했다. 그러나 군자검은 미동도 없었다.

"이것이 무슨 일이당가."

매타자가 젖 먹던 힘까지 다해 군자검을 뽑으려 했다. 얼마나 힘을 줬는지 얼굴이 벌겋게 변하고 땀을 비 오듯 흘렸으나 군자검은 땅에서 뽑히지 않았다.

"헐~!"

매타자는 어이없다는 표정으로 뽑히지 않는 군자검을 한동안이나 바라봤다.

남궁세가 혈족은 아닐지라도 현재의 남궁세가를 만든 장본인인 류한은 몇 번이나 헛웃음을 지으며 합비 땅을 떠나고 있었다.

'어차피 나는 이 시대 사람이 아니다. 그러니 이 시대에 미

런 가질 것 없다.'

몇 번이고 그렇게 마음을 다잡고자 했으나 쉽지가 않았다.

'내가 이렇게 무언가에 연연하는 성격이었던가?'

이전에는 알지 못했던 자신의 한 부분을 깨닫게 되자 류한은 허탈한 웃음을 지었다.

"그렇다 해도 내가 하고자 하는 일을 그 누구도 막지 못할 것이다."

처음부터 마도시대의 재림을 막기 위해 남궁세가를 그리 키운 것이었다. 그러다 남궁세가와 그 사람들에게 정이 들었을 뿐이다.

"이렇게 된 이상 마도시대는 절대 열리지 않는다!"

류한이 두 주먹을 불끈 쥐었다.

애당초 계획대로 남궁세가의 힘을 빌릴 수 없게 됐으나 그렇다고 포기할 일이 아니었다.

"비천신마 한평 교주, 당신은 죽지 않소! 그리고 마도시대도 열리지 않을 것이오!"

그러나 류한이 간과하고 있는 사실 한 가지가 있었다.

자신이 남궁세가에 오기 전에 어떤 자가 자신을 사칭하고 있었는지, 왜 남궁세가 사람들이 그에게 감쪽같이 속았는지를 말이다.

남궁유한의 얼굴과 목소리를 하고 있는 마도시대 십만마

교 교주, 고금제일신마 송악군은 이미 안휘성 경계를 넘고 있었다.

그의 곁에는 그와 함께 천부경의 문을 넘었던 이들이 따르고 있었다.

그들은 흑색 피풍의를 온몸에 두르고 있고 흑색 죽립을 깊숙하게 눌러쓰고 있었다. 그리고 전부 가슴에 '폭풍'이라는 글귀가 선명하게 새겨져 있었다.

가슴에 폭풍이라는 글귀를 새긴 전투 부대는 언제나 십만마교 안에 존재해 왔었다. 대를 이어 십만마교 최강의 부대에게 전승되는 이름이었던 것.

마도시대가 열리며 폭풍대주 류한과 폭풍대가 단체로 교주에게 반기를 들었음에도 교주는 폭풍대의 이름을 남겨주었다. 반역 집단의 이름은 영원히 사용치 못하게 하는 십만마교의 전례에 따르면 너무나 이례적인 일이었다.

그뿐만이 아니었다.

그들은 고금제일신마인 송악군이 손수 조련한 정예들이었다.

송악군은 새로운 폭풍대를 이끌고 십만대산으로 향하고 있었다.

또한, 그의 곁에는 혈세신마 제갈영호가 이 시대에서 키운 적마대 역시 따르고 있었다.

그 수는 얼마 되지 않았으나 그들 모두가 이 시대에는 존재하지 않는 극강의 신무학으로 무장하고 있었다.

　그들 하나하나가 모두 일당백의 고수들이었다.

　하북성 석가장 하북팽가.

　하북팽가 가주 팽강은 자하령주 류한을 만나고 있었다.

　그러나 일전에 몇 번이고 만났고, 강호에 대한 여러 의견들을 서로 교환한 적도 있는 류한을 그 역시 알아보지 못했다.

　남궁세가 사람들조차 자신을 알아보지 못했고, 자신이 몇 번이고 자신이 남궁유한임을 입증해도 믿지 않았다.

　그랬기에 류한은 자신이 남궁유한이라고 팽강에게 굳이 설명할 필요를 느끼지 못했다.

　'괜한 일로 헛수고할 것 없겠지. 이처럼 달라진 얼굴과 목소리라면 나조차 믿기 힘들 것이니.'

　류한이 그리 생각하고 있을 때, 팽강이 평소 직선적인 그의 성격 그대로 간단한 인사 후에 곧바로 본론을 꺼냈다.

　"령주의 사문은 어디인지 물어도 되겠소?"

　구파일방에서 수백 년 만에 자하령주를 세웠고, 자하령주에 대해 모두가 궁금해했다. 그러나 자하령주에 대해서는 거의 아무것도 알려지지 않은 상태였다.

　"소림에서 몇 가지를 배웠소."

　류한은 성승 혜원에게 반야대능력과 보리무상장을 배웠으니 그리 대답한 것이었다.

소림에서 몇 가지를 배웠다는 류한의 답에 팽강은 가볍게 고개를 끄덕이며 그 말을 자하령주의 사문이 소림이라고 단정 짓게 만들었다.

소림이라면 자하령주를 배출해도 전혀 이상하지 않은 정파무림의 태산북두였다.

"강호 전체가 궁금해하고 있소. 무림맹 세우기를 극도로 꺼려하는 구파일방에서 갑작스레 자하령주를 세운 것에 대해 말이오."

구파일방은 대개 세속을 떠난 출가자나 도인들의 집단이었다. 시대별로, 각 문파 주도 세력에 따라 그 정도 차이는 있으나 무리를 짓고, 세상사에 관여하는 것을 극히 꺼려하는 경향이 강했다.

그런 구파일방이 임시 무림맹주나 다름없는 자하령주를 세웠다 함은 구파일방이 뭉쳐서 대처하지 않으면 크게 곤란한 어떤 문제에 직면했다는 의미였다.

그 물음에 류한이 총 열 개에 달하는 구파일방의 조사령들을 팽강 앞에 좌르륵 펼쳐 보였다.

겉보기에는 별 가치 없어 보이나 유사시에는 구파일방 장문영부보다 우위에 서며 구파일방의 모든 제자들을 동원할 수 있는 무시무시한 권위를 가진 것들이었다.

"혜원 대사가 말했소. 십만대산에 오르라고 말이오. 십만대산에 오르기 위해 필요하다면 이것들을 사용해도 좋다고 하면서. 소림 외에 다른 구파일방 역시 십만대산에 오르겠다 약조한다면 나에게 조사령을 내어준다 했소. 그래서 받아온 것이오. 그런데 이 조사령들을 가진 인물을 일컬어 자하령주라 하니 내가 자하령주라 불릴 뿐이오."

그렇게 답하더니 류한이 묘한 미소를 지으며 말했다.

"구파일방 사람들에게 십만대산에 오르는 것은 곧 죽으러 간다는 의미일 것이오. 그러니 나더러 대신 죽으라 하면서 미안하니 대신 이것들을 던져 준 것이 아니겠소?"

그 솔직한 답변에 팽강이 크게 웃었다.

"하하하! 구파일방이 세운 자하령주라길래 앞뒤 꽉 막힌 바른생활 사내면 어쩌나 하는 걱정이 있었는데 내 걱정이 기우였소."

팽강은 류한이 무척이나 마음에 드는지 연신 미소를 지었다.

"령주의 시원시원한 화법을 듣고 보니 묘하게도 내가 아는 한 분이 절로 떠오르오. …남궁세가 남궁유한 가주가 연상되오."

"남궁유한 가주라……."

돌연 그 말을 꺼내는 팽강을 바라보며 류한이 생각했다.

'무슨 의도를 담고 있는 말인가?'

"자하령주께서 본가를 방문하기 전에 남궁세가에 들렀다는 얘기를 들었소. 무례한 질문일지 모르나 령주께서는 남궁

세가의 피를 이은 분이시오?'

그 질문에 류한이 잠시 멈칫하더니 웃었다.

"강호에 이런 소문이 돈다는 것은 나도 알고 있소. 내가 남궁세가 선대 가주의 사생아라는 소문 말이오. 팽 가주는 그 소문을 듣고 그리 묻는 것이오?"

"이 사람은 돌려 말하거나 속에 품고 있는 생각을 감추는 법을 모르오. 마음이 가는 대로 마음이 시키는 대로 상대를 대하오. 령주에 대해 가장 궁금한 점 중 하나를 묻지 않고 속에 감추고만 있다면 어찌 우리 두 사람이 진정한 교분을 나눌 수 있겠소?"

마음이 가는 대로 산다는 팽강, 여전히 호쾌한 성격 그대로인 팽강을 다시 만나자 류한도 유쾌해졌다.

'예전에도 팽강을 괜찮은 사내로 보았다. 상황만 허락한다면 진정한 교분을 나눌 수도 있었을 것을…….'

류한은 그 생각을 하며 팽강에게 답했다.

"나는 남궁세가 사람으로 생각했으나 남궁세가에서는 그리 생각하지 않는 것 같소."

"흠…….'

그 답에 팽강은 잠시 생각에 잠겼다.

'남궁세가 사람이라 한 것은 혈연관계가 있다는 의미겠구나. 하나 이미 남궁유한 숙부가 남궁세가를 크게 일으킨 마당에 자하령주의 자리가 남궁세가에 있을 리가 없겠지. 오히려 자하령주의 등장은 남궁세가에 혼란만 불러일으킬 따름이니 남궁세가에서 자하령주의 존재를 절대 인정치 않으리라.'

팽강은 기를 완전히 갈무리해 겉으로는 전혀 무공을 익히지 않은 것 같은 류한을 한동안 응시했다.

'십만마교의 정예들을 단신으로 격파할 정도의 무공을 가진 극강의 고수다. 내가 무례한 질문을 던졌음에도 불쾌해하지도 않고 시원시원하게 답을 해주고 있다. 인품 또한 괜찮은 사내다. 또한, 묘하게 나와는 기질이 비슷해 서로 통하는 점이 많다. 정략적인 이유가 아니라 인간 자체에 호감이 간다.'

이제는 완전히 호의적인 시선으로 변한 팽강이 말했다.

"이 사람이 속에 품고 있는 생각 하나를 말해도 되겠소?"

호쾌하고 꾸밈없는 성격을 가진 이 질문을 하기 전에는 그래도 저어하는 것이 있는 것처럼 보였다.

류한이 고개를 끄덕였다.

"남궁세가의 일이니 이 사람이 그에 대해 왈가왈부할 수는 없을 것이오. 하나 이 사람의 안사람이 남궁세가 소공녀다 보니 관심이 가는 것만은 어쩔 수가 없소."

팽강이 잠시 멈칫하더니 말을 이어갔다.

"나는 자하령주가 남궁세가에 대해 더 이상의 미련은 갖지 않았으면 좋겠소."

순간 류한의 눈빛이 싸늘하게 변했다.

류한은 매서운 눈빛으로 팽강을 바라봤다. 팽강은 그 곱지 않은 시선을 느꼈음에도 일단 꺼낸 말을 끝까지 이어갔다.

"다 쓰러져 가던 남궁세가를 현재의 남궁세가로 만든 것은 바로 남궁유한 가주요. 그가 없었다면 남궁세가는 진즉에 그 편액을 내렸을 것이 분명하오. 남궁유한 가주에 대해 별의별 소문이 다 돌았으나 당 태상부인부터 남궁세가의 노복들까지 그분을 모두 가주로 모시고 있소. 그분을 중심으로 남궁세가가 일치단결해 있는 이때, 설사 돌아가신 선대 가주가 살아온다 해도 남궁세가의 가주는 그분이어야 한다는 것이 내 솔직한 생각이오."

자칫하면 크게 분란이 일어날 수도 있고, 자하령주와 완전히 척을 질 수도 있음에도 팽강은 서슴없이 그 말을 꺼냈다.

그런 팽강을 한동안 싸늘한 눈으로 응시하던 류한이 천천히 입을 열었다.

"그 말은 남궁세가의 정통 가주 자리를 놓고 남궁유한 가주와 내가 분쟁을 벌인다면 팽 가주께서는 남궁유한 가주를 지지하겠다는 뜻으로 받아들여도 좋소?"

팽강은 주저없이 답했다.

"그럴 것이오."

팽강 또한 류한의 시선을 피하지 않고 정면에서 응시했다.

한동안 그렇게 노려보던 류한이 입가에 묘한 미소를 짓더니 돌연 크게 웃기 시작했다.

"하하하! 하하하!"

호방하게 웃은 류한이 말했다.

"나는 기본적으로 나를 반겨주지 않는 곳에서 아옹다옹할 생각이 없소. 남궁세가가 나를 꺼려하는데 내가 그곳에 갈 이유는 없을 것이오."

그 답에 조금은 긴장하고 있던 팽강의 얼굴이 활짝 펴졌다.

"팽 가주는 사실 세가의 가주에 어울리는 사람은 아닌 것 같소."

남궁세가와의 관계를 물은 팽강의 질문만큼이나 무례한 질문이었다. 당당한 하북팽가의 가주에게 팽 가주에 어울리지 않는다는 소리는 자칫 크나큰 분란을 야기할 소지가 다분한 말이었다.

그런데 그 말에 팽강 역시 큰 웃음으로 답했다.

"자하령주께서는 사람 보는 눈이 정확한 듯하오. 사실 나는 도(刀) 하나도 제대로 다루지 못하는 못난 사내요. 그런 내가 일 많고, 눈치 볼 곳 많은 하북팽가의 가주 일을 하기에는 크게 버겁다 느끼던 판이었소."

류한이 동의한다는 듯 고개를 끄덕였다.

"진정으로 한 자루 검과 도를 추구하는 사내에게 있어 다른 일은 모두 번거로울 뿐이오."

"그렇지는 않지요. 한 가지가 더 있소. 목숨을 걸고 사랑하는 여인 또한 도에 못지않지요."

"하하하! 팽 가주께서 애처가로 소문이 자자하더니 사실이었나 보오."

그 말에 팽강의 남궁아연에 대한 애정이 물씬 느껴지는 것 같아 류한은 진정으로 기뻐했다.

'잘살고 있는 것 같으니 내가 따로 아연을 만날 필요는 없을 듯하구나. 사랑하는 여인을 위해 모든 것을 팽개칠 수 있는 팽강 같은 사내가 나보다 백배는 더 나을 것이다.'

그렇게 생각은 했으나 마도시대의 연인 남궁소소, 그녀와 무척이나 빼닮은 남궁아연의 얼굴을 떠올리자 류한은 가슴 한구석이 아릿해짐을 느끼고 있었다.

그런 감정을 간신히 추스른 류한이 팽강에게 말했다.

"나는 이곳에 오기 전에 한 가지를 생각했소. 나와 남궁세가 사이의 가벼운 오해를 틈타 하북팽가와 팽 가주가 이를 이용하려 한다면 곧바로 자리에서 일어나겠다는 다짐 말이오."

남궁세가와 하북팽가가 동련을 주도하는 동맹자적 관계라 해도 동련의 주도권을 놓고 최근 들어 두 세가 사이에서 여러 불협화음이 들려오고 있었다.

때마침 구파일방의 임시 맹주 격인 자하령주가 남궁세가와 불편한 일이 있었던 것을 기회로 하북팽가에서 그 불화를 더욱 부채질했다면 류한은 추후에는 그들과 상종조차 하지 않을 작정이었다.

'하지만 내가 아는 팽강이 그런 잔재주나 부릴 사내가 아

니었지. 그리고 나는 또 한 번 그것을 확인할 수 있어 무척 기분이 좋구나.'

"솔직하게 말해도 되겠소?"

팽강의 물음에 남궁유한이 고개를 끄덕였다.

"팽가 내부에서는 동련의 주도권은 우리 하북팽가가 잡아야 한다 주장하는 이들이 많소. 그런 이들은 자하령주와 손을 잡고 남궁세가를 견제해야 한다 주장해 운남에 있던 령주를 이곳까지 초대한 것이오. 사실 개인적으로도 구파일방이 맹주로 세운 자하령주가 어떤 인물인지 궁금하기도 했소."

팽강은 그러더니 차를 들이켰다.

"때마침 자하령주와 남궁세가 사이에 불화가 있으니 령주를 달콤한 말로 유혹해 남궁세가를 견제하자는 의견이 많았소. 심지어는 자하령주를 이용해 남궁세가와 싸우게 만들자며 그것을 차도살인지계라는 계책이라고 주둥이를 나불대는 몹쓸 인간도 있었던 것이 사실이오."

"말투를 들어보니 가주는 그런 생각을 한 자의 엉덩이를 크게 걸어 차준 분위기구려."

"하하하! 엉덩이 차준 것까지는 아니고 헛소리를 나불댄 자를 저 멀리 철광 관리인으로 날려 버리기는 했소."

팽강이 가볍게 농을 던지더니 말했다.

"사실 나는 요즘의 강호가 마음에 들지 않소. 남궁세가와 우리 팽가가 처음 동련을 결성할 때는 일차적으로 제갈세가와 단목세가에 핍박받은 군소문파를 돕자는 취지였소. 그런데 남궁세가의 철대선생은 순식간에 동련의 규모를 예상외로 거대하게 만들어 버렸소. 그러자 그에 맞서 제갈세가와 단목세가 또한 중맹을 결성해 거대 세력화를 해버렸고."

"그 얘기는 나도 잘 알고 있소."

모르려야 모를 수가 없었다. 철대선생과 함께 처음부터 강호를 그리 결집시키려 했던 장본인이 류한 자신이었으니.

"어차피 제갈세가와 단목세가와는 한판 붙을 생각이었으니 중맹의 결성에는 그리 신경 쓰지 않았소. 우리 동맹은 실제로 동련 결성의 두 번째 목표인 십만마교의 견제에 총력을 기울이고 있었소."

"십만마교라……."

팽강이 가볍게 주먹을 쥐며 말했다.

"나와 남궁유한 가주는 서로 약조한 것이 한 가지 있소. 때가 되면 십만대산에 올라 십만마교 교주와 자웅을 겨루기로 말이오. 하지만 남궁유한 가주는 사천에 갔다 비천신마에게 패해 일 년 넘게 실종 상태였고, 전설의 남검북도 중 북도가 되겠다 맹세한 내 무공 증진은 지지부진한 상태였소. 그런 묘한 상황에서 남궁유한 가주가 다시 남궁세가로 돌아왔소."

"그랬다고 들었소."

"참으로 기이하게도, 사실 남궁유한 가주는 간혹 이해하지 못할 일들을 해내곤 하지요. 세가로 돌아온 남궁유한 가주는 놀랍게도 제갈세가와 단목세가가 포함된 중맹과 손을 잡았다는 것이 아니겠소?"

그 소문에 놀라기는 했는지 팽강은 그 말을 하면서 가볍게 얼굴이 상기돼 있었다.

"사정이야 어떻든 중맹이 남궁유한 가주의 뜻에 따른다 하니 동련의 일차적 결성 목적은 이미 사라져 버린 상태요. 이제 남은 것은 정파의 누군가가 십만대산에 올라 그들과 담판을 짓는 일일 것이오."

"쉽지는 않을 것이오."

"그렇겠지요. 하지만 그렇게만 할 수 있다면 지금 실질적으로 정파를 양분, 아니, 통일한 동련과 중맹은 더 이상 존재 가치가 없어질 것이오. 나는 각 문파가 고유한 특성을 살려 서로 경쟁하는 자유로운 강호를 원하지, 하나나 둘 정도 세력의 명에 따라 일사불란하게 움직이며 자유를 억압당하는 그런 강호를 원하지는 않소."

팽강이 그 말을 하며 가볍게 한숨을 내쉬더니 말을 이어갔다.

"현재의 동련과 중맹 체제가 계속된다면 사천의 사천당가는 사천성에 완전히 고립되거나 언젠가는 우리에게 굴복할 것이오. 구파일방을 대표하는 령주에게는 미안한 얘기지만 그렇게 되면 정파 세력의 일통이 되는 셈이오. 정파를 일통한 세력은 하나의 거대한 집법세로 변질될 것이 필연적일 것이고, 고금제일세인 십만마교를 견제하는 것을 그에 대한 명분으로 내세울 것이 틀림없소. 그렇게 되면 자유로운 강호를 꿈꾸는 내가 도리어 통제와 억압만이 존재하는 죽은 강호를 만든 장본인이 되는 셈일 것이오."

지금은 단지 예상일 뿐이지만 현재의 상태가 계속된다면 그것은 아마 곧 닥쳐올 현실일 것이었다.

팽강은 씁쓸한 얼굴이었다.

그런 팽강을 보며 류한이 간단명료하게 말했다.

"해결책은 간단하지 않소? 한시라도 빨리 십만대산에 오르면 될 일이오."

그 소리에 팽강이 주먹으로 가볍게 탁자를 내려쳤다.

"그 일에 자하령주께서 도움을 주시겠소?"

"나는 십만대산에 오른다는 목적 하나로 자하령주가 된 사람이오. 팽 가주에게 도움을 청해야 하는 사람은 오히려 나일 것이오."

류한이 팽강에게 손을 내밀었다.

"팽 가주, 나와 함께 십만대산에 오르겠소?"

팽강이 류한을 정면에서 마주보더니 류한이 내민 손을 덥석 잡았다.

"처음부터 령주를 초대한 까닭은 바로 이것을 위해서였소. 우리 함께 십만대산에 오릅시다!"

그가 동련을 주도하는 양대 세력 중 하나인 하북팽가 가주 팽강이 이렇게 다시 한 번 손을 잡았다.

'내가 다시 남궁세가를 찾아간 이유도 이것 때문이었다. 동련은 바로 이것을 위해 결성한 것이었다. 남궁세가에서는 뜻을 이루지 못했으나 팽강을 통해 결국에는 내 뜻을 이루게 되겠구나.'

류한은 언제나 자신과 뜻이 맞는 팽강을 흐뭇한 얼굴로 바라보며 미소를 지었다.

"내 즉시 남궁세가에 전서를 날리겠소. 또한, 어찌 됐든 우리와 손을 잡은 제갈세가와 단목세가에도 이 소식을 전할 것이며 사천의 당가에도 협조를 구하겠소."

"나는 당연히 구파일방에 연통을 돌릴 것이오."

류한이 그러며 선언했다.

"수백 년 만에 처음으로 무림오대세가와 구파일방, 그리고 여러 세가와 문파, 방회들이 총망라돼 참여하는 진정한 정파 무림맹이 탄생할 것이오!"

第二章 역행흑마대법

無敵世家

　자하령주 류한과 하북팽 가주 팽강이 뜻을 모으자 정파 무림맹의 결성은 급물살을 타기 시작했다.

　이전에 의견만 분분하고 실제로 무림맹의 창설에까지 이르지 못했던 과거와는 달랐다.

　언제나 무림맹 창설에 미적지근한 반응을 보였던 구파일방이 자하령주를 세움으로써 이미 그 뜻을 모은 상태였으니 가장 큰 난관이 이미 해결된 상태였다.

　산서성, 하북성, 산동성, 안휘성, 강소성, 절강성, 강서성, 복건성, 광동성의 총 구 개 성, 이십사 개 세가, 총 이백삼십육 개의 군소 방회와 문파들, 문도 수만 오만을 헤아리는 이들이 이미 동련이라는 이름으로 하나가 돼 있었다.

또한, 호북성과 호남성, 광서성, 귀주성, 운남성의 여러 세력들이 모여 결성된 중맹(中盟) 산하에 칠십이 개 방회와 문파들 이만 세력이 이미 결집돼 있었다.

이미 조직화된 그들을 하나의 깃발 아래 단결시키기만 하면 되는 것이었다.

그러니 정파 전체를 아우르는 진정한 정파 무림맹의 결성은 과거와는 달리 크게 어렵지 않았다.

천하에 흩어져 있는 수많은 문파와 방회들을 모으는 것이 어려웠던 과거의 난제 하나도 이렇게 간단히 해결이 됐다.

무림맹 결성에 있어 세 번째 난제는 그 세력은 더할 나위 없이 강하나 언제나 사천 밖의 일에는 불개입주의를 고수하고 있는 사천당가였다.

그러나 이번에는 달랐다.

사천 고립주의를 표방하던 사천당가가 오히려 십만마교 타도의 기치를 내건 정파 무림맹의 결성에 가장 적극적이었다.

"사천당가는 언제나 준비돼 있소. 날만 정해진다면 사천당가 전체가 무림맹 깃발 아래서 싸울 것이오!"

당가계의 굴욕 이후, 최근에 비천신마 한평에 의해 남궁세가주가 실종되는 두 번째 굴욕까지 겪은 사천당가였다.

그들은 이 기회를 하늘이 주신 것이라며 투지를 불사르고 있었다.

그러나 모든 점이 수월한 것은 아니었다.

무슨 이유인지 남궁세가 소가주 남궁유한이 가타부타 이에 대한 생각을 밝히지 않고 있었다. 또한, 남궁유한을 따른다고 밝힌 제갈세가와 단목세가 역시 적극적인 움직임을 보이지 않았다.

그렇다 해도 구파일방이 한 목소리를 내고 있고, 하북팽가와 사천당가가 적극적으로 나서고 있는 상황이었다.

정파 무림맹의 결성을 알리는 무림첩이 천하에 산재해 있는 수백 개 문파와 방회들을 향해 날아갔다.

"가자! 하남성 낙양으로!"

정파를 자처하는 모든 세력들이 무림맹 결성을 위한 영웅대회가 열리는 하남성 낙양으로 집결하기 시작했다.

청해성 십만대산 미망봉.

남궁유한, 아니, 고금제일신마 송악군은 이미 미망봉 중턱을 오르고 있었다.

십만마교는 십만대산에 커다란 전각이나 건물 등을 짓고 존재하는 것이 아니었다.

십만 개의 봉우리가 있다 일컬어지는 십만대산의 각 봉우리마다 십만마교 교도들이 자유롭게 생활하고 있는 형태였다.

한 마인이 십만대산의 한 봉우리를 받았다 하는 것은 십만마교에서 독자적인 세력을 구축할 수 있을 정도로 인정을 받는 것이었다.

십만의 봉우리 중 가장 중심에 있는 봉우리는 대대로 교주가 거하는 봉우리로 알려진 미망봉이었다.

송악군과 폭풍대, 혈세신마 제갈영호와 적마대는 아무런 제지를 받지 않고 미망봉에 오르고 있었다.

마도시대의 십만마교 교주인 송악군이 미망봉의 지리를 손금 보듯 꿰뚫고 있는 것도 이리도 쉽게 오를 수 있는 한 이유였다.

하지만 그보다는 강자존의 법칙이 지배하는 십만마교였기에 그러했다.

그 어떤 자라도 힘이 있다면 미망봉에 올라 교주에게 도전해 보라는 강한 자신감이 자리하고 있기에 미망봉에조차도 별다른 방어 병력이 없었다.

그리고 결정적으로 미망봉에 있던 교주 호위대마저 모조리 하산한 상태였기에 송악군 일행은 아무 저항 없이 금세 미망봉 정상까지 오를 수 있었다.

사방이 탁 트인 미망봉 정상에는 사시사철 운해가 흐르고 있었다.

미망봉 특유의 공기를 길게 빨아들였다 내뱉은 송악군은

미망봉 중앙을 바라봤다.

중앙에는 온몸을 모포 한 장으로 감싼 채 사시나무처럼 떨고 있는 산송장 하나가 앉아 있었다.

뼈밖에 남지 않은 몸으로 가쁜 숨을 몰아쉬고 있는 그 인물이 바로 당대의 십만마교 교주 한평이었다.

목숨이 붙어 있는 것이 오히려 신기하게 보이는 몰골을 하고 있는 한평이 힘겹게 고개를 들어 송악군을 바라봤다.

"왔군⋯⋯."

그 짧은 한마디를 하는데도 너무나 힘겨워하는 한평이었다.

송악군은 생의 마지막 불꽃을 태우고 있는 한평을 위에서 아래로 내려다보며 특유의 오만한 말투로 말했다.

"예상은 하고 있었지만 이렇듯 볼품없는 꼴을 하고 있을 거라고는 미처 생각하지 못했건만."

"쿨럭! 쿨럭! 갈 때가 된 것이겠지."

폐가 찢어지는 것만 같은 격한 기침을 내뱉은 한평이었다.

"길게 말해봐야 무엇 할까?"

송악군의 오른손이 서서히 금빛으로 물들기 시작하더니 어느 시점에서는 눈도 제대로 뜨지 못할 정도로 빛났다.

"보리무상장⋯⋯."

한평은 비명처럼 그렇게 소리를 질렀다.

'이제 끝인가 보구나. 나는 여기까지다. 뒤는 그 아이가 알

아서 해줄 것이다……'

한평의 얼굴에 순간 만족스런 미소가 스쳐 지나갔다.

그와 동시에 송악군의 오른손이 한평의 가슴에 선명한 장인을 남겼다. 그러자 한평의 몸이 축 늘어지며 고개를 떨구고 말았다.

툭!

송악군이 발로 툭 차자 한평의 몸이 힘없이 바닥으로 허물어졌다.

죽은 것이 확실해 보였으나 그것으로도 모자라 송악군의 손이 여러 차례 한평의 가슴을 두들겼다.

겉가죽에는 전혀 표가 나지 않으나 속의 장기들을 모조리 녹여 버릴 정도로 위력적인 내가중수법이었다.

한평의 죽음을 확실히 확인한 송악군이 비릿한 미소를 지었다.

"훗!"

그러더니 말했다.

"너무나 쉽군, 싱거울 정도로."

송악군은 한평의 시체를 발로 차 한쪽으로 치워 버린 후 한평이 앉아 있던 자리 근처에 있는 봉화대를 향해 성큼성큼 걸어갔다.

그 봉화대에 붉은빛이 나는 가루를 흩뿌린 후 검지를 통해 열양지를 구사했다.

곧 봉화대에 불이 붙어 활활 타오르며 핏빛보다 진한 연기가 하늘을 향해 솟아올랐다.

혈염(血炎)!

미망봉에서 피어오른 핏빛 불꽃.

그것은 곧 십만대산의 지배자인 교주의 죽음을 뜻하는 것이었다.

미망봉에서 핏빛 불꽃이 피어오르자 가장 가까운 봉우리에서부터 구름에 가려 제대로 보이지도 않는 저 먼 봉우리까지 차례대로 핏빛 봉화가 올라오기 시작했다.

끝없이 이어지는 봉화를 보며 송악군이 크게 웃었다.

"하하하! 주인 잃은 십만대산이 크게 요동치겠구나."

쿵!

류한이 크게 분노하며 주먹으로 탁자를 내려쳤다.

그의 얼굴에는 분노와 함께 황당함, 그리고 온갖 의문이 스쳐 지나가고 있었다.

"말도 안 된다! 비천신마 한평 교주가 암살당하려면 아직 석 달 이상이나 남아 있었다. 그런데 그가 왜 벌써 쓰러진 것인가!"

자신이 알고 있기로 그는 아직 쓰러질 때가 아니었다.

"대체 무엇이 달라진 것인가? 무슨 일이 벌어지고 있는 것인가?"

원래 계획대로라면 자신 또한 십만대산에 은밀히 오를 작정이었다. 한평 교주가 쓰러진 날에 과연 누가 그를 노리고 오는지도 명확히 확인할 작정이었다. 그리고 자신이 교주의 죽음을 막아 정마대전의 발발을 최대한 막아보려 했다.

그러나 교주가 예상보다 훨씬 일찍 쓰러지면서 모든 계획이 허사로 돌아가고 말았다.

"혹시 나나 마도시대 인물들이 천부경의 문을 넘어오면서 역사가 뒤틀려 버린 것인가?"

단지 추측일 뿐이었다.

하지만 지금 당장은 그 추측 외에는 교주가 자신의 예상보다 일찍 쓰러진 이유를 설명할 수 없었다.

일단 교주는 죽었다. 그렇다고 마도시대의 재림을 막겠다는 류한의 의지가 꺾일 리는 없었다.

"앞으로가 중요하다. 분노로 들끓을 십만마교를 잠재워야 한다. 십만마교를 막기 위해서는 오직 하나, 무림맹의 빠른 결성뿐이다!"

두 주먹을 불끈 쥔 채로 다짐했다.

"그리고 교주를 죽인 자를 반드시 찾아내야 한다."

보리무상장을 비천신마 한평 교주의 가슴에 새긴 자, 그자를 찾아내야 했다.

생각이 보리무상장에 미치자 자신도 모르게 손이 보리무상장의 특징인 금빛으로 물들고 있었다.

"십만마교 교주 비천신마 한평이 죽었다!"

강호 전체를 놀라게 한 그 소문은 청해성부터 시작해 남쪽 광동성까지 삽시간에 퍼졌다.

"비천신마 한평의 가슴에 보리무상장의 장인이 새겨져 있었다 한다!"

보리무상장은 강호의 태산북두인 소림의 비전절기 중 절기였다. 보리무상장이 비천신마의 가슴에 찍혔다 함은 비천신마를 죽인 이가 소림과 관련이 있는 정파인이라는 의미였다.

"정파에 대협객이 나타나 상상조차 하기 힘든 쾌거를 이루어냈다!"

골수 정파인들은 그 소식에 커다란 환호성을 내질렀다.

그러나 대다수 정파인들은 그 사건이 몰고 올 후폭풍을 계산하며 근심 어린 표정을 짓고 있었다.

"십만마교 교주가 십만마교 내부 투쟁에 의해 죽은 것이 아니라 정파인에 의해 암살당했다면 십만마교가 결코 참지 않을 것이다."

"아마 장강을 모조리 채울 정도의 피를 흘리고도 모자랄 것이다."

"강호 전체가 시체의 산을 이룰 것이다."

겁에 질린 표정으로 사람들은 여러 예상들을 쏟아냈다.

단 한 사람의 죽음으로 인해 강호는 그 누구도 막을 수 없는 대혼돈 속으로 빠져들고 있었다.

"십만기(十萬旗)가 십만대산을 나섰다!"

십만기는 십만대산을 상징하는 깃발로 대개는 십만대산의 뜻을 강호에 알리기 위해 사용하는 전령 같은 역할이었다.

전령이라 하나 이 깃발을 든 마인이 공격당하면 십만기를 공격한 세력의 씨를 말릴 때까지 십만대산이 무차별적으로 공격을 퍼붓게 된다.

즉, 십만대산이 존재하는 한 강호의 어떤 세력도 십만기를 든 마인을 공격하지 않는다는 암묵적인 묵계가 형성된 것이었다.

"십만기가 하남성 등봉현 소림사로 향하고 있다!"

청해성을 가로지른 십만기는 곧장 소림사로 가고 있었다.

"십만대산이 소림에 책임을 물으려 한다! 보리무상장을 익힌 이의 이름을 당장에 밝히라 요구할 것이라 한다!"

소림에게 보리무상장을 익힌 이를 내놓으라 하는 것이 아니었다. 단지 이름만 알려주면 십만대산 자체의 힘만으로도 그에게 세상에서 가장 참혹한 죽음을 선사할 것이었다.

그 장본인으로 그치지 않는다.

그의 가족이나 친척은 물론이고 선대의 묘까지 모조리 파헤쳐 부관참수까지 마다하지 않는다. 또한, 그와 깊은 연을 맺었던 이들까지도 모조리 베어버릴 것이었다.

십만대산의 복수는 잔인하고 처절했기에 강호 모두가 십

만대산을 두려워하는 것이었다.

"십만기가 소림사 경문에 당도했다. 십만기를 든 이들은 '이름을 달라' 란 그 한마디만 했다고 한다."

소문은 꼬리에 꼬리를 물고 이어졌다.

"소림에서는 당대에는 보리무상장을 익힌 이가 없다고 답했다 한다. 그러나 십만기는 여전히 이름을 달라며 무력시위를 하고 있다."

"소림의 말을 믿지 않고 여전히 소림을 윽박지르고 있는 십만기를 향해 정파 전체가 분개하고 있다고 한다. 낙양을 향해 정파의 무인들이 일제히 집결하고 있다."

그랬다.

그렇지 않아도 이미 무림첩을 받은 정파의 무인들이 하남성 낙양으로 몰려들고 있던 판국이었다.

이런 상황에서 십만마교 교주가 쓰러지고, 십만기가 소림에 거칠게 책임을 추궁하자 정파 무인들은 더욱 빠른 속도로 하남성 낙양에 모여들고 있었다.

그전에는 정파 무림맹 결성에 명분이 약하다며 참여를 주저하던 이들조차 상황이 이렇게 변하자 일단 반대를 접고 힘을 보태기 위해 끝없이, 끝없이 낙양을 향해 발걸음을 향했다.

"십만대산이 고금제일이라 하나 정파 전체가 뭉치면 그들과 자웅을 겨루지 못할 것도 없으리라."

"정파의 협객들아, 정파인들의 의기를 세상에 보여주자!"

"모여라!"

"가자! 낙양으로!"

단 한 사람의 죽음과 그에 이어 나타난 하나의 깃발로 인해 정파 전체가 후끈 달아올랐다.

강호는 이제 두 곳을 중심으로 돌아가고 있었다.

한 곳은 차기 교주를 뽑기 위한 '십만쟁투'마저 마다하고 먼저 정파에 책임을 묻겠다며 똘똘 뭉쳐 있는 십만대산이었다.

이미 은퇴한 전대 거마들조차 은거를 깨고 모여들고 있었다.

현재 십만대산은 당장이라도 강호를 향해 일제히 뛰쳐나올 것만 같은 험악한 분위기였다.

그리고 한 곳은 수백 년 내 최대 숫자의 정파인들이 몰려들며 활화산처럼 열기를 뿜어내고 있는 하남성 낙양이었다.

낙양의 객잔이란 객잔에는 모조리 정파 무사들로 바글바글했다. 각지에서 수만이 넘는 강호인들이 몰려들어 객잔에 미처 자리를 잡지 못해 노숙을 하는 이들도 상당수 있을 정도였다.

낙양에 모여 있는 이들의 수를 정확히 셀 수 있는 방법은 없었다. 그러나 오만은 너끈할 것이고, 혹자는 십만도 넘는다고 말할 정도였다.

"휴우~! 대단하군요. 이처럼 많은 강호인들은 난생처음 봅니다."

남궁세가 백룡대 소속인 개작두가 혀를 내두르며 바글거리고 있는 강호인들을 바라봤다.

"개작두, 이 광경만으로도 절로 피가 끓지 않느냐?"

용작두가 적잖이 흥분한 상태로 말했다.

"정파 전체가 이곳 낙양에 모인 것 같습니다."

"그렇겠지. 사실 정파의 의기를 보여준다는 명분도 있겠지. 하지만 이대로 모래알처럼 흩어져 있다가는 십만마교에게 다 죽는다는 위기감 때문에라도 이곳에 모여들고 있을 것이야."

"하긴 일단 뭉쳐야 뭐라도 해볼 수 있겠지요. 십만대산 것들이 보통 것들이랍니까?"

십만대산은 모든 이들에게 두려움의 대상이었다. 그것은 용작두와 개작두에게도 마찬가지였다.

"그나저나 무림맹의 맹주는 누가 될까요?"

그렇게 묻는 개작두는 물론이고 이제 사람들의 관심은 수백 년 내 최대 규모로 결성되는 정파 무림맹주가 누가 되느냐에 쏠려 있었다.

"누구긴 누구야, 우리 가주님이시지."

두 사람과 묘하게 친분이 깊은 흑룡대주 고방충이 대화에 끼어들며 말했다.

"그것을 위해 우리 남궁사대는 물론 사신대까지 총동원해서 이곳 낙양에 온 것이 아니냐?"

남궁세가는 무림맹 결성을 위한 영웅대회가 개최되는 낙양에 세가의 모든 정예들을 동원한 상태였다.

"그렇기는 합니다만, 하북팽가의 팽강 가주도 있고, 또 그 자하령주도 있으니……."

사실 무림맹 결성은 자하령주 류한과 하북팽 가주 팽강의 생각이었다.

실질적으로 무림맹 결성을 주도하는 것도 두 사람이었다.

"하지만 우리 가주님이라면 반드시 무림맹주에 오를 것이다. 팽 가주야 우리 가주님께 언제나 양보를 해왔고, 스스로도 아직은 가주님께 미치지 못함을 인정하고 있다. 그래도 자하령주는 껄끄럽기는 하다."

흑룡대주 고방충도 자하령주와 남궁세가 사이의 미묘한 관계를 잘 알고 있었다.

'그래도 가주님은 결코 우리를 실망시키지 않을 것이다.'

고방충은 철대선생과 총사 조량, 부총사 주오, 수호검 진교를 제외한 폭풍대 육 인, 그리고 남궁사대와 사신대를 통솔하고 오고 있는 남궁유한 가주를 바라봤다.

또한, 그 뒤로는 제갈세가주 제갈현도를 필두로 한 제갈세

가의 정예들과 단목세가주 단목천이 이끄는 단목세가 정예무
사들이 남궁유한 가주를 호위하듯 걸어오고 있었다.

그 위풍당당한 모습에 고방충은 미소를 지으며 곧 약간의
불안감마저 사라짐을 느꼈다.

낙양 서문세가.

남궁세가와 연수하고 동련에 가입하며 거대 세가들의 영
향력에서 완전히 벗어나 최근 들어 욱일승천의 기세로 성장
하고 있는 신흥(?) 세가가 바로 서문세가였다.

무림맹 결성을 위해 몰려드는 사람들 중 핵심 인물이라 할
사람들은 낙양의 패자인 서문세가에 머물고 있었다.

그 사람들 중 서문세가 장원 가장 안쪽에 머물고 있는 한
사람이 있었다.

그는 바로 자하령주 류한이었다.

"비천신마 교주가 죽었다고 반드시 정마대전이 시작되는
것은 아니다. 지금이라도 그것을 막기 위해 최선을 다한다면
막을 수 있을 것이다."

류한의 눈은 저 멀리 크게 분노해 있을 십만대산 쪽을 향해
있었다.

"어떻게든 그들의 분노를 가라앉혀야 한다. 그들이 참지
않는다면 그들을 힘으로 눌러서라도."

류한 역시 마인이다. 하지만 지금 이 순간에는 형제인 십만

대산 마인들을 힘으로 눌러 버릴 생각을 하고 있었다.

"무림맹의 힘을 동원해 마인들을 제압하고 나면 비대해진 무림맹 역시 과감히 해체할 것이다."

십만대산의 힘을 약화시킨다.

그 틈을 노려 강력해진 무림맹이 십만대산을 완전히 눌러 버릴 수도 있을 것이다.

그것을 막기 위해 무림맹 역시 발전적으로 해체시킨다.

"무림맹처럼 거대한 기구는 그 목적을 다하면 사라져야 한다."

무림맹의 결성을 주도하고 있는 그는 이미 무림맹의 해체를 생각하고 있었다.

무림맹의 창설 의도는 순수하고 옳은 것일지라도 그런 거대한 단체의 권력을 잡게 되면 이것을 나쁜 방향으로 사용하려는 사람이 생길 것이 분명했다. 그것은 사람의 본성이었다.

이 시대 사람이라면 무림맹을 이용해 욕망을 충족시킬 수도 있었으나 자신은 이 시대 사람이 아니었다.

일만 마무리되면 자신은 떠날 사람, 그리고 그 누구도 자신의 모습을 기억하지도 못할 사람이다. 그러니 무림맹에 대해 사리사욕을 갖고 있을 이유가 없었다.

"무슨 생각을 그리 골똘히 하고 있는 것이오?"

류한이 생각에 잠겨 있던 방 안으로 들어온 팽강이 물었다.

"무림맹을 해체할 것에 대해 생각하고 있었소."

팽강이 웃었다.

"결성되지도 않은 무림맹을 두고 벌써 해체를 생각하고 있으시다니."

"처음부터 해체를 염두에 두고 결성한 것 아니었소?"

"물론이오. 십만대산을 제압하고 무림맹은 해체할 것이오. 그것이 곧 자유로운 강호, 서로 경쟁하며 발전하는 강호로 가는 길일 것이니."

류한과 팽강은 그 문제를 두고 완전히 의기투합한 상태였다.

그런데 그 말을 하며 팽강의 안색이 어두워졌다.

"자하령주, 지금 안채에 남궁유한 가주께서 와 계시오."

그 말에 류한은 무척이나 흥미롭다는 얼굴이었다.

'과연 어떤 어릿광대가 감쪽같이 내 모습으로 꾸미고, 남궁세가 사람들을 모조리 속였을까?'

그것이 무척이나 궁금했다.

이미 얼굴도, 음성도 모조리 변해 버린 자신이 남궁유한으로 돌아갈 수는 없다. 하지만 자신 대신 남궁유한으로 행세하고 있는 자에 대해서는 적개심과 함께 커다란 흥미가 있었다.

팽강의 안내에 따라 류한이 방을 나와 그가 머무는 전각 바로 인근에 있는 전각으로 향했다.

그 전각을 자신이 손수 키운 남궁세가 폭풍대가 철통같이 지키고 있었다.

류한의 얼굴을 알아본 폭풍대가 묘한 표정을 지으며 그에게 가볍게 고개를 숙였다.

류한 역시 폭풍대를 보며 어색한 미소를 지었다.

"오랜만이네."

그들과 안면이 있는 팽강이 인사를 건네자 남궁세가 폭풍대가 정중히 고개를 숙였다.

"팽 가주님을 뵙습니다."

"아평, 자네는 이제 헌헌장부가 됐군 그래."

팽강은 폭풍대와 일일이 인사를 나누며 남궁유한이 기다리고 있는 전각 안으로 들어갔다.

전각 안 한 방문을 열고 들어가자 비스듬한 자세로 의자에 앉아 있는 남궁유한의 모습이 보였다.

창밖을 바라보던 남궁유한이 인기척을 느끼고는 고개를 돌렸다.

"남궁가주님, 오랜만에 뵙습니다."

팽강은 사적으로는 안사람의 숙부인 남궁유한에게 예를 갖춰 인사를 했다.

"오랜만이오, 팽 가주."

특유의 오만한 말투로 남궁유한이 답례를 하더니 팽강 곁에 서 있던 류한을 바라봤다.

마침내 남궁유한과 류한이 서로를 응시하며 마주하게 되었다.

두 사람은 한동안이나 서로를 살피며 묘한 감정에 사로잡혀야 했다.

그중 류한은 무척이나 낯선 감정을 느끼고 있었다.

지금 예전의 자신을 보고 있었다.

얼굴도 한 치의 틀림이 없고, 목소리조차 자신이 남궁유한으로 불리던 시절과 전혀 다름이 없었다.

너무나 똑같은 또 하나의 자신을 마주하게 되자 온몸의 솜털이 다 쭈뼛쭈뼛 서는 듯한 느낌이었다.

'나조차도 제대로 기억하지 못하는 나를 보고 있는 기분이라니. 도대체 말로는 이 느낌을 형용할 수가 없구나.'

류한은 남궁유한의 모습을 한 자를 뚫어져라 바라보았다. 아무리 뜯어보아도 이 사람은 분명 남궁유한이었다.

자신의 정체성에 대한 대 혼란이 해일처럼 밀려들었다.

남궁유한의 얼굴을 하고 있는 자는 입가에 잔잔히 미소를 띠며 류한을 바라보고 있었다.

무척이나 흥미롭다는 표정이었다.

"자, 서로 인사들 나누시지요. 이분이 남궁유한 가주이며, 저분은 자하령주 류한 대협입니다."

팽강이 중간에 나서 서로를 소개시켜 주었다.

그러나 두 사람은 여전히 상대를 바라보기만 할 뿐 일언반

구도 없었다.

순식간에 주변 공기가 팽팽해지며 묘한 긴장감을 조성하기 시작했다.

'이런, 이런! 첫 대면부터 이래서야.'

팽강 또한 그 팽팽한 긴장감을 느끼며 난감해했다.

그렇게 일다경 정도를 아무런 말없이 보냈을까?

먼저 입을 연 것은 의자에 앉아 있는 남궁유한이었다.

"팽 가주, 내 자하령주와 둘이서만 얘기를 나눌 수 있겠소?"

그 제안에 팽강이 잠시 고민하더니 말했다.

"그러시지요. 얘기가 끝나면 기별을 주십시오."

같은 무림 오대세가의 가주이기는 하나 팽강은 이전부터 남궁유한에 대해 존경심을 품고 있었다. 그런 남궁유한의 부탁이니 그가 거절할 리 없었다.

잠시 후 팽강이 밖으로 나가자 남궁유한이 다시 입을 열기 시작했다.

"자하령주라……. 너에게는 참으로 많은 운이 따르는구나."

다짜고짜 류한을 너라 부르며 하대하는 남궁유한을 보며 류한이 조금은 당황했다.

상대가 남궁세가의 가주를 자처하는 자라 하나 자신은 구파일방이 임시 맹주로 내세운 자하령주였다. 천하의 그 누구도 자신에게 하대를 할 수 없는 존귀한 신분인 것이다.

게다가 이자는 무슨 연유인지는 알 수 없으나 자신의 예전 얼굴 하나로 자신이 일군 남궁세가를 통째로 훔쳐간 도적이다.

결코 좋은 감정을 가지고 있을 수가 없었다.

류한이 갑작스레 살기를 일으켰다.

비천신마 한평에게 마교 교주에게만 전승되는 비기들을 배우고, 성승 혜원에게 반야대능력과 보리무상장을 배운 그였다.

마도시대 철혈투마로 불리던 시절에 비해서도 엄청나게 강해져 있었다.

그는 이제 살기만으로도 사람의 생사를 좌우할 수 있는 엄청난 경지에 도달해 있었다.

그런 류한이 살기를 집중시켜 남궁유한에게 쏘아 보냈다.

그 살기만으로도 강호의 절정고수들의 숨통을 간신히 끊어놓을 수 있는 엄청난 위력이었다.

그러나 의자에 앉아 있는 남궁유한은 그 엄청난 살기를 손짓 한번으로 가볍게 해소시키더니 비릿한 미소를 지었다.

"예전에 비해 몇 단계는 발전했구나."

남궁유한이 손으로 목 주위를 쓰다듬었다.

'손짓 한번으로 내 살기를 해소시킨다라……. 현 강호에 그 정도 경지에 이른 자가 과연 몇이나 될까? 둘 또는 셋? 이 자는 현 강호에서 능히 다섯 손가락 안에 들 정도로 고강한 자였나?

단지 얼굴만 같다 하여 남궁세가를 훔쳐 갈 수는 없는 것이다. 분명 남궁유한을 사칭하는 자가 대단한 자라고 예상은 하고 있었다. 그러나 실제로 만나보니 예상보다 더욱 대단한 자였다.

그것도 꽤 놀랍기는 했다.

그런데 더욱 놀라운 점 한 가지가 있었다.

이자는 마치 예전부터 자신을 알고 있다는 듯 말하고 있지 않은가?

류한이 살기를 거두며 의아한 눈빛으로 남궁유한을 자처하는 자를 노려봤다.

"너는 본좌가 과연 누구인지에 대해 의문에 휩싸인 모양이구나."

광오하게도 자신을 스스로 본좌라 칭한다?

그런 이들은 대개 둘 중 하나였다.

주제도 모른 채 자신을 과하게 평하는 과대망상증 환자거나 스스로를 그렇게 부르지 않고서는 마땅히 부를 명칭조차 없을 정도로 고강한 자.

아무래도 눈앞의 이자는 후자에 속하는 것처럼 보였다.

"본좌는 너를 알아보았는데 너는 본좌를 알아보지 못하는 듯하구나."

"……"

류한이 알 수 없다는 듯 고개를 가로저었다.

남궁유한이 쓴웃음을 지으며 말했다.

"너와 폭풍대가 본좌의 한 팔을 자르지 않았느냐?"

그 말과 동시에 남궁유한이 의수로 달고 있던 왼쪽 팔을 뽑아 바닥에 툭 하고 던졌다.

그 의수를 보며 류한은 순간 온몸이 경직되는 것만 같은 긴장감을 느껴야 했다.

그 감정의 정체는 바로… 공포였다!

"교주……"

격정에 휩싸인 류한이 그렇게 중얼거렸다.

"교주가 어떻게 내 얼굴과 목소리를……"

너무나 놀라 순간 넋이 나간 듯 류한이 정신을 차리지 못했다.

천부경의 문을 타고 교주가 이 시대로 넘어온 것도 놀랍기는 했다. 그렇다고는 해도 류한이 정신을 제대로 차리지 못한 것에는 이유가 있었다.

교주가 자신의 얼굴과 목소리를 하고 있다는 것, 그것은 전혀 예상조차 하지 못하고 있던 일이었다. 교주가 자신의 얼굴과 목소리를 하고 있을 것이라고는 상상조차 하지 못했기에 이처럼 놀란 것이었다.

제아무리 정교한 인피면구나 마도시대의 기상천외한 축골공이라 해도 류한의 눈을 피할 수는 없었다.

지금 교주의 얼굴은 인피면구로 위장한 것도 아니고, 축골공으로 얼굴을 변화시킨 것도 아니었다.

순수한 얼굴 그 자체였다.

또한 목소리 역시 타고난 그대로였다.

교주와 자신이 얼굴도 같고, 목소리까지 똑같다?

순간 류한은 다리가 휘청거릴 정도로 충격을 받았다.

"너는 물론이거니와 그 누구도 내 얼굴을 똑바로 본 적이 없었지."

그랬다.

자신은 말할 것도 없고 교주 바로 아래 서열에 위치한 십삼신마마저도 교주 앞에서는 고개조차 들지 못했다.

그런 이유로 교의 그 누구도 교주의 얼굴을 제대로 본 적이 없을 정도였다.

"하지만 교주는 은발에 가까운 백발을 기르고 있었는데……."

"하하하! 그런 간단한 눈속임조차 파악하지 못하고 있었더냐? 실망이구나, 한아."

남궁유한, 아니, 고금제일신마 송악군이 류한을 정겨이 부르며 웃었다.

'세상에 닮은 사람이 많다 하나 이것은 정도가 심하다. 쌍둥이라 해도 이렇게 똑같지는 않을 것이다.'

류한은 이 말도 안 되는 상황에서 최대한 평정심을 유지하려 했다.

"왜 내가 너의 예전 얼굴과 같은 얼굴을 하고 있는지 궁금하지 않느냐?"

송악군은 묘한 미소를 지으며 짧게 말했다.

"내가 곧 너이기 때문이니라."

내가 곧 너이기 때문이라니, 이것은 또 무슨 의미인가?

"너의 아비는 누구냐?"

송악군의 물음에 류한은 곧바로 답을 할 수가 없었다. 알지 못했기 때문이었다.

"마도시대에는 무학만 발전한 것이 아니었다. 의술이나 독술은 물론이고 기문둔갑술이나 강시술 또한 전례없이 크게 발전했다. 그중 배교는 연금술에 몰두했었지. 서역의 연금술이 흔한 금속을 금으로 만드는 것이라면 배교의 것은 달랐다. 생명 자체를 새로이 창조하는 일이었으니까."

십만마교는 정통 마도를 추구하는 곳이었으나 정마대전 당시 마도련의 깃발 아래 모여든 무수한 문파들 중에는 천인공노할 짓을 서슴지 않았던 사파들 또한 섞여 있었다.

그 사파들 중 하나가 바로 진주 배교였다.

본래 불을 숭상하는 곳이었으나 시간이 흐르며 방문좌도에 몰두해 괴이한 일을 여럿 한 것으로 악명을 떨친 집단이었다.

진주 배교가 생명 자체를 창조하는 연금술에 몰두했다 한다.

"배교에는 역행흑마대법이란 금지된 비술이 있었다. 도교에서 말하는 양생(養生)의 비법을 역으로 해석해 만들어낸 것이지."

류한은 마도시대 무공에 대해 많은 것을 알고 있었으나 배교에 그런 비술이 있다는 얘기는 처음 듣는 것이었다.

"배교의 더러운 주술사들은 역행흑마대법을 대성하기만 하면 생명을 창조할 수 있다는 헛된 망상에 사로잡혀 있었다. 그러나 어찌 무에서 유를 창조해 낼 수 있단 말이냐? 그런 비술이 있다면 천하를 처음부터 다시 창조할 수도 있는 경천동지한 것인데."

그럴 것이다.

생명을 자유자재로 마구 창조해 낸다는 것은 말도 안 되는 일이었다.

"본좌가 마도를 지배한 후 우연찮게 그 비술에 대해 알게 됐다. 처음에는 듣고 이런 아둔한 것들이 다 있나 했지. 그러나 배교의 역사가 오욕과 수치로 점철됐다 하나 천 년의 전통을 가진 곳이다. 그곳의 비술이 과연 온통 허튼소리로만 가득할 것이라 생각하기는 힘들었지. 그래서 본좌는 생각했다. 무에서 유를 창조할 수는 없으나 무언가가 시작이 될 만한 것이 있다면 가능하지 않을까 하고 말이다."

마인들의 성정이 자유분방하고 사고가 기발하다 하지만 송악군의 생각은 독특했다.

"인간의 생명은 어디에서 시작되느냐? 바로 여인의 자궁에서부터다. 또한, 그 근원은 어디에 있느냐? 남성의 비액(秘液)으로부터 시작된다. 본좌는 생각했다. 양생의 법을 정반대로 역행시켜 생명력을 키우는 역행흑마대법이라면 사람의 신체 일부분을 여인의 자궁에 담아 그대로 키울 수 있지 않을까 하고 말이다. 그래서 본좌는 본좌의 피와 살을 천 명의 여인 자궁에 심었고, 배교의 주술사들이 그것을 역행흑마대법으로 키웠다."

마인들이 자유로우나 그것이 도에 지나치면 사이한 일을 하는 것을 종종 보았다.

그러나 이것은 너무나 지나친 일이었다.

"쉽지 않은 일이었다. 성공률을 높이기 위해 본교의 대법인 천인혈까지 동원했다. 그러나 본좌의 피와 살을 받은 일천의 여인 중 오백의 몸에서는 씨앗조차 발아하지 못했다. 씨앗을 발아한 오백의 여인 중 절반은 괴이한 질병에 시달리다 죽었으며, 나머지 절반도 자궁에서 만들어내는 새로운 생명을 지키지 못했다. 역천의 술법이었으니 그것이 당연하다 할 것이다. 그러나 일천의 여인 중 스물의 여인은 열 달 후 아이를 낳기 시작했다. 그러나 스무 명 중 열 명은 사산을 했고, 나머지 열 중 여덟의 여인 몸에서는 도저히 인간이라 부를 수 없는 흉측한 괴물 형상을 한 아이들이 태어났다."

괴물 형상의 흉측한 존재들…….

십만대산 가장 깊숙한 비지에서 반인반수의 괴물들이 산다는 얘기를 들은 적이 있었다.

그들은 호랑이의 괴력과 독수리의 눈, 표범의 빠르기를 가졌으며 천생 신력을 가졌다 알려졌던 십만마교의 비밀병기들이었다.

강시 중 으뜸이라는 수라강시를 종이처럼 찢어발기며, 귀혼강신대법으로 소환한 모산파의 골조차도 일격에 박살 낸다는 두려움의 대상이었다.

'그들이 바로 저주받은 대법으로 태어난 존재들이었구나! 사람이나 사람이 아닌 자들!'

그럼, 마지막 남은 두 여인은 어찌 되었을까?

류한이 설마 하는 심정으로 송악군을 바라봤다.

"두 여인의 몸에서는 정상적인, 너무나 정상적인 아이 둘이 태어났다."

송악군은 묘한 눈빛으로 류한의 몸을 훑어보더니 말했다.

"그 아이들은 본좌의 자식들이 아니라 또 다른 본좌였다. 부모 자식 간에도 그 생김새는 많이 다르게 마련이나 두 아이는 본좌와 한 치의 틀림도 없었다."

설마? 그럴 리가…….

"그 남아가 바로 너다! 그래서 본좌는 너이기도 하고, 너 또한 본좌이기도 한 것이다."

송악군의 말을 다 듣고 난 류한은 충격으로 인해 크게 휘청거렸다.

"본좌의 피와 살을 받아 본교의 천인혈과 배교의 역행흑마대법으로 탄생한 것이 바로 너다! 본좌는 네가 태어난 이후부터 단 한순간도 네게서 눈을 떼지 않았다. 그러나 너는 또 다른 나이기도 하기에 너에게 교주에게만 내려오는 무공을 가르쳐 줄 수는 없었다. 그랬다면 언제 네가 본좌의 자리를 노릴지 모르기에. 하나 또 하나의 본좌를 약하게 키울 수도 없었다. 그래서 비천신마 한평 교주 이래 봉인된 오대마검을 가르쳤던 것이지."

충격으로 인해 말조차 잇지 못하는 류한을 보며 송악군이 자리에서 벌떡 일어섰다.

"너의 성공을 보고 난 후 본좌는 한 가지 결심을 했다. 지리한 백 년 전쟁으로 본교의 고수들이 계속 죽어나갔다. 그들을 살릴 수 있는 방도가 없다면 새로이 알아낸 비법으로 그들의 생명을 재창조하자고 말이다. 그래서 죽은 고수들의 피와 살을 천인혈과 역행흑마대법을 통해 새로이 창조했다. 그것이 바로 폭풍대였다!"

또 하나의 충격적인 사실!

마공의 성취 속도가 빠르다 하나 폭풍대에 속한 마인들의 무공 성취 속도는 모두가 경이적이었다.

범 같은 아비에게서라도 개만도 못한 자식이 태어나기 일 쑤다. 그러나 무공에 대단한 재능을 갖고 이미 크게 성취를 이룬 범 같은 아비를 그대로 재창조한다면 모든 문제가 해결된다.

폭풍대 모두가 한결같이 대단한 재능을 갖고 불가사의할 정도로 강했던 데에는 그런 비사가 숨겨져 있었던 것이다.

"너와 폭풍대가 본좌를 위해 영원히 싸울 것이라 믿었다. 특히 네가 있다면 본좌는 죽음조차 두렵지 않았다. 본좌가 죽더라도 또 하나의 본좌인 네가 마교를 통치하며 마도시대를 영원히 이어나가면 그것이 곧 본좌가 영원히 사는 길이라 믿었기 때문이니."

뒷말을 이으며 송악군이 가볍게 아랫입술을 깨물었다.

"그러나 너는 본좌를 배신했다. 게다가 본좌가 새로이 창조한 후 키운 폭풍대마저도 본좌가 아닌 너를 따랐다. 본좌는 그때 난생처음 배신감에 치를 떨었지."

송악군이 가볍게 손을 치켜들었다.

그러자 방 한쪽에 숨어 있던 흑의인들이 순식간에 등장했다.

"대법을 통해 본좌는 또 하나의 폭풍대를 창조했다. 이들이 바로 제이의 폭풍대다!"

류한은 갑작스레 등장한 폭풍대 하나하나의 얼굴을 바라

보았다.

그들 모두 너무나 익숙한 얼굴들, 자신과 함께 정마대전의 사선을 뚫으며 싸워왔던 형제들이었다.

그러나 불행히도 자신은 그들을 알아보지만 그들은 자신을 알아보지 못했다.

"본좌라고 영원히 사는 것은 아니다. 본좌 또한 언젠가는 죽게 된다. 본좌는 이전에도 너에게 제안을 한 적이 있었다. 본좌를 이어 또 하나의 본좌가 돼 마도시대의 무림황제가 되지 않겠느냐고. 그 제안은 여전히 유효하다. 한아, 마도시대는 물론이고 또 하나의 시대마저 지배하는 무림황제가 되겠느냐?"

자신에게 검을 겨눈 그 누구도 용서하지 않는 비정한 성격의 교주 송악군이었으나 또 하나의 자신인 류한에게만은 예외였다.

자신이 이룬 마도시대를 또 하나의 자신이 이어받는다면 그것이야말로 자신이 영원히 사는 길이라고 철석같이 믿고 있었다.

교주는 이미 마도시대를 지배하고 있고, 아마 이 시대 또한 지배할 수 있는 가능성이 농후했다.

그의 뒤를 잇는다는 것은 곧 두 시대를 완벽하게 지배하는 길이었다.

더욱이 교주는 이미 천부경의 문을 자유자재로 넘나들 수 있는 비술을 찾아낸 것처럼 보였다.

그렇다는 얘기는 그 문을 타고 여러 시대를 동시에 지배할
수도 있다는 것.

과거에 제안받았던 것과는 비교조차 할 수 없는 대단한 유
혹임에 틀림없었다.

그 제안을 받은 류한이 잠시 눈을 감았다.

감고 있는 눈이 때때로 흔들리고, 가볍게 눈썹이 뒤틀리는
것으로 보아 류한은 무언가를 깊이 생각하고 있는 것이 틀림
없었다.

미세하게 얼굴 근육이 경련을 일으키더니 류한이 아랫입
술을 앙다물었다.

"교주······. 마지막에 교주와 나의 뜻이 달라지기는 했으나
나는 교주를 존경했었소. 그 마음은 여전했었소. 그 어떤 마
인이 있어 무림을 일통하고 마도천하를 열 수 있었겠소? 그러
나, 그러나, 지금은 아니오."

쉬익!

류한이 청죽고검을 뽑아 들었다.

군자검은 남궁세가 앞에 영원히 박아 두었으나 그는 여전
히 남궁세가를 상징하는 청죽고검만은 가지고 다녔다.

청죽고검으로 교주 송악군의 미간 중심을 겨냥했다.

"교주, 나는 마도시대의 류한이 아니오. 허약한 시대에 왔
으나 나는 말할 수 없이 강해졌소. 오늘··· 교주를 죽이겠소!"

살기의 폭풍이 방 안에 휘몰아쳤다.

교주 송악군은 그 살기를 몸으로 받아내며 가볍게 미소를 지었다.

"확실히 너는 달라졌구나. 역시나 또 하나의 본좌이기 때문이런가? 이렇듯 강해진 너를 보니 기분이 좋구나. 하하하!"

크게 웃은 송악군이 손을 들었다.

그러자 뒤편에 시립하고 있던 폭풍대 열이 일시에 검을 뽑았다.

"이 아이들도 꽤 괜찮다. 아마 네가 키웠던 폭풍대보다 강할 거라 생각되는구나."

그 말과 동시에 열 명의 폭풍대의 검끝에서 조금씩 바람이 휘몰아치기 시작했다.

그 바람은 응축되고 또 응축되더니 검 끝에 작은 폭풍으로 화해 회전하고 있었다.

"폭풍마검……."

류한은 그 검법이 무엇인지를 바로 알아보았다.

"지금 구사하고 있는 것은 폭풍마검이나 나머지 월광요검, 태양마검, 벽력우뢰검, 유성비검까지 모두 가르쳤다. 십만대산의 적 백만을 벤다는 오대마검 모두를 익힌 폭풍대지."

마도시대 십만대산의 주인인 교주 송악군은 자신만만하게 말했다.

"이들 개개인의 성취는 너에 미치지 못할 것이나 이들은 열 명이나 된다. 그리고 이들의 얼굴을 보아라. 너와 함께 생사고락을 함께했던 폭풍대다. 죽었던 폭풍대가 환생한 것이라 할 수도 있겠지."

송악군이 눈빛을 번뜩였다.

"너는 피보다 진한 정리를 나눴던 폭풍대 형제를 향해 검을 겨눌 수 있겠느냐?"

오대마검도 오대마검이지만, 이들의 외양은 분명 류한과 생사고락을 같이 했던 폭풍대였다. 저주받은 대법을 통한 것이라고는 하지만 이들은 이미 죽은 폭풍대의 재생이었다.

교주를 향하고 있는 류한의 검끝이 미세하게 떨리기 시작했다.

류한의 뇌리에 폭풍대 형제들과 악전고투를 하며 혈로를 뚫던 기억이 스쳐 가기 시작했다.

자신을 위해 얼마나 많은 형제들이 죽어야 했던가?

일천의 형제로 시작해 마지막에는 고작 일백밖에 남지 않았었다.

그러나 그들은 죽어가면서도 자신을 털끝만큼도 원망하지 않았다. 도리어 자신을 위해 더 많은 적을 베지 못하고 일찍 떠나게 됨을 죄스럽게 생각했던 진정한 형제들이었다.

"대주, 부디 우리를 잊지 마십시오!"

만신창이가 된 몸으로 헐떡거리며 그 한마디를 남기고 죽어갔던 형제들……

차라리 그들 대신 자신이 죽었으면 덜 고통스러웠을 것이다.

주르륵!

그들에 대한 기억이 떠오르자 류한의 볼 위로 한 가닥 뜨거운 눈물이 흘러내렸다.

그 형제들이 지금 이 순간 자신을 향해 검을 겨누고 있었다.

자신의 기억은 이리도 생생한데 새로 태어난 저들은 아무것도, 아무것도 기억하지 못하고 있었다.

형제들이 자신을 향해 검을 겨누고 있다는 사실보다 형제들이 자신을 기억하지 못하고 있다는 사실에 더욱 가슴이 찢어질 것만 같았다.

심마가 류한을 덮쳐 오자 그의 검은 더욱 심하게 흔들렸다.

그 모습을 지켜본 교주 송악군이 비릿한 미소를 지었다.

"너는 본좌에게 결코 검을 겨누지 못한다."

확신에 찬 어조였다.

"네가 너무나 잘해주었던 탓에 이 시대 사람들은 모두 본좌를 남궁세가 가주 남궁유한으로 알고 있다. 만약 자하령주인 네가 본좌를 향해 검을 겨눈 사실을 세상이 알게 되면 어찌 될까?"

송악군은 목을 쓰다듬으며 말을 이어갔다.

"남궁세가의 여섯 아이, 네가 폭풍대라 이름 지었던 아이들이 네가 이곳에 들어오는 것을 보았다. 게다가 하북팽가의 팽강이란 녀석은 너를 직접 이곳까지 안내했다. 네가 만약 이곳에서 나와 피를 보게 되면 정파의 무림맹은 결성조차 불가능해진다는 얘기지. 도리어 정파에 커다란 분란이 일어나게 될 것이다. 단결해도 십만대산을 상대하기 버거운 정파가 분열된다면……. 일 년도 걸리지 않아 마도천하가 열릴 것이다."

구구절절 그 얘기가 옳았다.

류한이 남궁유한의 얼굴을 하고 있는 송악군을 공격하게 되면 분명 그렇게 될 것이다.

이미 비천신마 한평까지 죽어 정파와 십만마교가 서로 칼을 겨누고 있는 마당에 정파의 분열과 대립은 십만마교에게 커다란 기회가 될 것이다.

"한아, 상황이 그러한데 네가 나를 향해 검을 겨눌 수 있겠느냐?"

지금 이 자리에서 나눈 얘기를 다른 이들에게 말한다 해도 아무도 믿지 않을 것이다.

자신이 교주에게 검을 겨누는 순간 정파에는 큰 혼란이 올 것이다.

자신은 교주를 앞에 두고도 싸워보지조차 못한다.

'대체 어찌해야 하는 것인가? 이대로 교주의 뜻대로 흘러가게 두어야 한단 말인가? 그것은 또 하나의 마도시대인 것을!'

류한의 손이 바르르 떨렸다. 검을 가지고도 사용하지 못하게 된 자신의 무기력함에 몸이 떨렸다.

마도시대의 개막을 막고자 그리 노력했으나 마지막 순간에 자신은 아무것도 할 수가 없었다.

쿵!

순간 솟구쳐 오른 화를 참지 못하고 류한이 바닥을 강하게 내려쳤다.

이글거리는 눈빛으로 교주를 노려봤다.

당장이라도 할 수만 있다면 자신의 얼굴을 하고 있는 교주의 얼굴 가죽을 모조리 뜯어내고 싶었다.

"한아, 예전처럼 본좌의 명을 따르거라."

"……."

"이전처럼 많은 피를 흘리지는 않을 것이다."

"믿을 수 없소."

류한이 이를 갈며 답했다.

"하하하! 많은 피를 흘릴 이유가 없느니라. 한아, 너는 분명 비천신마 한평과 만났다. 아마 그에게 무공을 전수받았겠지?"

류한은 가타부타 답하지 않았다.

그런 류한을 향해 가볍게 미소를 지은 송악군이 말했다.

"다른 것은 몰라도 천마삼검만은 전수받았을 것이다. 천마삼검은 십만 마인 모두를 지배할 수 있는 검. 그것을 통해 십만대산을 장악해라."

십만마교가 제아무리 강하다 하나 천마삼검이라면 가능할 것이다.

"네가 십만마교를 완전히 장악하고 나면 무림맹주인 본좌는 너에게 일 대 일 비무를 청할 것이다. 그 한판 승부를 통해 이 시대의 무림 역시 일통이 될 것이다. 정파와 마교가 지루한 소모전을 하며 폐허가 된 세상은 본좌 또한 원하지 않는다."

송악군의 계획은 이랬다.

남궁세가 가주 신분으로 무림맹주가 되는 것이 첫째였다.

현재 무림맹주 후보로 거론되는 이는 세 사람이었다. 남궁유한과 하북팽 가주 팽강, 그리고 자하령주 류한.

팽강은 이미 무림맹주 자리에 뜻이 없으며 남궁유한과 류한 둘 중 하나라면 기꺼이 자리를 양보하겠다는 의사를 밝힌 상태였다.

여기에 자하령주 류한까지 양보의 뜻을 밝히면 남궁유한이 된 송악군이 무림맹주의 자리를 차지하는 것은 일도 아니었다.

무림오대세가와 구파일방, 천하의 군소문파와 방회 등을

총망라한 무림맹의 맹주가 돼 정파를 일통하는 것이다.

둘째로는 천마삼검을 익힌 류한을 부려 십만마교를 장악하는 것이다. 다른 이라면 터무니없는 계획이었으나 천마삼검을 익히고 있는 류한이라면 그것이 가능할 것이었다.

그리고 마지막으로 무림맹주 남궁유한과 십만마교 신임교주 류한이 일 대 일 비무를 통해 건곤일척의 승부를 겨룬다.

당연히 그 승부에서 무림맹주 남궁유한이 승리해 정파와 마도를 일통한 전무후무한 무림황제가 되는 것이다.

이 계획은 간단했으나 별다른 수고를 들일 것도 없고, 많은 피를 볼 필요도 없었다.

'교주의 무공 또한 상상을 초월한 경지에 있다. 그러나 그의 심계 또한 무공에 못지않구나!'

간단히 천하를 삼키는 계획을 만들어낸 교주를 보며 류한이 속으로 경악했다.

"네가 본좌에게 검을 겨눠 정파를 분열시켜도 좋다. 그럴 경우 본좌는 수고스럽더라도 직접 십만마교를 장악할 것이니. 너 또한 알고 있겠지? 본좌의 힘을!"

고금제일신마 교주라면 힘으로 십만마교를 굴복시키는 것이 가능할 것이다.

"본좌가 이끄는 십만마교가 혼란에 빠진 정파를 집어삼키는 것은 일도 아니다. 대신 그럴 경우 천하는 시산혈해를 이룰 것이다. 또 다른 정마대전이 시작되는 것이지."

송악군이 매섭게 소리쳤다.

"선택하거라! 너로 인해 정마대전이 시작되기를 원하는 것이냐? 너는 본좌의 명을 따를 것이냐, 아니면 천하를 피로 물들일 것이냐!"

선택의 여지가 없었다.

류한은 전신에서 모든 힘이 쭉 빠져나가는 것을 느껴야 했다.

그는 힘없는 목소리로 외쳤다.

"고금제일 교주불사……."

교주에 대한 복종을 의미하는 그 구호를 외치자 송악군이 류한에게 다가와 그의 어깨를 두드렸다.

"이제야 모든 것이 원래대로 돌아왔구나. 하하하하하!"

송악군의 커다란 웃음이 방 안에 가득 차기 시작했다.

第三章 무림맹

無敵世家

낙양 외곽 낙화평.

드넓은 낙화평이라 하나 오늘만큼은 좁게만 느껴졌다.

낙화평 전체를 가득 메우고 있는 수만의 사람들이 내뿜는 입김과 몸에서 뿜어대는 열기로 인해 낙화평은 이미 후끈 달아올라 있었다.

낙화평에는 각 문파나 방회, 세가별로 질서정연하게 집결해 있었다.

낙화평 가장 좌측에는 남궁세가, 하북팽가, 제갈세가, 단목세가, 그리고 사천에서 거의 나오질 않는 사천당가가 도열해 있었다.

남궁세가의 남궁사대와 사신대, 하북팽가의 폭풍삼십육도 객, 질풍삼십육도객, 광풍삼십육도객 등을 비롯해 제갈과 단목세가의 정예들, 그리고 사천당가의 만수당 정예들까지 무림오대세가의 정예들이 총집결한 상태였다.

　현재 정파무림을 좌지우지하고 있는 무림오대세가의 정예들이 이처럼 도열해 있자 중간 규모 세가나 군소 문파들 무사들은 감히 그들과 정면에서 눈조차 제대로 마주치지 못할 정도였다.

　"대단하구나. 오대세가의 회합인 오룡제에서조차 오대세가의 모든 정예들이 총출동하는 경우는 거의 없다 했는데."

　"일대 사건이지요. 무림오대세가의 정예들이 모두 모이는 것은요."

　"십만마교가 아무리 강하다 하나 수백 년 동안 힘을 길러 온 오대세가라면 쉽사리 밀리지는 않을 것이다."

　낙화평 인근의 구경꾼들이 쉴 새 없이 오대세가 정예들의 위풍당당함을 칭찬했다.

　무림오대세가가 좌측을 차지하고 있다면 우측에는 구파일방의 정예들이 자리하고 있었다.

　소림파, 무당파, 화산파, 곤륜파, 아미파, 청성파, 종남파, 공동파, 점창파의 구파와 개방까지 전례없이 많은 제자들을 보내와 낙화평 우측에서 엄청난 기세를 뿜어대고 있었다.

"정말 보기 드문 일이구나. 태반이 세속과 연을 끊은 출가인들인 구파의 제자들이 이렇게 한자리에 모이다니."

구경꾼들조차 이처럼 많은 구파의 제자들을 보는 것은 처음이었다.

"언제나 정파제일인은 구파일방에서 나온다 했지. 그 수나 세력으로는 오대세가에 뒤질지 모르나 구파일방의 제자 한 명, 한 명은 상당한 고수들이지."

사람들은 그 말에 고개를 끄덕였다.

그들은 오대세가의 고수들 또한 인정하고 있었으나 개개인의 무공 수위만 놓고 따지면 구파일방의 고수들이 조금은 위일 것이라고 예상하고 있었다.

낙화평 중앙에는 하남의 서문세가, 산동의 황보세가, 강소 신창양가, 절강 모용세가, 광동 광동진가 등 쟁쟁한 전통세가들이 자리하고 있었다.

또한, 세가 소리는 듣지 못하나 나름 각 지방에서 세를 구축하고 있는 무가(武家)에서도 무인들을 보내왔다.

여기에 덧붙여 각 성의 문파나 방회들에서도 무인들이 이곳 낙화평으로 몰려왔다. 그리고 평소 뜻을 품고 수련에 수련을 거듭하던 은거 기인이나 젊은 무사들, 낭인들 역시 이곳에 모였다.

무림맹의 양대 주축은 오대세가와 구파일방이었으나 그 수만 놓고 따지면 낙화평 중앙에 모여 있는 이들이 압도적으로 많았다.

정파를 총망라하고 있는 것처럼 보이는 수만의 사람들 앞쪽으로는 커다란 단상 하나가 차려져 있었다.

그 단상에는 남궁세가주 남궁유한, 하북팽 가주 팽강, 제갈세가주 제갈현도, 단목세가주 단목천, 사천당가주 당소유가 앉아 있었다.

또한 소림 장문인 법현 대사, 무당 장문인 청우 진인, 화산 장문인 운학 진인 등을 비롯한 구파일방의 장문인들이 모두 모여 있었다.

지금 이 자리에 모여 있는 이들이 정파의 모든 것이었다.

단상에 앉아 엄청나게 모여 든 정파인들을 보며 흐뭇한 미소를 짓고 있던 하북팽 가주 팽강이 자리에서 일어났다.

"이 사람은 하북팽가를 맡고 있는 팽강이라 하오!"

내력을 담아 소리친 팽강의 말은 낙화평 전체에 울려 퍼졌다.

"와아~! 폭렬도 팽강 가주다!"

구경꾼들뿐만 아니라 그 위명이 자자한 팽가의 가주를 처음으로 보게 된 중앙에 모여 있던 여러 문파의 무인들 또한 감탄성을 터뜨렸다.

엄청난 환호성 속에서 팽강이 두 팔을 들었다.

"정파 영웅들의 열렬한 환대에 이 팽강은 크게 감사드리오. 오늘 낙양 영웅대회에 모인 영웅호걸들의 면면을 보니 너무나 든든하오."

그는 낙화평에 모인 무수한 정파 무인들을 둘러보며 말을 이었다.

"오늘 우리는 두 가지를 위해 모였소. 하나는 정파 무림맹의 시작을 만천하에 선언하기 위함이오. 그리고 다른 하나는 무림맹을 이끌 무림맹주를 선출하기 위함이오."

그 선언에 잔뜩 흥분해 있던 좌중에 찬 물이라도 끼얹어진 듯 조용해졌다.

수만의 눈과 귀가 단상에 서 있는 팽강에게로 쏠렸다.

"너무나 많은 영웅호걸들과 무림명숙들이 모여 있는 무림맹인지라 어떤 분을 맹주란 막중한 자리에 추대해야 할지 모두가 고민했소."

팽강이 뒤편에 앉아 있는 오대세가의 가주들과 구파일방의 장문인들을 가리키며 말했다.

"정파 전체를 대표하는 무림맹인지라 정파인들 모두의 의사를 물어야 할 것이 타당할 것이오. 하나 그것은 현실적으로 불가능한 일. 그래서 이 사람은 이제껏 정파를 위해 헌신해 왔던 오대세가의 가주님들과 구파일방의 장문인분들에게 먼저 어떤 분이 좋겠는지를 물었소. 그 결과 이분들은 만장일치로 한 분을 천거하셨소."

과연 팽강의 입에서 어떤 이의 이름이 나올지를 두고 정파 모두가 긴장하고 있었다.

무림맹주야말로 정파제일인이며, 향후 정파 전체를 영도할 지도자였다.

　무림맹주가 된 인물은 개인적으로도 영광이겠으나 맹주가 배출된 문파 또한 최고의 영광을 거머쥐게 되는 것이었다.

　'누굴까?'

　'지금 단상에 올라 맹주를 소개하려는 것으로 봐 팽 가주는 아닌 듯하다.'

　'남궁세가의 남궁유한 가주?'

　'구파일방이 내세운 류한 자하령주?'

　'그도 아니면 은거 기인이나 제삼의 인물?'

　제 각각 다른 생각을 하며 팽강의 입에서 어떤 이름이 나오게 될지에 대해 군웅이 촉각을 곤두세웠다.

　팽강은 잔뜩 호기심 어린 눈빛으로 자신을 바라보는 수만의 눈동자들을 보며 서서히 입을 뗐다.

　"오대세가와 구파일방이 감히 맹주로 모시기로 청한 분은… 바로 남궁유한 남궁세가주요!"

　그 선언에 숨을 죽이고 이름을 기다리던 군웅들이 일제히 환호성을 터뜨렸다.

　"와아아아아아~!"

　"남궁유한 맹주!"

　"남궁유한 맹주 만세!"

　"무림맹 만세! 남궁유한 맹주 만세!"

열렬한 환호였다.

"이는 오대세가와 구파일방의 결정이오! 하나 여기 모인 군웅들 중 남궁유한 맹주에 대해 이의가 있는 사람이 있으면 지금 말씀해 주시오!"

군웅들의 열렬한 환호성으로 인해 팽강의 우렁찬 목소리마저 묻혀 그 말이 잘 들리지도 않았다.

"지금 이 자리에서 이의가 없다면 무림맹은 남궁유한 맹주를 모실 것이오. 우리 정파 전체는 남궁유한 맹주를 따라 대의를 이룰 것이오. 남궁유한 맹주와 함께 큰 뜻을 펼쳐 보이시겠소?"

"물론이오!"

"맹주를 따라 저 간악한 마인들을 모조리 참할 것이오!"

"맹주가 가는 길이면 그 어떤 길이라도 마다하지 않을 것이오!"

"명만 내려주시오! 십만대산에 오르라 해도 기꺼이 따를 것이니!"

군웅들은 남궁유한의 맹주 추대에 대해 전혀 이의를 제기하지 않았다.

실상 너무나 많은 이들, 각각이 놓인 처지와 생각이 다른 이들이 수만이나 모였으니 모두의 생각이 같을 수는 없었다.

남궁유한의 과거에 대한 의심을 가진 자들, 남궁유한과 남궁세가에 불만을 가진 자들도 이들 중에 섞여 있기도 했다.

그러나 정파를 주도하는 오대세가와 구파일방이 공동으로 추대한 맹주에 대해 대놓고 이의를 제기할 정도로 담량이 큰 자는 없었다.

또한, 대다수가 열광적인 환호로 맹주 추대를 환영하며 대세를 형성하고 있는데 제동을 거는 것도 어려운 일이었다.

무림맹주는 형식적으로는 정파 전체가 추대하는 것이었으나 실질적으로는 오대세가와 구파일방이 동의하면 끝이었다.

과거에도 그러했고, 현재도 전혀 변화가 없었다.

열렬한 환호성 속에 단상에 앉아 있던 남궁유한이 마침내 자리에서 일어섰다.

그는 정파의 군웅들을 바라보며 짧게 말했다.

"오늘이 바로 '영원한' 무림맹 체제의 시작이오! 정파의 군웅들을 결코 실망시키지 않을 것이오!"

힘찬 선언에 정파의 군웅들이 직전보다 몇 배는 커다란 함성으로 답했다.

"와아아아아아~!"

그 환호성에 남궁유한이 두 팔을 치켜들어 답했다.

새 무림맹주를 향해 열렬히 환호하는 남궁유한을 보며 팽강은 그런데 미간을 찌푸렸다.

'영원한 무림맹 체제라……. 이는 내가 알고 있던 남궁 숙부의 생각과는 정반대가 아닌가?'

남궁유한 숙부 역시 팽강이 꿈꾸는 자유로운 강호에 동의했다. 또한, 십만마교를 상대하기 위해 무림맹을 결성하는 것이지 무림맹을 통해 정파무림을 일통하는 집법세를 만들지는 않을 것이라 다짐했었다.

'그랬기에 내가 기꺼이 남궁 숙부를 무림맹주에 추대한 것이 아니었던가?'

불길한 상상이 팽강의 뇌리를 스쳐 갔다.

'인간의 탐욕은 끝이 없다. 또한, 인간의 생각이란 끊임없이 달라지게 마련이다. 혹 남궁 숙부가 무림맹 체제를 통해 정파무림의 일통을 꿈꾸는 것은 아닌가?'

지금은 십만마교와의 갈등을 해결해야 할 때지, 그것을 기화로 정파무림을 일통하려는 시도를 할 때가 절대 아니었다.

팽강의 등줄기에 식은땀이 흘러내리기 시작했다.

그사이 남궁유한은 이미 준비해 왔던 무림맹 체제도를 펼쳤다.

무림맹주 아래 외원(外院)과 내원(內院)으로 조직을 구분했다.

내원에는 일원(一院)이라 하고 구파일방의 장문인들과 오대세가의 가주들을 장로라는 이름으로 묶어두었다.

내원에는 청룡, 백호, 현무, 주작의 네 신수의 이름을 따 네개의 각(閣)을 구성했다.

청룡각은 무림맹주를 지키는 호위단 성격이었고, 백호각

은 무림맹에 상주하는 정예 전투 부대였다. 현무단은 맹의 감찰 기관이었고, 주작단은 정보 기관이었다.

내원 아래에는 사당(四堂)이 존재했는데 재당(財堂)과 수련당(修鍊堂), 철기당(鐵器堂), 그리고 지당(支堂)으로 구성돼 있었다.

재당은 무림맹의 재정을, 수련당은 무림맹 무사들의 수련을, 철기당은 무림맹에 필요한 물자들의 생산과 조달을, 지당은 무림맹의 지단을 관리하는 곳이었다.

이어 외원은 수천의 무인들로 구성된 천룡단과 비룡단, 백봉단, 철기단, 질풍단 등은 실전 전투 부대였다.

남궁유한은 진즉부터 이 구조를 준비해 왔던 듯 조직 발표에 이어 곧장 그 단체의 수장들을 발표했다.

"아~!"

그 이름이 발표될 때마다 당사자는 감격의 환호성을, 이름이 발표되지 않은 자는 아쉬움의 탄성을 내질렀다.

정파의 무수한 군웅들은 너무나 급하게 진행되고 있는 무림맹의 체계화에 대해 별다른 의심을 품지 않았다.

십만마교, 상대가 상대이니만큼 무림맹 또한 통일되고 체계화된 강력한 단일 조직이 필요함을 느꼈기 때문이었다.

남궁유한은 일사천리로 조직과 그 조직의 수장을 발표한 후 크게 소리쳤다.

"본 맹주는 두 분을 호법으로 모실까 하오. 본 맹의 군사

역할을 하실 좌호법으로는 남궁세가의 총사를 맡고 있는 철대선생을 모실까 하오."

그 발표에 누구도 이의를 제기하지 않았다.

철대선생은 이미 천하에 명성이 자자한 지자로, 최근에는 남궁세가를 크게 부흥시킨 당사자였다.

"그리고 본 맹주를 도와 가장 선두에 서서 십만마교와 싸울 영웅 한 분을 우호법으로 모실 것이오. 그분은 바로 자하령주 류한 대협이오."

군웅들이 그 호명에 크게 술렁이기 시작했다.

무림맹 결성은 구파일방이 자하령주를 내세움으로써 급물살을 타게 된 것이고, 실질적인 무림맹의 제창자가 바로 자하령주였다.

또한, 자하령주는 최근에 십만마교의 정예들을 단신으로 격파하면서 군웅들에게 정파제일고수의 하나로 추앙받고 있는 인물이었다.

"오늘에야말로 소문이 자자한 자하령주를 볼 수 있게 되었구나."

신비의 고수, 구파일방의 임시 맹주인 자하령주에 대한 관심은 엄청나게 뜨거웠다.

남궁유한의 소개를 받고 단상에 말없이 앉아 있던 류한이 자리에서 일어섰다.

"와아~! 저 청년 고수가 바로 자하령주였나?"

군웅들이 류한의 모습을 처음 보며 탄성을 내질렀다.

그들은 자하령주 류한의 멋들어진 말을 통해 사기를 북돋 아주기를 기대했다.

그러나 류한은 가볍게 손을 한번 들어줬을 뿐 단 한마디도 하지 않고 다시 자리에 앉았다.

그 행동에 한껏 달아올랐던 군웅들은 의아한 표정을 지었 다.

류한은 무림맹주 남궁유한, 아니, 오늘의 어릿광대 놀음을 주도하고 있는 교주 송악군을 바라보며 분노로 몸을 떨더니 자리에 몸을 파묻었다.

무림맹주 남궁유한은 이렇게 탄생했다.

"가장 빠른 시일 내에 십만대산의 미망봉 정상에 올라라. 빨리 오르면 오를수록 훨씬 적은 피를 흘리게 될 것이다."

무림맹주 남궁유한, 아니, 고금제일신마 송악군은 류한에 게 그렇게 명령했다.

류한은 지금 당장에는 아무 해결책이 없었기에 교주의 명 을 따를 수밖에 없었다.

아니, 어쩌면 십만대산으로 가는 것만이 교주의 계획을 처 음부터 끝까지 틀어버릴 수 있는 유일한 방법인지도 몰랐다.

그는 무림맹에 속한 그 누구에게도 사실을 알리지 않고 하 남성 낙양을 떠났다.

그의 곁에는 오직 검왕 곽연만이 동행하고 있을 뿐이었다.

곽연으로서는 지금 상황이 어떻게 돌아가는지 알 수 없었으나 그가 모셨던 비천신마 한평의 마지막 말을 따르고 있었다.

"내가 죽었다는 소식이 들리면 검노는 십만대산을 떠나도 좋다. 그대는 자유다."

비천신마 한평에게 패해 검노의 신분으로 살았으나 그의 죽음으로 인해 곽연은 자유였다. 그러나 그는 류한의 곁을 떠나지 않았다.

검왕 곽연은 마땅히 갈 곳이 없었다.

하남성 낙양을 출발한 두 사람은 쉴 새 없이 말을 달려 곧 감숙성과 청해성 경계에 도달했다.

강호는 십만마교에서 출발한 십만기가 하남성 숭산에서 농성을 하고 있고, 이에 맞서 정파에서 무림맹을 출범시켜 대립각을 세우고 있는 상태였다.

불씨만 던져지면 당장이라도 정마대전이 발발할 일촉즉발의 상황이었다.

그러나 십만대산의 확실한 세력권인 청해성 초입에 들어섰음에도 주변은 평온하기만 했다.

"십만쟁투가 선언되기 이전에는 그 누구도 먼저 칼을 뽑을 수 없다 했다. 비천신마 교주의 죽음에 대한 진상을 밝히기 전에는 아무도 움직이지 않겠지."

십만대산의 마인들은 하나같이 강하다. 그러나 그들은 흉악한 사파가 아니다. 정통 마도를 추구하는 집단인 것은 그들이 몇 가지 강력한 율법들에 묶여 있기 때문이었다.

생명의 구함을 받은 자는 그를 구해준 자를 평생 따르게 된다는 마룡봉의 법 같은 것이 그것이었다.

그 강력한 율법 중 하나가 교주의 사후 정식으로 다음 교주를 뽑는 십만쟁투가 시작되기 전에는 절대 피를 볼 수 없다는 것이었다.

"그 율법이 언제나 교의 분열과 붕괴를 막았지."

너무 강한 자들이기에 각각의 개성도 강했다.

자신 외에는 그 누구도 자신의 위에 두려 하지 않는 자들이 너 나 할 것 없이 교주가 되겠다고 나설 수도 있는 노릇이었다.

그것은 곧 교의 분열과 혼란으로 이어질 것이 분명했기에 십만쟁투의 율법으로 그것을 막고 있는 것이었다.

청해성이 고요하기는 했으나 류한의 표정은 어두웠다.

'십만의 마인이다. 그들 하나하나가 고수 아닌 자가 없는 마인들. 내가 아무리 천마삼검을 전수받았다 하나 나 혼자서 그들을 모두 제압하는 것은 극히 힘들다. 그들을 간신히 제압한다 하더라도 나는 한동안 요양을 취해야 할 정도로 심각한

내상을 입을 것이 분명하다. 교주가 자신의 손으로 십만마교를 거두려 하지 않는 것에는 그런 이유가 있다.'

류한은 짐작하고 있었다.

마도시대의 교주라면 십만, 아니, 백만의 마인과 싸워도 패하지도, 지칠 리도 없을 것이다.

그러나 천부경의 문을 타고 넘어온 교주는 무언가 다른 점이 있었다.

'내 느낌이 확실하지는 않지만 교주는 약해져 있다. 천부경의 문은 마도시대 마인들조차 목숨을 걸고 넘어야 하는 문. 마선의 경지에 달한 교주라 해도 그 문을 넘으며 무언가 문제가 생긴 것이 틀림없다.'

예전의 류한이었다면 교주의 그런 변화를 눈치 채지 못했을 것이다. 그러나 초월자인 비천신마 한평과 성승 혜원에게 일종의 가르침을 받아 놀랍게 달라졌기에 그 변화를 느끼고 있었다.

'교주의 생각은 이럴 것이다. 그는 아직 본래의 힘을 회복하지 못했다. 그는 혼자의 힘으로는 십만대산에 오를 자신이 없는 것이다. 그런 이유로 평소의 교주답지 않게 힘이 아닌 머리를 쓰는 것이리라. 그래서 그는 십만대산을 장악하는 과정에서 맞을 위험을 대신 감수할 나를 보내는 것이고.'

그것뿐만이 아닐 것이다.

'교주는 마인들과 악전고투를 펼쳐 약해질 대로 약해진 상태에 처한 나를 노릴 것이 분명하다. 교주가 약해졌다 하나 그 이상으로 약해진 나를 제압하는 것은 그리 어려운 일도 아닐 것이기에. 결국 교주는 십만대산의 힘으로 나를 제압하는 동시에 나를 통해 십만대산을 집어삼키려는 하는 것이다!

류한은 교주의 생각을 전부 읽고 있었다. 그러나 그 생각을 알고 있음에도 방법이 없었다.

자신이 남궁유한의 거죽을 뒤집어쓰고 있는 교주에게 맞서면 그 순간 정파 무림맹은 해체된다. 게다가 제아무리 교주가 약해졌다 하나 자신이 쉽게 이길 수 있는 상대도 아니다.

자칫 교주와 자신이 양패구상이라고 하게 되면 그 기회를 틈타 십만대산의 마인들이 일제히 그곳을 뛰쳐나와 천하를 휩쓸어 버릴 것이다.

그것은 곧 정마대전의 시작이며 마도시대의 개막이었다.

"그렇게 둘 수가 없다. 그것은 내가 이 시대로 왔기에 정마대전이 발발할 것이며, 마도시대가 백 년 이상 일찍 개막되는 것이기에."

류한의 머리는 복잡했다.

자신이 이 시대로 오지 않았다면 정마대전은 그대로 발발했겠지만 마도시대가 오는 것은 그래도 백 년 후였다.

그러나 자신이 이 시대에 옴으로써 그 시기가 백 년 이상 빨라질 판이었다.

"어쩔 수 없다. 최선을 다해 십만대산을 장악하는 수밖에."

최소한의 피해만을 입은 채 십만대산을 장악해야 한다.

그것만이 교주의 계획을 근간부터 뒤흔들 수 있는 유일한 방책이었다.

그러나 그것은 거의 불가능에 가까웠다.

"그동안 내가 만든 남궁세가의 세력이라도 있었으면 이런 때 크게 도움을 받았을 것인데……."

십만대산의 마인들이 강하다 하나 신무학으로 무장한 남궁사대와 강력한 병기들을 갖춘 사신대가 돕는다면 불가능할 것도 없다 싶었다. 거기에 자신이 손수 키운 폭풍대 일곱이 자신을 돕는다면 상당히 승산이 있는 싸움이었다.

"이런 날을 위해 그들을 준비했던 것인데, 나는 아무것도 해보지 못하고 그들을 모두 교주에게 빼앗기고 말았다. 너무나 어이없게도."

목소리가 달라지고, 얼굴이 달라진 것뿐이었으나 그것만으로도 자신은 그동안 준비한 모든 것을 빼앗겼다.

류한이 그에 대해 생각하자 그답지 않게 연신 한숨을 내쉴 수밖에 없었다.

그가 무거운 마음으로 한참을 더 달려갔을까?

그에게 무척이나 익숙한 지형들이 곧 펼쳐지기 시작했다.

수십, 수백 번도 더 보아왔던 풍경들…….

류한 자신이 태어나고 자란 십만대산의 초입에 당도한 것이었다.

정겨운 풍경들이기는 했으나 지금 그것을 감상하고 있을 여유가 없었다.

이곳은 십만대산, 곧 십만마교가 이곳에 자리하고 있음을 알리는 석비가 보일 것이다.

류한의 눈에 곧 세월의 풍파가 느껴지는 사람 크기 높이의 단출한 석비 하나가 눈에 들어왔다.

그 석비에는 각기 세 글자씩, 총 여섯 글자가 새겨져 있었다.

착검지(着劍地).

검을 차지 않은 자, 반드시 검을 착용해야 할 것이다.
투지를 잃은 자, 다시 투지를 불사를 지어다.
살고 싶은 자, 싸워야 할 것이다.

강자존(强者存).

오직 강한 자만이 생존할 수 있을 것이다.
상대의 위에 서지 않으면 짓밟히게 될 것이다.
오직 강한 자만이 모든 것을 소유하게 될 것이다.
착검지, 강자존!

반드시 검을 차고 싸워야만 하는 곳이며, 오직 강한 자만이 모든 것을 결정할 수 있는 투쟁의 장소에 들어섬을 알리고 있었다.

이 석비가 서 있는 선을 넘어서는 순간, 그때부터 만세무적(萬世無敵), 마교불패(魔教不敗)를 자랑하는 십만마교의 영역 안으로 들어가게 되는 것이다.

그 석비 앞에 선 류한이 크게 심호흡을 했다.

자신이 얼마나 강해졌는가에 상관없이 십만대산에 웅크리고 있는 자들 또한 강하다. 자신은 혼자지만 그들은 십만의 강자들이다.

"…솔직히 나는 자신이 없다."

사실 그들을 홀로 제압할 자신은 없었다.

"그러나 해보는 데까지 해보는 수밖에. 이것을 해낸다면 내 손으로 모든 것을 해결할 수 있을 것이니."

류한이 청죽고검을 들어 석비의 위를 강하게 두들겼다.

그가 혼신의 힘을 다해 내려쳤음에도 초라하기까지 한 석비에는 고작 자그마한 생채기 하나 생기는 것에 그쳤다.

일 검에 세상 그 무엇이라도 잘라 버릴 수 있는 그의 검에 생채기 조금 생기고 말다니.

그 석비의 외양은 초라했으나 진정코 범상치 않은 물건이었다.

류한이 석비를 내려치자마자 석비가 서 있는 자리 저편에

서 기이하게도 안개가 형성되더니 그 속에서 다수의 그림자
들이 서서히 다가왔다.

안개 속에서 서서히 그 모습을 드러내고 있는 그들은 난장
이들이었다.

그러나 보통 난장이들이 아니었다.

강호에는 무토십군(霧土十君)이라는 이름으로 널리 알려져
있으며, 두 발이 땅을 딛고 서 있는 동안에는 단 한 번도 패한
적이 없다 알려진 전대의 거마들이었다.

그들이 강호에 등장하면 당장이라도 대규모 피 바람을 일
으킬 정도의 거마들이 십만마교에서는 고작 입구 수문장이나
하고 있었다.

정파인들이 이 사실을 알았다면 게거품을 물고 뒤집어질
일이었다.

검어야 마땅한 눈동자가 허연 각질에 완전히 뒤덮여 있는
듯 하얘 괴기스런 느낌을 주는 무토십군의 수좌가 류한 앞에
다가왔다.

"우리는 그 누구든 오는 것도, 가는 것도 막지 않는다. 오
고 싶으면 오는 것이고, 가고 싶으면 가는 것이다. 십만대산
은 그런 곳이니까. 하나 그대는 다르다."

목에 무언가 걸린 듯 천식 환자처럼 컥컥대는 듣기 싫은 목
소리였다.

"그대가 십만대산의 율법을 알았든, 알지 못했든 상관없

다. 검으로 석비에 생채기를 냈다 함은 지옥투에 도전하겠다는 의사를 밝힌 것. 십만대산은 마땅히 그에 응할 것이다."

눈 자체가 실명한 것처럼 완전히 하얀 무토십군의 수좌가 그릇 깨지는 음성으로 물었다.

"지옥투에 도전한 무모한 자의 이름을 기억하겠다. 이름과 별호를 밝혀라."

류한이 짧게 답했다.

"류한, 철혈투마!"

"철혈투마 류한이라……. 들어본 적 없는 이름이군. 그러나 대담하게도 지옥투에 도전했으니 최선을 다해 싸워주마. 지금부터 십만대산이 모조리 굴복하든지, 아니면 그대가 영혼조차 남기지 못하고 갈가리 찢겨 사라지든지, 둘 중 하나로 귀결이 될 때까지 잠시도 쉬지 않을 것이다!"

수좌의 그 말이 신호이기라도 한 듯 무토십군 전체가 순간 땅에서 푹 꺼지듯 시야에서 사라졌다.

투투투투투툭! 투투투투툭!

곧 두더지처럼 땅바닥을 고속으로 파헤쳐 오며 요란한 굉음을 발하기 시작했다.

그들은 수십 장 이상 땅속으로 전진해 오더니 순식간에 류한이 서 있던 자리 바로 아래까지 당도했다.

쾅! 콰콰쾅! 콰콰콰쾅!

그러더니 일시에 땅을 뚫고 치솟으며 일제히 갈고리 모양의 날카로운 병기들을 땅 위에 서 있던 류한을 향해 던졌다.

그 갈고리를 피하기 위해 류한이 하늘로 도약했다.

"우리의 공격을 받으면 모두들 하늘로 피했다. 그러나 그들 중 한 사람도 살아남지 못했다!"

수좌의 그 말이 떨어지기 무섭게 열 개의 갈고리가 순식간에 철의 그물을 형성하며 류한을 향해 날아갔다.

열 개의 갈고리는 마치 하나의 갈고리처럼 움직였고, 천지사방에 그 갈고리들을 피할 방법은 도저히 없는 것처럼 보였다.

적어도 무토십군만은 그렇게 믿었다.

그때였다.

공격했던 무토십군이 돌연 모조리 피를 흘리며 저 멀리로 튕겨져 나갔다.

그리고 이들에게 분명하게 소리가 들렸다.

쉬익! 쉬익! 쉬익! 쉬익! 쉬익……!

총 열 번의 소리가 들렸다.

갈고리를 통해 형성한 진으로 상대를 붉은 고깃덩어리로 짓뭉개기 바로 직전에 들린 소리였다.

자신들이 당하는지도 모르고 허용한 상대의 공격에 피를 토한 무토십군의 수좌가 중얼거렸다.

"소리보다 빠른 검……."

그가 마른침을 꿀꺽 삼켰다.

"세상에 그러한 것은 오직 하나. 천마삼검의 첫 번째 초식인 섬(閃)!"

늑골이 부러지며 중상을 입어 제대로 목소리도 나오지 않았다. 그러나 무토십군의 수좌는 수십 년 만에 다시 천마삼검의 섬을 볼 수 있음에 심장이 격렬하게 뛰기 시작했다.

곧 그의 눈에 느릿하게 다가오는 한 자루의 검이 보였다.

너무나 느리고, 아무런 변화가 없는 검이었다.

삼류무사라도 능히 피할 수 있는 평범한 공격.

무토십군 전체는 그렇게 생각했다.

그래도 그들은 직전에 소리보다 빠른 검에 당한 터라 너무나 평범한 공격임에도 불구하고 혼신의 힘을 다해 그 검을 피하려 했다.

그러나 그것은 헛수고였다.

분명 느릿하고 아무런 변화가 없는 검이었음에도 그들은 그 검에 찔리며 모조리 땅바닥을 뒹굴어야 했다.

"푸학!"

무토십군 열 명이 모조리 입에서 피분수를 뿜어댔다.

그들은 한결같이 어처구니없다는 표정을 짓고 있었다.

분명히 피했다.

확실히 피했다.

그런데 왜 자신들이 바닥을 뒹굴고 있는가?

그들 중 무토십군 수좌의 뇌리를 스쳐 가는 생각 하나가 있었다.

"찰나에 삼백육십 개의 변화를 일으키는 검! 너무나 극심한 변화를 일으키기에 첫 환영이 사라지기도 전에 다음 환영이 휘몰아친다. 그래서 보는 이에게는 검 자체에 전혀 변화도 없고, 마치 검이 정지해 있는 것처럼 보인다는 초식!"

실제로는 움직이고 있으나 상대에게는 정지해 있는 것처럼 보일 정도로 상상을 초월하는 변화를 일으키는 초식 또한 하늘 아래 단 한 가지뿐이었다.

"천마삼검 두 번째 초식 변(變)!"

확실했다.

자신을 철혈투마 류한이라고 밝힌 자는 천마삼검을 익힌 자가 분명했다.

"천마삼검이라니……. 교주가 후인을 남겼는가?"

무토십군의 수좌가 이미 죽은 교주를 떠올리며 하늘을 바라봤다.

교주의 후인이라 하나 상대는 지옥투를 시작한 자였다.

그가 죽든지, 자신들이 완전히 꺾이든지 싸움은 계속돼야 한다.

무토십군 전체가 비틀거리며 땅에서 몸을 일으켰다.

그들은 다시 한 번 살기를 일으켰다.

"그대들은 할 만큼 했다. 그만 쉬도록!"

류한이 짧게 그 말을 내뱉더니 청죽고검을 크게 한 번 휘둘렀다.

그러자 놀랍게도 청죽고검에서 일어난 광풍이 무토십군에게로 향하는 길 주변을 모조리 휩쓸고 지나갔다.

마치 지진이라도 일어난 듯 완전히 황폐화된 길 위에는 온통 흙먼지를 뒤집어쓰고 있는 무토십군 열 사람이 박살이 난 갈고리 끝을 들고 서 있었다.

승부는 완전히 갈렸다.

"우리가 졌소. 들어가시오."

간신히 몸을 지탱하고 서 있던 무토십군의 수좌가 그 말을 끝으로 바닥에 두 무릎을 꿇었다.

류한은 그 상태로 고개를 떨구고 있는 무토십군들 사이를 걸어 들어가 본격적으로 십만대산 안쪽으로 향했다.

점점 멀어져 가는 류한의 뒷모습을 보며 마치 굳어 있는 것처럼 무릎을 꿇고 있던 무토십군 수좌가 중얼거렸다.

"내 눈이 틀리지 않았다면 저것은 분명 남궁세가의 청죽고검이다. 교주의 후인이 어찌 남궁세가의 청죽고검을 들고 있는가……. 일이 심상치 않게 돌아가겠구나."

쿵!

그 말을 끝으로 무토십군의 수좌 역시 더 이상 버티지 못하고 그의 몸이 흙바닥으로 허물어졌다.

쉬익! 쉬익! 쉬익!

소리보다 빠른 검, 천마삼검의 일초 섬!

소리를 들었다 생각했을 때 십만대산의 마인들은 이미 바닥에 쓰러져 피를 흘리고 있었다.

그렇게 하루가 지났다.

한 명, 한 명이 강호에 대흉명을 지니고 있는 거마들이 차례로 굴복했다.

한 번의 칼질로 일백 개의 목숨을 취한다는 마도(魔刀) 염상양도, 하룻밤 사이에 일천의 심장을 꿰뚫었단 묵철수(墨鐵手) 마도운도, 일 검에 백팔번뇌를 일으킨다는 번뇌마검(煩惱魔劍) 팽영걸도 예외가 아니었다.

십만대산의 봉우리를 차지하고 있던 거마들은 지옥투의 시작을 알린 철혈투마 류한을 주목하고 있었다.

그러나 그들은 결코 합공을 한다거나 집단으로 철혈투마 류한을 공격하지 않았다.

지옥투는 오직 순수한 힘의 대결!

이전에도 홀로 싸워왔던 마인이라면 철혈투마 류한과 홀로 싸웠다. 둘이나 셋, 혹은 무토십군처럼 다섯 이상을 이뤄 봉우리를 차지하고 있던 마인들은 함께 싸웠다.

비겁한 암수도, 졸렬한 함정도 없었다.

힘 대 힘!

오직 그것뿐이었다.

단 하루의 싸움이었음에도 류한은 서서히 지쳐 가기 시작했다.

마인들을 하나하나 꺾을 때마다 적잖은 내력의 소모를 감수해야 했다.

하찮은 삼류무사 일천을 상대하는 것도 거의 불가능한 일인데 류한은 지금 단 하루 만에 일천의 마인을 상대한 것이었다.

엄청난 경지에 이르렀다 해도 그것은 인간의 힘으로 쉬운 일이 아니었다.

게다가 마인들 각각이 엄청나게 강했기에 쉴 새 없이 그들을 상대해야 하는 류한의 내력은 중간중간 끊어지며 잘 이어지질 않았다.

"처음이다, 이 시대에 와서 내력의 흐름이 끊기는 것은."

그렇다고 맘 편히 운기조식을 해 내력을 회복할 시간은 없었다.

일단 시작된 지옥투에는 결코 휴식 따위는 없었으니.

류한이 찾아가지 않아도 마인들이 알아서 류한을 찾아와 끝없는 싸움을 계속했다.

그런 것이 또 하루가 지나고, 이틀이 지나고, 사흘이 흘렀다.

끝없이 들이닥치는 마인들의 숫자, 그 숫자야말로 십만대산에서 가장 무서운 힘이었다.

그 힘에는 제아무리 류한이라 할지라도 버텨낼 재간이 없었다.

"헉헉! 헉헉! 헉헉!"

먹는 것은 고사하고 물도 제대로 마시지 못했다.

쉴 새 없이 휘둘러 대는 청죽고검에는 피가 마를 사이도 없었다.

그런 그의 시야에 일백 개의 인영이 눈에 들어왔다.

일백 개의 인영은 양팔에 새의 깃털을 촘촘하게 엮어 만든 날개를 달고 있었다.

"혈우공작대(血雨孔雀隊)!"

하늘을 나는 맹금은 그 높이에서 지상에 야수보다 압도적인 우위에 있다. 그 이점을 살리기 위해 날개를 통해 짧은 거리나마 순간적으로 공중을 날 수 있는 마인들이 있었다.

그들이 바로 일백으로 적 일만을 궤멸시킬 수 있다는 혈우공작대였다.

혈우공작대가 계곡 지형 양쪽을 쉴 새 없이 날아다니며 류한을 향해 온갖 화살과 암기들을 흩뿌렸다.

하늘을 날고 있어 조준이 힘든 것이 당연했으나 그들은 혹독한 수련을 통해 그것마저 이미 극복한 이들이었다.

그들이 쏘아댄 화살과 암기들은 류한이라는 지상의 작은 점을 향해 한 치의 오차도 없이 쏟아졌다.

저 많은 화살과 암기들은 피할 수도, 일일이 쳐낼 수도 없다. 그럴 수 있는 이는 이미 인간이 아닐 것이다.

그러나 류한은 이미 인간의 경지를 초월하는 감각과 힘을 가지고 있었다.

그는 도저히 존재하지 않을 것 같은 틈을 찾아내 순식간에 암기의 비를 피해냈다.

암기들이 저절로 그의 몸을 피해간 것만 같은 놀라운 모습이었다.

"무적군림보!"

혈우공작대의 한 대원이 경악성을 터뜨렸다.

십만대산에 수많은 무공이 있다지만 경공과 신법에 있어 최고봉은 모두가 하나를 꼽는다.

그것은 바로 마도제일경공으로 일컬어지는 무적군림보였다.

혈우공작대가 소문으로만 들어왔던 무적군림보를 보며 크게 놀라고 있을 사이 류한은 허공에 대고 장을 쳐내기 시작했다.

펑! 펑! 펑! 펑!

장력은 대단한 위력을 가진 것이었다. 그러나 불행히도 류한은 지상에 있고, 혈우공작대는 하늘을 날고 있었다.

제아무리 류한의 장력이 강맹하다 해도 위력이 미치는 범위 밖에 있는 혈우공작대에게는 아무런 타격이 없어야 했다.

그런데 놀랍게도 헛되이 허공에 쳐낸 것 같은 류한의 장력에 의해 혈우공작대가 큰 타격을 받으며 지상으로 추락하기 시작했다.

혈우공작대 모두는 육체적으로는 멀쩡했다. 실상 그들의 몸에 장력이 격중된 것이 아니었으니 그것은 너무나 당연했다.

그러나 그들은 모두가 영혼에 커다란 충격을 받고 말았다.

류한이 구사한 것은 바로 십만마교 최강의 장력이었다.

육체를 손상시키는 경지를 넘어 상대의 영혼에 엄청난 충격을 주는 '파혼장'이었다.

영혼의 충격.

너무나 추상적이며, 현실적으로 그것이 가능할 리도 없다.

파혼장의 실체는 바로 장력을 통해 일으키는 일종의 음공(音功)이었다.

일반적인 장력의 위력이 미치는 범위는 극히 한정적이나, 소리의 형태로 전환시켜 쳐낸 파혼장의 범위는 거의 수백 장 이상이었다.

파혼장의 소리가 고막을 울리고, 뇌를 뒤흔드는 것이 흡사 영혼을 깨뜨리는 듯한 고통을 준다 하여 붙여진 이름이 파혼장이었다.

파혼장을 통해 거리의 한계도, 지상에서 하늘을 공격해야 한다는 불리함마저 극복한 류한에게 더 이상 거칠 것은 없었다.

파혼장의 장력에 휘말려 힘없이 하늘에서 지상으로 추락

하고 만 혈우공작대는 이미 날개 꺾인 맹금이었다.

지상에 떨어진 새를 제압하는 것은 일도 아니다.

류한은 간단히 혈우공작대를 굴복시키는데 성공했다.

하지만 장력으로 영혼을 부수는 것 같은 음공을 일으키는 파혼장은 내력 소모가 극심한 무공이었다.

가뜩이나 내력이 이어지지 않고 있는 상황에서 파혼장을 구사한 류한의 내력은 이미 바닥을 향해 가고 있었다.

'조금만 쉬었으면……'

류한은 속으로 잠시만 쉬었으면 하는 혼잣말을 끝도 없이 중얼거리고 있었다.

"한이는 잘하고 있다더냐?"

낙양에 새로 마련된 무림맹의 맹주 집무실에 앉아 있는 송악군이 혈세신마 제갈영호에게 물었다.

"지옥투를 시작한 지 오늘로 나흘째라고 합니다. 투마가 당대의 혈우공작대를 무력화시켰다 합니다."

그 소리에 송악군이 크게 흥미를 동했다.

"혼자서 혈우공작대를 무력화시키려면 파혼장이 필요했을 것인데……. 역시나 비천신마 한평이 파혼장까지 전수했나 보군."

비천신마 한평이 아는 무공을 송악군이 모를 리 없었다.

"천마삼검에 무적군림보, 파혼장까지라. 게다가 녀석은 또 하나의 본좌. 타고난 재능은 동일하다. 그러나 녀석은 본좌보다 더 험난한 삶을 살며 무수한 전장을 뚫고도 살아남았다. 녀석의 전투력과 감각은 본좌보다 위에 있다고 보아야 할 것. 이제 녀석이 슬슬 두려워지는구나.”

동일한 존재였으나 살아온 환경에 따라 얼마든지 달라질 수 있다.

“또 하나의 본좌인 녀석이 두려워 이제껏 천마삼검은 가르치지 않았거늘. 녀석이 본좌에게 정식으로 검을 겨눈다면 본좌 역시 이제는 녀석을 쉽사리 제압하지 못할 것이다.”

마도시대에서는 류한이 제아무리 강력해진다 해도 어디까지나 자신의 아래였다.

하지만 이제는 상황이 달라졌다.

“천마삼검만 배우지 않았더라도 녀석은 본좌의 뒤를 이었을 것인데…….”

아쉬운 감이 없지 않았다.

녀석을 무림황제로 만들어준다는 말도, 자신의 뒤를 이으라는 말도 이전에는 본심이었다.

그러나 녀석이 천마삼검을 익히고 있는 것이 확실해진 이상 자신을 위해서라도 이제는 녀석을 절대 살려둘 수가 없었다.

‘위험하지만 다시 한 번 대법을 이용해 또 하나의 본좌를 창조하는 수밖에.’

너무나 마음에 들었던 류한이라는 자신의 분신을 죽여야 하는 것이 끝내 마음에 걸렸다. 그러나 그렇다 하여 주저할 송악군이 아니었다.

"효용이 다하면 반드시 녀석을 죽여야 한다. 제갈영호, 준비해라."

"존명!"

제갈영호가 개처럼 엎드린 채로 그렇게 대답했다.

"무림맹 절대 체제에 저항하는 자들이 있다지?"

"그렇습니다, 맹주님."

십만마교에 대항하기 위해 만들어진 무림맹이었다. 하지만 남궁유한이 과도하게 무림맹 지배 체제를 구축하려 하자 벌써부터 여러 곳에서 반발이 일고 있는 상황이었다.

특히, 규모에 비해 과도한 인원을 무림맹에 차출당하고 있는 군소 세가나 문파, 방회 등에서 그 반발이 심했다.

"시끄러운 것들은 모조리 쓸어버리도록!"

"존명!"

"시범적으로 무림맹이 자리 잡은 낙양 땅에서 시끄럽게 떠들고 있는 서문세가를 밀어버려라. 제갈세가와 단목세가에서 네가 키운 적마단으로 부족하다면 폭풍대를 동원해도 좋다."

"그렇다면 확실합니다. 맡겨주십시오."

"공식적인 흉수는 십만마교로 위장하는 것이 좋을 것이다.

눈엣가시 같은 것들을 제거하고, 추가로 십만마교에 대한 적개심을 부추겨 정파 것들이 스스로 보다 강력한 무림맹 체제 구축에 나서게 만들 것이니."

"그렇게 하겠습니다."

적마단이든 폭풍대든 근본이 마교였으니 그들을 마인들로 위장할 필요도 없었다. 하던 대로 하면 그만이었다.

이렇게 서문세가의 운명이 결정됐다.

서문세가.

서문세가는 무림맹 체제에 대한 불만이 그 어떤 세력보다 많은 곳이었다. 이전부터 제갈세가와 단목세가에 억눌리다 남궁세가주 남궁유한을 만나 그 돌파구를 연 것이 서문세가였다.

그런데 도리어 이제는 이전의 제갈세가와 단목세가보다 더욱 강력하고 거대한 무림맹이 자신들을 억누르자 어떻게든 해결책을 찾아내고자 동분서주하고 있었다.

특히, 이전부터 연수를 하고 있던 산동성 황보세가와 강소성 신창양가와 함께 현 상황을 어찌 풀어나갈 지를 두고 논의를 하고 있던 중이었다.

"우리가 처음 남궁세가와 손을 잡은 것은 남궁유한 가주가 자유로운 강호를 약속했기 때문이었소."

침울한 표정의 서문세가주 서문정우가 말했다.

"우리는 그를 믿었소. 그러나 막상 무림맹을 결성하고 나서부터 그의 행보는 우리의 뜻과는 전혀 상반된 것이었소."

그리 말한 황보세가주 황보일성이 분통이 터진다는 얼굴이었다.

"그렇다고 우리가 지금 당장 무림맹 탈퇴를 선언해 분란을 일으킬 수도 없는 상황 아니오? 십만마교가 움직이고 있는 마당에 무림맹 내부에 분열을 초래한다며 우리는 정파 전체의 손가락질을 당하게 될 것이오."

신창양가주 양성동은 답답한 표정이었다.

"이렇게 무림맹 체제가 지속된다면 남궁유한 맹주는 자연스레 정파 전체를 아우르는 절대적인 집법체를 완성시킬 것이오. 그 사실을 알고 있으면서도 우리는 넋 놓고 당할 수밖에 없다니……."

서문정우는 이러지도 저러지도 못하는 상황에 처했음을 알고 있었다.

"하나 이 사람은 절대 한 개인이나 세력의 지배를 묵과할 수 없소!"

성질이 급하기로 소문난 황보세가의 가주답게 황보일성이 탁자를 크게 내려쳤다.

"그 뜻에는 공감하나 무림맹 내부에서 남궁유한 맹주를 견제할 세력이 없다는 것이 문제요."

신중한 성품을 가진 양성동의 말에 서문정우가 고개를 끄덕였다.

"남궁유한 맹주를 견제할 사람이라면 팽 가주와 자하령주 정도요. 하지만 팽 가주는 남궁 맹주와 극히 친밀한 관계요. 남궁아연 소공녀가 팽가의 안주인인 실정이니……."

"자하령주는 어떻소?"

황보일성의 물음에 서문정우가 난감한 표정을 지었다.

"나 역시 그를 염두에 두고 넌지시 이런 뜻을 밝히기 위해 그를 만나려 했소. 그러나 무림맹 영웅대회 이후 자하령주는 행방이 묘연하다 하오."

"자하령주는 십만대산에 오르는 것, 그 하나를 위해 구파일방이 선출한 사람이오. 혹 십만대산에 간 것은 아니오?"

양성동의 말에 서문정우가 한숨을 내쉬었다.

"자하령주의 사명이 그렇다고는 하나 홀로 십만대산에 오를 수야 있겠소? 그곳이 어떤 곳인데……."

그 말에 황보일성과 양성동이 동시에 고개를 끄덕였다.

정파 전체가 무림맹을 결성해 맞서도 승리를 장담키 어려운 곳이 바로 십만대산이었다.

제아무리 엄청난 무공을 가지고 있다 한들 그런 곳에 홀로 오른다는 것은 말도 안 되는 일이었다.

"급선무는 자하령주를 찾는 것인 듯싶소."

무림오대세가를 제외한 군소세가 중에서 근래 크게 약진을 한 세 세가의 가주들은 그렇게 뜻을 모았다.

그런 연후에 최근의 정세를 두고 긴한 논의를 계속했다.

그렇게 한두어 시진 이상의 시간이 흘렀을까?

오랜 논의에 지쳐 그들이 자리에서 막 일어서려던 순간이었다.

땡땡땡땡땡~!

귀청을 때리는 금속성이 이들의 고막을 연달아 울렸다.

그 소리에 세 사람 중 서문정우의 얼굴이 크게 변했다.

"비상종 소리가 아닌가?"

그가 크게 긴장한 채 곧바로 벽에 걸어두었던 검을 손에 들었다.

"밖에 무슨 일이냐?"

와장창~!

그의 물음에 대한 답이 나오기도 전에 서문세가 가주실의 방문이 박살이 나며 흑의를 입은 괴인들이 순식간에 방 안에 난입했다.

"당신이 서문정우인가?"

흑색 죽립을 깊숙하게 눌러쓴 괴인이 다짜고짜 그리 물었다.

"너희들은 누구냐!"

"그대가 서문정우인가를 물었다."

짧지만 강한 힘이 느껴지는 어조였다.

그 말에 담긴 기세에 순간 눌려 서문정우가 자신도 모르게 고개를 끄덕였다.

그런 그의 눈에 흑색 죽립을 눌러쓰고 있는 이의 손이 약간 움직이는 것이 보였다.

그와 동시에 서문정우는 자신을 향해 도저히 항거할 수 없는 힘이 들이닥치는 것을 느껴야 했다.

"심검!"

서문정우가 그렇게 경악성을 터뜨리기가 무섭게 그의 심장이 있던 가슴 부위가 단번에 꿰뚫리고 말았다.

스으윽~!

도저히 믿을 수 없다는 불신에 가득 찬 표정, 자신이 죽는지조차 인식하지 못한 얼굴을 한 서문정우의 육신이 바닥에 허물어졌다.

쉭! 쉭!

그에 이어 두 번의 바람 소리가 들리는가 싶더니 황보세가주 황보일성과 신창양가주 양성동 역시 허무하게 바닥에 쓰러지고 말았다.

그들의 얼굴에서도 대체 무슨 일이 벌어진 것인지를 알 수 없다는 불신의 표정만이 자리하고 있었다.

동일하게 심장에 가슴이 뚫린 채로 절명한 세 사람을 바라보며 흑색 죽립을 눌러쓴 괴인이 짧게 말했다.

"다음 생에서는 보다 강한 존재로 태어나길."

눈 한 번 깜짝할 사이에 세 명의 가주를 죽인 사내는 그와 함께 온 흑의인들에게 명령했다.

"돌아가자."

흑색 죽립 사내와 흑의인들은 그 말을 끝으로 순식간에 모습을 감췄다.

이날, 서문세가에서는 비명 소리 한 번 들리지 않았다.

병장기가 부딪치는 금속성 또한 전혀 울리지 않았다.

누군가 세가에 침입했음을 알리는 비상종이 한 번 울린 이후에는 쥐죽은 듯 조용하기만 했다.

그러나 서문세가에 집결해 있던 일천 넘는 식솔들 중 단 한 사람도 살아남을 수 없었다.

무인들은 물론이고 노인이나 어린아이들, 여인들까지도…….

살인과 죽음의 바람만이 서문세가를 순식간에 휩쓸고 지나갔다.

"맹주, 복수를 해야 합니다!"

서문세가의 참사는 곧바로 무림맹 전체에 알려졌다.

무림맹은 지금 흉수로 지목된 십만마교에 대한 복수심에 불타고 있었다.

한편으로는 다른 곳도 아닌 무림맹 총단이 있는 낙양까지 자유자재로 드나들며 서문세가의 씨를 말린 마교의 가공할 힘에 두려움을 느끼고 있었다.

"하룻밤 사이에 죽은 이들의 수만 일천이 넘습니다. 하지만 일천 중 무인의 수는 삼백도 되지 않소. 나머지는 모두 힘없는 노인과 아녀자들이었단 말이오."

하북팽 가주 팽강이 연신 울분을 터뜨렸다.

"내가 직접 서문세가를 방문해 죽은 이들의 시체를 살폈소. 하나같이 죽기 전까지 극심한 고통에 시달리게 만드는 극악한 마공에 의해 죽임을 당했소. 힘없는 그들이 그런 고통에 시달리다 죽었을 것을 생각하면……."

감정이 북받쳐 올라오는지 팽강이 더 이상 말을 잇지 못했다.

"사내들은 모조리 목을 베 서문세가 정문에 걸고, 여인들은 모조리 처참하게 능욕당했소. 더욱이 아이들은, 아이들은……."

'알몸으로 쇠꼬챙이에 몸이 꿰뚫려 땅에 박혀 있었다'는 말은 차마 입에 담을 수가 없었다.

무림맹 회의장에 모여 있던 이들 또한 크게 분노하고 있었다.

"맹주, 그들의 천인공노할 만행에 대해 우리가 침묵한다면 기껏 무림맹을 결성한 의의 자체가 사라지고 맙니다."

"지금 정파 전체가 낙양 참사로 인해 분노하고 있습니다."

"맹주, 명만 내려주시오. 정파 전체가 한마음, 한뜻으로 맹주의 명을 따라 십만대산으로 진군할 것이오!"

무림맹 회의에 참석한 핵심 인물들이 한 목소리로 마교에 대한 복수를 주장하고 있었다.

소림이나 무당, 화산과 같은 출가 문파들조차 그 주장에 동조하고 있었다.

그들이 보기에도 서문세가가 너무 끔찍한 일을 당했기 때문이었다.

서문세가의 일로 인해 이전까지 무림맹주 남궁유한에 대해 쌓여가던 불만은 단번에 날아가고 말았다.

대신 그 자리를 마교에 대한 분노가 대신하고 있었다.

"우리 팽가는 팽가의 모든 전력을 내놓겠습니다. 질풍, 폭풍, 광풍, 은풍삼십육도객은 물론이고 방계에서 양성하고 있는 무사들까지 총동원하겠습니다."

팽강이 가장 먼저 그리 나서자 다른 이들도 덩달아 자신들의 세가나 문파가 가진 전력을 내놓겠다 말했다.

"우리 제갈세가 또한 동원할 수 있는 모든 무사들을 내놓겠습니다."

제갈세가주 제갈현도에 이어 단목세가주 단목천 또한 분개한 표정으로 말했다.

"이는 단목세가 또한 마찬가지입니다. 단목세가의 무사들 전원은 이미 마교와 한 하늘을 이고 살 수 없다고 맹세했습니다."

그런 분위기는 순식간에 대세를 탔다.

"이 사람은 전부터 당장이라도 십만대산을 향해야 한다고 주장했소. 사천당가 역시 가진 모든 것을 내놓겠소."

사천당가주 당소유 또한 동의했다.

무림오대세가 전체가 이에 동의하자 그다음부터는 일사천리였다.

구파일방 또한 동원할 수 있는 모든 전력을 무림맹으로 보내겠다 약조했다.

무림맹 결성 이후에도 어떻게 변할지 모르는 강호 정세를 염려해 가진 모든 것을 내보이지 않고 있던 세력들이었다.

같은 정파라고는 하나 각양각색의 세력들이 모였기에 여러 불협화음을 내고 남궁유한에 대해 불만도 가지고 있었다.

그러나 서문세가의 참사 이후 그들은 이전에 가지고 있던 불협화음과 불만을 모두 거두고 진심으로 무림맹 체제를 위해 마음을 모으기 시작했다.

그 정도로 서문세가에서의 일은 충격적이었고, 힘을 모으지 않으면 마교에 의해 공멸한다는 위기의식을 불러일으키기에 충분했다.

"또한, 무림맹에 보낸 모든 전력은 오직 맹주의 명에 따라 움직일 것입니다!"

그들은 다시 한 번 그리 맹세했다.

"오직 맹주의 뜻을 따를 것입니다!"

회의에 참석한 전원이 일제히 소리쳤다.

바야흐로 무림맹 전체가 남궁유한의 손아귀에 들어오는 순간이었다.

　참석자들의 결의를 듣고 있던 남궁유한이 마침내 입을 열었다.

　"이 사람 또한 서문세가의 일이 있은 후 한 잠도 이루지 못하고 있었소."

　크게 분개하고 있는 듯 남궁유한이 입술을 잘근거리며 씹더니 결연한 어조로 말했다.

　"여러분들이 뜻을 모아주지 않는다 해도 이 사람은 진즉부터 혼자서라도 십만대산에 오를 생각이었소!"

　그 선언에 팽강이 바로 소리쳤다.

　"이 팽강, 맹주와 함께 십만대산에 오르기를 청합니다!"

　"제갈현도, 맹주와 함께 십만대산에 오를 것입니다!"

　"단목천, 맹주와 함께 생사를 같이하겠습니다!"

　"이 당소유, 당가 전원과 함께 맹주를 따를 것이오!"

　자신을 따르겠다 맹세하는 이들을 보며 남궁유한은 속으로 웃었다.

　'죽을 자리인지도 모르고 불속으로 뛰어드는 불나방들 같으니라고. 흐흐흐!'

　그러나 겉으로는 울분에 가득 한 어조로 외쳤다.

　"머지않은 시기에 우리는 십만대산에 오를 것이오!"

第四章 십만마교 교주

無敵世家

쉬익! 쉬익! 쉬익!

십만대산 한복판에서 싸우고 있는 류한의 손이 쉴 새 없이 움직였다.

그의 손이 움직일 때마다 십만대산의 마인들은 끝없이 쓰러졌다.

류한이 구사하는 유령수가 끝없이 마인들을 쓰러뜨렸고, 어느새 십만대산을 지배하고 있는 열 개의 봉우리 인근까지 당도할 수 있었다.

교주가 거하는 미망봉을 중심으로 솟아 있는 열 개의 봉우리 위에서 피투성이가 된 채로 전진하고 있는 류한을 바라보고 있는 열 쌍의 눈동자가 있었다.

"교주가 후인을 남겨두었구나."

낮은 탄식처럼 그 소리를 내뱉은 노인이 있었다.

"천마삼검에 무적군림보, 파혼장, 유령수까지……."

다른 노인 또한 류한이 구사하는 무공을 정확히 알아보고 있었다.

"너무나 강했던 교주 밑에서 오십 년을 견뎌야 했다. 교주는 교의 자부심이기도 했으나 우리에게는 악몽 그 자체였다. 그런 교주가 죽었다 했을 때, 믿기지 않았으나 내심 희망이 생기기도 했었다."

언제나 당대제일인인 마교 교주 중에서도 수백 년 내 최강으로 일컬어졌던 비천신마 교주였다.

그런 교주에게 도전해 힘으로 교주 자리를 차지하는 것은 불가능했다.

"하지만 또다시 오십 년을 기다려야 할지도 모르겠구나. 아니, 그전에 우리는 모두 죽어 한 줌 먼지가 되고 말겠지."

그들은 이곳까지 오느라 심하게 지쳐 있는 류한을 보며 연방 한숨을 내뱉었다.

열 명의 노인, 이들이 교주에 이어 십만대산에서 가장 강력한 열 명의 절대자인 십대신마였다.

십만마교에서는 대대로 교에서 가장 강력한 이들에게 신마(神魔)라는 칭호를 선사한다.

이 전통은 마도시대 십만마교에도 전해졌을 정도였다.

지금 이 자리에 모여 있는 열 명의 신마 중 수좌의 자리를 차지하고 있는 이가 바로 염왕신마였다.

염왕신마는 자신 곁에서 참담한 표정을 짓고 있는 아홉 명의 신마를 향해 조용히 입을 열었다.

"교주의 후인이 강한 것은 이론의 여지가 없소. 저 나이 때의 교주와 비교해도 교주의 후인이 몇 배는 강할 것이오."

"……."

다른 아홉의 신마는 그 말에 전혀 이의를 달지 않았다. 그들이 보기에도 교주의 후인은 상상을 초월할 정도로 막강했다.

"그러나 우리가 그를 죽일 수 없는 것은 아니오."

아홉 신마의 눈이 염왕신마에게로 쏠렸다.

"일 대 일로 맞서면 교주의 후인이 우리를 능가할 것이 분명하나, 우리 열 명이 동시에 손을 쓴다면……."

꿀꺽!

함께 손을 쓰면이란 말에 아홉 신마가 자신들도 모르게 마른침을 삼켰다.

"…그렇게 하면 완전히 지쳐 있는 교주의 후인을 능히 제압할 수 있을 것이오. 그런 연후에 우리 중에 가장 강한 자가 다음 교주의 자리를 이으면 될 것이오."

염왕신마의 말에 건장한 체구에다 턱에는 호랑이 수염을

기르고 있는 노인이 바로 답했다.

"우리 열 명이 합공하면 교주의 후인은 오늘 죽을 것이오. 하나 그런 방법을 써서 교주의 후인을 죽인 연후에 우리 중에 한 명이 교주가 된다면 십만대산의 마인들이 새 교주를 인정할 것 같소?"

십대신마들이 조용히 눈을 감았다.

호랑이 수염을 기른 노인, 십만마교 제일의 권사로 유명한 묵철신마가 소리쳤다.

"강자존! 그것만의 우리의 율법이오!"

비쩍 마른 체구가 지나쳐 마치 한 그루의 고목을 연상시키는 노인이 그 말을 받았다.

"크크크! 나 역시 교주 자리가 탐나지 않는 것은 아니나 그런 방법은 마음에 들지 않소. 그런 비열한 방법은 정파의 위선자들이 사용하는 방법이니까."

그 소리에 다른 신마들이 절로 고개를 끄덕였다.

분위기를 파악한 염왕신마가 다시 입을 열었다.

"묵철신마와 환영신마의 말에 모두들 동의하는 듯하오. 그렇다면 이만 결정합시다. 우리는 교주의 후인과 정정당당하게 승부할 것이오!"

염왕신마의 결정에 묵철신마가 말했다.

"승부는 깨끗하게! 누가 이기든 우리는 승자에게 절대 복종할 것이오!"

"크크크! 자칫하면 죽을 때까지 새까맣게 어린 녀석에게 개처럼 부림을 받을지도 모르겠구나. 그래서는 안 될 것인데……."

환영신마가 말은 자신없다는 투로 했으나 그 말에는 엄청난 투기가 내재돼 있었다.

"내려갑시다……."

염왕신마의 말에 따라 십만마교 십대신마들이 서서히 봉우리에서 내려오기 시작했다.

스윽!

피 묻은 류한의 검이 미망봉으로 올라가는 입구를 지키던 마인을 쓰러뜨렸다.

"헉! 헉!"

류한은 검을 회수하며 당장이라도 숨이 넘어갈 것처럼 거친 숨을 몰아쉬었다.

칠 주야 동안 잠시도 쉬지 않고 싸워온 그는 이미 다리마저 후들거리고 있는 상태였다.

마인들 개개인이 강하기도 하지만 무엇보다도 마인들의 수가 감당하기 힘들 정도로 많았다.

"그러나 여기서 쓰러질 수는 없다. 반드시, 반드시 미망봉 정상에 오를 것이다!"

혼미해진 정신 상태에서도 류한은 아랫입술을 질끈 깨물

며 말했다.

"걸어서 오르지 못한다면 기어서라도 정상에 오를 것이다!"

그러며 류한은 손에서 검을 놓치지 않도록 무명천으로 검파를 손에 단단히 묶었다.

죽으면 죽었지, 검을 손에서 놓지 않겠다는 결의를 담아!

그런 류한 앞쪽에서 열 명의 인영이 서서히 다가왔다.

그리 빠르지 않은 속도였으나 보통의 고수라면 그 기척조차 느끼지 못할 정도인 초절정고수들이었다. 아니, 고수라는 표현을 넘어 다른 단어로 불러야 할 정도로 강한 이들이었다.

류한은 기를 느끼며 그들의 수를 헤아렸다.

"하나, 둘, 셋, …아홉, 열! 십대신마로구나……."

태생부터가 마인인 류한이 십만마교의 십대신마를 모를 리 없었다.

그들이 점점 다가오자 호흡이 곤란해지고, 전신의 솜털마저 모조리 일어설 정도였다.

"저들은 강하다……."

마도시대에도 강했고, 이 시대로 넘어와서는 비천신마 한평과 성승 혜원에게서도 가르침을 받은 그였다.

상상을 초월할 정도로 강한 그였으나 그조차도 지금 다가오고 있는 열 명의 존재 또한 대단히 강하다는 사실만은 인정하지 않을 수 없었다.

어느새 십대신마들이 지척까지 다가왔다.

그들은 류한을 잠시 바라보더니 염왕신마가 가장 먼저 입을 열었다.

"우리는 각기 하나의 봉우리를 차지하고 있는 마인들이다."

염왕신마는 체력이 고갈되고 다리마저 떨고 있는 류한의 몰골을 잠시 살피더니 말을 이었다.

"우리를 꺾으면 그대의 지옥투는 끝이 난다. 그 의미는 곧……."

그 말이 끝나기도 전에 류한이 말을 끊었다.

"내가 곧 십만마교의 교주가 된다는 얘기겠지!"

중간에서 말이 잘린 염왕신마가 미간을 찌푸렸다.

"그대의 오만함도 강함 못지않군."

"강한 자는 오만해도 된다는 것이 내 생각이니까."

보통 사람이 보기에는 무례함이 지나쳐 적개심을 절로 불러일으킬 만한 말이었다. 그러나 십대신마는 오히려 그런 류한에게 흥미를 느꼈다.

"강한 자는 그래도 될 것이다. 강한 것을 억지로 감추며 위선 떠는 것이 더욱 무례한 일이겠지."

"한없이 자유롭기 위해 보다 강해지려는 자들! 그것이 바로 마인이니까. 흐흐흐!"

류한이 묘한 분위기를 풍기며 웃었다.

"절대적인 자유를 얻기 위해 우리 또한 교주의 자리를 노리고 있지. 그것을 위해서는 오늘 반드시 그대를 꺾어야 할 것이고."

염왕신마가 그 말과 동시에 눈을 번뜩였다.

"나는 염왕신마 장위다!"

염왕신마 장위 주위에서 순간 엄청난 기운이 휘몰아치기 시작했다.

"천마검법이 십만대산의 모든 마공과 상극이라 하나 나의 염왕검법 또한 약하다고는 생각하지 않는다. 그대는 강하다. 그렇기에 나는 자존심에 상처를 입는 것을 감수하고서라도 선수를 잡을 것이다!"

마인답지 않게 온화한 얼굴에 목소리를 가졌던 염왕신마의 얼굴이 순간 지옥의 야차처럼 심하게 일그러졌다.

"염왕검법……. 일천(一天)인 천마검법, 삼공(三功)인 천마신공, 북명신공, 공령심공, 오검(五劍)인 오대마검에 이어 칠성(七星) 중 하나에 포함되는 절대마공! 나쁘지 않다!"

류한 또한 염왕검법에 대해 잘 알고 있었다.

무수한 마공 중에서도 열 손가락 안에 꼽힐 정도인 마공이다. 천마검법과 오대마검을 제외하면 십만마교 최강의 검법이 바로 염왕검법이었다.

그러나 그는 그 사실을 너무도 잘 알고 있으면서도 오만하게 소리쳤다.

"그러나 부족하다. 그대들 모두 한꺼번에 덤벼라!"

그 외침에 염왕신마는 물론이고 한 걸음 물러서 있던 아홉 명의 신마가 일제히 얼굴이 일그러졌다.

'오만함이 지나치구나!'

그러나 그중 묵철신마가 순간 일그러진 얼굴을 펴며 앙천광소했다.

"크하하하! 그대의 자신감이 마음에 들었다. 하나 그 자신감이 지나쳐 오만함에 치우쳤다면 그대는 내일 뜨는 해를 보지 못할 것이다!"

그 웃음과 동시에 묵철신마의 손이 검게 탈색되며 순간 금강석보다 더욱 단단해졌다.

교주가 익히는 유령수와 함께 십만마교 이대수공(二大手功) 중 하나인 묵철수였다.

묵철수는 몇 자 두께의 강철을 종잇장처럼 찢어발기고, 그것에 스치기만 해도 인간의 피륙은 갈가리 찢기고 마는 최강의 수공이었다.

"우리는 애당초 연수하지 않고 정정당당히 그대를 상대할 생각이었다. 그러나 그대가 스스로 한꺼번에 우리를 상대하고자 원하니 그 뜻을 외면하는 것도 할 짓이 못 되겠지. 크크크!"

환영신마가 비릿한 미소를 짓더니 품에서 핏빛 방울 하나를 꺼내 들었다.

딸랑! 딸랑! 딸랑! 딸랑! 딸랑!

잠깐 동안 방울 소리가 주변에 울려 퍼지더니 극한의 냉기가 환영신마의 주위를 휘감기 시작했다.

그 냉기의 정체는 바로 승천하지 못한 유부의 영들이었다.

류한은 그 무공을 바로 알아볼 수 있었다.

"탈혼마령(奪魂魔靈)……."

마도시대 십삼신마 중 하나인 혈세신마가 창조한 것으로 인간의 혼을 빼앗는 탈혼검의 기초가 된 무공이 바로 저 탈혼마령이었다.

십만마교는 본디 영원히 타오르는 성화(聖火)를 숭상하며, 자유로움을 추구한다. 또한, 힘을 통한 강자존이 지배하는 곳으로 어찌 보면 극히 순박한 집단이었다.

그럼에도 불구하고 정파는 물론이고 천하 사람들에게 사이한 마교라고 손가락질받는 것에는 나름의 이유가 있었다.

마교의 무공 중에 순리를 거스르고 사람의 육신과 영을 이용하는 이런 무공이 간혹 섞여 있기 때문이었다.

무공에 대한 금제가 없고, 자유로운 발상과 연마가 가능한 십만마교다. 그것이 십만마교 무공의 발전을 가져오기도 했으나 괴이한 사공을 탄생하게도 만들곤 하는 것이다.

염왕신마, 묵철신마, 환영신마 외에도 나머지 일곱의 신마가 각기 자신들의 독문무공을 펼치기 시작했다.

"우리 전부와 한꺼번에 상대하기로 한 것은 그대가 선택한

길, 후회하지는 말거라!"

염왕신마 장위는 그 말과 동시에 염왕검법을 펼쳐 류한을 향해 공격해 들어갔다.

그와 동시에 십만마교 내에서도 오십 번째 안에 드는 경천 동지할 마공들이 류한의 몸을 향해 쏟아졌다.

피와 살로 이뤄진 인간의 몸으로는 한꺼번에 쏟아지는 그 공격들을 절대 감당하지 못할 것처럼 보였다.

'아마도 힘들 것이다. 하지만 현재의 내 몸 상태로 십대신 마 전체와 차륜전을 벌이며 힘을 소비해서는 승산이 전무하 다. 차라리 한 번의 큰 대결로 승패를 결정짓는 것이다!'

류한이 일부러 십대신마 전체와 일합으로 승패를 결정지 으려 한 것은 바로 이런 이유 때문이었다.

그리고 그에게는 십만마교의 무공 외에도 한 가지 비장의 수가 있었다.

바로 성승 혜원에게 전수받은 반야대능력과 보리무상장이 었다.

류한의 손이 서서히 금빛으로 물들어가더니 얼마 후에는 그 주위로 금빛 연꽃 형상의 기운이 피어오르기 시작했다.

그 광경은 류한을 향해 공격을 들어오던 십대신마의 눈에 도 명확하게 보였다.

그들의 그 모습에 치를 떨었다.

"보리무상장! 교주를 암살한 흉수가 바로 너였구나!"

두려워하며 내심 시기했던 교주였다.

하나 교주 역시 십만대산에서 영원히 꺼지지 않고 타오르는 성화 앞에서 끝까지 함께하기로 맹세한 형제였다.

형제를 죽인 자, 그 어떤 일이 있어도 용서할 수 없었다!

"죽어라!"

보리무상장을 확인하기 이전에는 단순히 무공의 고하만을 따지려 했던 십대신마였다. 그러나 이제는 생사대적을 상대하는 것처럼 혼신의 힘을 다하기 시작했다.

그러자 그들의 공격을 이제 거산을 허물어뜨리고, 대해를 가를 듯한 엄청난 위력으로 변모했다.

더욱 강해진 십대신마의 공격을 느낀 류한은 극히 짧은 순간 하늘을 올려다보았다.

우중충한 하늘, 잔뜩 검은 먹구름이 끼어 있어 당장이라도 한바탕 크게 퍼부을 것만 같은 분위기였다.

무수한 삶과 죽음의 경계선을 넘어온 그였기에 언제나 승부의 세계에 절대란 존재하지 않음을 잘 알고 있었다.

자신이 보리무상장을 구사하려 한다 하지만 상대는 십만마교 제일의 고수들인 십대신마였다. 더욱이 그들은 혼신의 힘을 다하고 있었다.

반면, 자신은 너무나 지친 상태였다.

승부의 추는 누가 뭐라 해도 십대신마 쪽으로 기울어 있었고 자신은 현재 도박을 하고 있는 중이었다.

'나는 이길 것이다! 나는 승리할 것이다!'

류한은 속으로 주문처럼 그 말만을 반복했다.

그러더니 어느 순간 금빛 연꽃이 피어오르고 있는 류한의 손이 십대신마를 향해 뻗어졌다.

열 개의 기운.

강맹하나 부드러우며, 극양의 기운을 띠고 있는 한편 음한 기운 또한 포함돼 천하의 모든 힘을 아우르고 있는 것만 같은 십대신마의 공격이 허공을 갈랐다.

그에 맞서 류한이 뿜어낸 보리무상장이 정면으로 맞부딪쳤다.

콰콰쾅! 콰콰쾅!

그 격돌로 인해 사방 십 장 안이 일순간 폐허로 변하고 말았다.

휘청!

이 대결 이전부터 다리를 떨고 있을 정도로 힘이 소진된 상태였던 류한이 그 충격을 이기지 못하고 몸을 휘청거렸다.

그러나 이미 류한을 교주를 암살한 흉수라 여긴 십대신마가 사정을 봐줄 리 없었다.

단 한 번도 손을 맞춰보지 않았음에도 십대신마의 합공은 톱니바퀴가 맞물려 돌아가는 것처럼 정교하기 그지없었다.

그들의 공격이 폭풍처럼 휘몰아쳤다.

그에 맞서 류한의 손에서는 연달아 보리무상장이 발출됐

으나 그 횟수가 거듭될수록 보리무상장의 위력은 약해지기만
했다.

"교주를 죽인 자, 결코 용서치 않으리라!"

십대신마가 이제는 입에서 피분수를 뿜어대고 있는 류한
을 향해 노호성을 내질렀다.

그들의 공격으로 인해 류한은 이미 몸에 성한 곳이 하나도
없을 정도였다.

검과 도에 의해 피륙이 찢긴 것은 물론 장부 속까지 극양의
기운과 음한 기운이 파고든 상태였다.

현재 상태라면 십대신마가 굳이 손을 쓰지 않고 이대로 가
만히 내버려 두더라도 류한은 절로 피를 토하고 쓰러질 것이
분명해 보였다.

'역시나 무리였나? 나 혼자 십만대산과 상대하는 것은?'

처음부터 불가능하다고 예상하고는 있었다.

자신이 마도시대에서 왔다 하나 상대는 다른 누구도 아닌
십만대산의 마인들이었다.

그러나 천마검법과 보리무상장을 익힌 자신이라면 실낱같
은 가능성은 있지 않을까라고 생각했었다.

'하지만 그것은 나의 헛된 바람이었는가?'

혼자 힘으로 무수한 마인들을 격파하며 미망봉 입구까지
당도한 것만으로도 기적 중의 기적이라 할 것이다.

십만대산에 십만마교가 자리하기 시작한 이후 그 어떤 마

인도 이 지옥투에서 승리한 자는 없었다.

아니, 지옥투 최후의 관문인 십대신마 앞까지 당도한 자조 차 없었다.

십만마교의 마인들 사이에서는 이곳까지 온 류한은 이미 십만마교의 전설이자 신화였다.

류한과 십대신마가 대결을 벌이고 있는 미망봉 입구 주위 에는 셀 수 없이 많은 마인들이 이미 집결해 있었다.

상당수가 류한에게 패배한 마인들이었다.

비천신마 한평 교주를 만난 이후 불살(不殺)의 계율을 따르 는 류한에 의해 지옥투에서 패했음에도 죽지 않고 목숨을 부 지하고 있는 이들이었다.

그들 중에는 류한이 자하령주의 신분으로 구파일방을 방 문할 때 격돌했던 마인들 또한 있었다.

그렇기에 마인들은 류한이 자하령주라는 사실을 이미 알 고 있었다.

자신들과는 대척점에 서 있는 자하령주임에도 그들은 류 한이 지옥투에 임하는 것을 절대 거부하지 않았다.

강자존, 강한 자라면 상대가 정파인이든 마인이든 개의치 않은 그들의 전통 탓이었다.

그런 전통은 거의 천 년 전 교의 종주인 천마와 상대하기 위해 십만대산에 올랐던 남궁세가의 검왕 남궁창천과 하북팽 가의 도제 팽운 때부터 이어온 것이었다.

그렇지 않았다면 제아무리 전설의 남검북도로 불리는 그 두 사람이라 해도 십만의 마인들의 숲을 뚫고 십만대산 가장 깊숙한 곳에 있는 천마와 검을 섞어볼 수조차 없었을 것이다.

이미 류한을 겪은 바 있는 마인들은 류한이 비천신마 교주가 죽은 이후 그가 하늘 아래 가장 강한 자임을 잘 알고 있었다. 또한, 그들은 모두 그 사실을 인정하고 있었다.

류한이 정파의 자하령주라면 어떠한가?

그가 선대의 교주를 죽였다 하면 어떠한가?

그는 절대강자다!

아니, 저처럼 강한 자가 교주를 암살했다고 믿을 수가 없었다.

교주를 암살했다 생각하는 것도 고작 류한이 보리무상장을 쓰고 있는 단 하나의 사실에 근거하고 있는 것이 아니던가?

"저자야말로 십만대산에 가장 잘 어울리는 절대강자다!"

마인들 중 하나가 크게 소리쳤다.

쿵!

한 마인이 땅에 발을 크게 굴렀다.

그러자 또 한 마인이 발을 굴렀다.

쿵!

물결은 순식간에 그 대결을 지켜보고 있던 모든 마인들에게로 퍼져 나갔다.

쿵! 쿵! 쿵! 쿵! 쿵! 쿵! 쿵! 쿵!

그 소리가 순식간에 미망봉 전체에 울려 퍼졌다.

"우리는 수적 우위를 믿고 강자를 핍박하는 비열한 짓거리는 하지 않는다! 죽어도 깨끗하게, 살아도 깨끗하게!"

"십대신마는 정정당당하게 승부하라!"

절대적인 상명하복이 존재하는 십만마교였다. 그러나 그보다 강자존의 율법이 그 위에 있었다.

순수한 마인들의 눈에는 지금 이 광경은 교주 자리에 눈이 먼 십대신마가 수적 우위를 통해 절대강자인 류한을 핍박하고 이는 비열한 짓거리로만 보였다.

"우리는 하늘 아래 부끄러움이 없는 십만대산의 마인이다!"

쿵! 쿵! 쿵! 쿵! 쿵! 쿵! 쿵!

미망봉 전체에 그 소리가 더욱 크게 울려 퍼지더니, 그 소리에 이끌려 십만대산에 거하는 모든 마인들이 미망봉 입구로 몰려들기 시작했다.

류한을 상대로 압도적인 우위를 잡고 있고 조금만 지나면 류한에게 죽음을 선사할 수 있는 십대신마였다. 그러나 그들은 당황하기 시작했다.

모든 마인들이 자신들을 비열하다 비난하고, 류한을 절대강자로 칭송하며 그에게 마음을 주고 있었다.

"이런, 이런!"

염왕신마 장위가 당혹스런 신음성을 내뱉었다.

자신들은 애당초 정정당당하게 일 대 일 승부를 벌이고자 했다. 하나 상대가 자신들에게 한꺼번에 덤비라 하는 만용을 부리지 않았던가?

그래서 이런 형국으로 대결이 진행된 것인데 마인들은 그러한 속사정도 알지 못한 채 자신들을 비난하고 있다니…….

자신들을 비난하고 있는 것은 대다수가 평범한 마인들이었으나 그들이야말로 십만마교의 진정한 힘이었다.

제아무리 교주라 해도 평범한 마인들의 뜻을 거스르고는 십만마교를 다스릴 수가 없다.

교주가 그러할진대 자신들이 그러한 마인들의 뜻을 무시할 수는 없는 노릇이었다.

쿵! 쿵! 쿵! 쿵! 쿵! 쿵! 쿵! 쿵! 쿵! 쿵!

땅을 구르는 소리는 이제 미망봉이 아니라 십만대산 전체에 울려 퍼지고 있었다.

어느새 십만대산 전체가 류한을 향해 마음을 주고 있었다.

상황이 이렇게 변하자 십대신마는 더 이상 류한을 향해 공격을 퍼부을 수 없었다.

그랬다가는 자칫 순수한 힘과 강자를 숭상하는 마인들이 자신들을 향해 일제히 검과 도를 겨눌지도 모를 일이었다.

류한의 경우가 이미 입증했듯이 가장 무서운 것은 한 명의 절대강자가 아니라 하나 된 뜻으로 움직이는 엄청난 숫자였다.

염왕신마 장위가 극히 난감한 표정으로 말했다.

"검을… 거두세."

그의 말이 아니었더라도 다른 십대신마 역시 진즉부터 이런 분위기를 느끼고 공세를 거둘 생각이었다.

십대신마의 공세가 중지되자 간신히 서 있던 류한은 손에 무명천으로 단단히 감고 있는 검을 바닥에 꽂고 간신히 몸을 지탱했다.

이미 몸은 천근만근이었고, 잠시도 서 있을 상황이 아니었으나 절대로 무릎 꿇을 생각은 없었다.

염왕신마 장위가 그런 류한을 잠시 동안 노려보았다.

'이자가 먼저 우리에게 합공을 하도록 했다. 정정당당히 승부하겠다 했으나 우리 모두의 마음속 깊은 곳에서는 이자만 사라지면 혹 자신이 교주가 될 수도 있다는 욕망이 남아 있던 것이 사실이었다. 그랬기에 우리는 이자의 말에 그리도 쉽사리 응했던 것이고.'

그가 생각을 이어갔다.

'설마 이자가 우리의 그런 욕망과 이런 상황을 예상하고 우리의 합공을 유도한 것은 아니었을까? 아니다. 그럴 리가 없다. 어찌 이런 예측 불가능한 상황을 예상할 수 있단 말인가? 하지만 만약 그가 이런 상황을 유도했다면…….'

그런 상상을 하게 되자 염왕신마 장위의 등골이 순간 서늘해지기 시작했다.

'비천신마 교주의 뒤를 잇기에 부족함은 없는 실력이다. 하지만 그는 감히 교주를 암살했다. 형제를 죽이는 짓은 결코 용서할 수 없다!'

그런 생각의 한쪽 구석에는 이 정도 실력을 가진 자가 정정당당한 승부를 펼치지 않고 왜 교주를 암살했는지에 대한 의구심이 피어올랐다.

'교주가 강하다 하나 이자 역시 그에 못지않다. 더구나 교주는 불치의 병을 가지고 있었던 터다. 이자라면 그런 교주를 쓰러뜨리는 것이 분명 가능했을 것인데…….'

싸우기 시작하며 발견한 보리무상장만을 보고 류한을 쉽사리 교주의 암살자로 단정했던 염왕신마 장위였다.

그러나 다른 생각을 할 겨를도 없는 대결을 멈추고 객관적으로 상황을 바라보기 시작하자 여러 의문이 생겼다.

염왕신마 장위가 자신의 생각에 대해 다른 아홉 명의 신마에게 전음을 날렸다.

"듣고 보니 그렇군."

"혹 이 일에 무슨 곡절이 있는 것이 아닐까?"

교주의 암살자란 생각에 류한을 거칠게 밀어붙였으나 그들 또한 순수한 강함을 숭상하는 마인들이었다.

처음에는 절대강자인 류한에게 적잖은 호감을 품고 있었다.

하지만 암살당한 교주의 가슴에 보리무상장의 장인이 찍혀 있었던 것도 사실이다. 류한이 보리무상장을 사용했던 것도 부인할 수 없는 일이었다.

이 일을 분명하게 짚고 넘어가야 했다.

염왕신마 장위가 물었다.

"그대는 비천신마 교주를 암살했는가?"

검에 의지해 간신히 몸을 지탱하고 있는 류한.

최악의 상황에서도 눈빛만은 여전히 살아 있는 그가 입가에 쓴웃음을 흘리며 답했다.

"나는 암살 따위는 하지 않는다. 설사 내가 그를 죽이고 싶었다면 정면승부를 했을 것이다."

"그러나 죽은 교주의 가슴에는 보리무상장의 장인이 선명하게 찍혀 있었다. 이는 부인할 수 없는 사실. 그리고 오직 그대만이 천하에서 유일하게 보리무상장을 익히고 있다!"

"훗!"

류한은 쓴웃음을 지었다.

단지 보리무상장을 익히고 있다는 사실만으로 자신을 비천신마의 암살자로 단정하다니.

'웃기는군.'

류한이 아무런 말없이 염왕신마 장위에게 조소를 흘렸다.

"보리무상장을 익히고 있는 이는 오직 그대밖에 없다. 다시 묻겠다. 그대가 교주를 암살했는가?"

류한은 또다시 쓴웃음을 지었다.

뭐라 답하고 싶은 것은 사실이었으나 답할 얘기가 없었다.

자신이 알기로 보리무상장을 익히고 있는 이는 천하에 두 사람.

성승 혜원과 자신이었다.

그러나 자신은 비천신마 교주의 가슴에 보리무상장을 날리지 않았다.

그렇다면 성승 혜원이란 말인가?

"훗!"

말도 안 되는 소리였다.

그러나 류한은 자신 외에도 성승 혜원이 보리무상장을 익히고 있다고 말할 수도 없었다.

성승 혜원은 정파의 거목이며, 상징이다.

성승이 보리무상장을 익히고 있다 하면 십만마교는 당장에 그를 흉수로 지목할 것이다.

류한의 목적은 정마대전의 발발을 막는 것.

그리 말했다가는 당장에 십만마교의 정예들이 하남성 숭산의 소림사를 향해 출진하게 만들고 말 것이었다.

게다가 류한은 머릿속으로 흉수를 차츰 짐작하고 있었다.

'확신할 수는 없으나 교주라면 마도시대에 금지된 보리무상장을 익혔을 가능성이 크다. 교주라면……'

사람들이 불가능하다 말하는 모든 것을 해내는 교주라면 충분히 가능했다. 또한, 교주에게는 분명히 동기도 있었다.

 무림맹과 십만마교를 정면충돌케 하고, 무림에 대혼란을 불러일으켜 그 와중에 교주는 이 시대의 무림마저 손쉽게 집어삼키려 할 것이 분명했다.

 능력과 동기가 있다면 이것은 추측이 아니라 거의 사실임에 틀림없었다.

 그러나 류한은 그것 또한 말하지 못했다.

 이 시대에서 교주의 신분이 무엇인가?

 남궁세가 가주이며 무림맹주이다.

 그를 용의자로 지목한다며 도리어 성승보다 더한 분란을 일으킬 수 있다.

 그를 흉수로 지목한다면 십만마교 전체가 무림맹과 생사결을 짓겠다고 십만대산을 뛰쳐나갈 것이 확실했다.

 그렇다면 그것이 바로 정마대전이다.

 류한은 흉수가 누구인지 어느 정도 짐작하고 있음에도 십만마교의 마인들에게 말할 수가 없었다.

 순간 답답함이 밀려왔다.

 이 상황을 어떻게 타개해야 할지 방법이 없었다.

 십대신마뿐만 아니라 미망봉 입구에 모여 있던 모든 이들의 시선이 류한에게 쏠려 있었다. 정확히는 류한의 입에 집중되고 있었다.

모든 이들이 류한이 흉수가 아니라고 말해주길 원하고 있
는 듯한 눈빛을 보내고 있었다.

그러나 류한은 설명할 방도가 없었다.

'어쩌면 차라리 보리무상장을 익히고 있는 내가 비천신마
교주의 흉수라 말한다면…….'

십만대산이 발칵 뒤집어지고, 십만기가 하남성 숭산에 상
주하고 있는 것은 오직 비천신마 한평 교주의 죽음 때문이었
다.

'역사에서도 비천신마 교주의 죽음으로 인해 정마대전이
발발했다 했다. 아니, 정확히는 교주를 암살한 흉수를 찾지
못해 마교와 정파 사이에 분란이 생겼고, 그 와중에 참지
못한 십만마교가 감숙성 공동파를 쓸어버리며 정마대전이
발발했지. 만약 십만마교가 교주의 암살범을 알게 된다
면?'

어쩌면 교주의 죽음과 관련된 모든 분란이 잠재워질지도
모른다.

'훗! 때마침 나는 교주의 죽음과 관련한 유일한 증거인 보
리무상장을 익히고 있다.'

생각이 거기까지 미쳤다.

"하하하하하!"

류한이 앙천광소했다.

하늘을 바라보며 미친 듯이 웃었다.

허무한 웃음, 씁쓸한 웃음이었다.

"어차피 꼬일 대로 꼬여 버린 인생이다. 있어야 할 장소와 시간에 있지 못하고 있지 말아야 할 장소와 시간에 있던 나다. 그런 나에게 할 일이 많다 한다. 하지만 내가 대체 전생에 무슨 죄를 그리 많이 지었기에 죽는 순간까지 있지 말아야 할 장소를 떠돌며 싸워야 한단 말인가? 큭큭큭!"

자신은 지금부터 백 년 뒤의 사람이다.

자신은 죽든 살든 그 시대, 그 장소에 있어야만 한다.

그런데 자신은 지금 어디에 있는가?

비천신마 한평 교주는 자신에게 무공을 가르쳐 줬다. 또한, 성승 혜원은 자신이 천부경 주술의 문을 타고 끝없이 시간을 방황하며 마지막 순간까지 싸워야 할 운명이라 했다.

"내가 왜? 내가 왜? 내가 아는 사람들조차 결국 나를 기억해 주지도 못할 것을."

류한이 마도시대에도, 천부경 주술의 문을 타고 이 시대에 넘어와서도 스스로 바랐던 것은 오직 한 가지밖에 없었다.

정마대전을 막고, 마도시대의 개막을 막는 일!

그것 하나뿐이었다.

나머지 것은 타인이 자신에게 해야 한다며 일방적으로 요구했던 일이었다.

'나는 결코 대단한 존재가 아니다. 이런 나는 마도시대의

재림만 막아도 세상에 태어나 해야 할 일은 다했다 할 수 있을 것이다.'

류한은 마침내 결심했다.

그러나 마지막까지 한 가지가 마음에 걸렸다.

자신이 비천신마의 암살 흉수라고 뒤집어쓴다 하더라도 지금 이 시대에 넘어와 있는 고금제일신마 교주가 마음에 걸리는 것이었다.

'내가 누명을 써 비천신마 교주 암살에 대한 분란을 잠재운다 하더라도 과연 정마대전이 발발하지 않을까? 남궁유한의 겉가죽을 뒤집어쓰고 있는 교주라면 무슨 수를 쓰더라도 반드시 정마대전을 일으킬 것이 분명하다.'

하지만 자신이 반드시 해내야 할 사명이라 여겼던 것은 역사에 기록된 대로의 정마대전을 막아내는 것이었다.

'내가 모든 것을 해낼 수는 없는 일이다. 어쩌면 내가 할수 있는 일은 어쩌면 여기까지인지도 모른다. 다음은 누군가가 분명 해낼 것이다. 그리고 내가 여기서 스스로 흉수라고 밝힌다 해도 반드시 내가 죽는다 할 수도 없다. 차라리 내가 비천신마 교주의 흉수가 돼 십만마교의 모든 복수심을 나에게 집중시키는 것이 차라리 나은 것인지도 모른다.'

류한이 고금제일신마 교주의 명에 따라 이곳에 온 것에는 한 가지 다른 이유가 있었다.

마도시대와는 정반대로 교주가 정파 무림맹을 집어삼켰다

면 자신은 도리어 십만마교를 자신의 손에 움켜쥘 생각이었다.

자신이 지배하는 십만마교를 통해 교주와 건곤일척의 승부를 벌일 셈이었다.

'그래도 여전히 비천신마 교주의 죽음과 관련한 분란은 남아 있다. 십만마교는 반드시 그 문제를 해결해야 할 것이고, 설사 내가 교주가 된다 해도 마인들은 선대 교주의 복수를 해야 한다고 주장할 것이다. 결국 그와 관련한 분란으로 인해 정마대전은 발발할 수밖에 없을 것이다.'

십만마교와 정파 사이의 분란을 잠재우려면 비천신마 교주의 암살자라고 자인하는 것이 어쩌면 이 분란의 해결을 위해 최선이라는 생각이 들었다.

"하하하! 그대의 말이 맞다. 내가 바로 비천신마 교주를 암살한 사람이다!"

생각을 끝낸 류한이 그렇게 선언했다.

그러자 십대신마의 안색이 완전히 달라졌다.

또한, 절대강자인 류한에게 마음을 주고 있던 마인들 사이에서도 일순 분위기가 술렁이기 시작했다.

절대강자를 숭상하는 그들이라 하지만 영원히 타오르는 성화 앞에서 끝까지 함께하기로 한 형제를 죽인 것을 절대 용서할 그들이 아니다.

마인들 사이에서 흉흉한 분위기가 형성되더니 그것은 곧

살을 에고, 뼈를 가르는 듯한 엄청난 살기로 변했다.

"용서할 수 없다……!"

십만마교의 마인들이 일제히 검을 빼 들고는 곧장 류한에게 달려들기 시작했다.

류한은 이미 한계에 달해 있었다.

십대신마는커녕, 평범한 마인 몇도 제대로 상대하기 힘든 상황이었다.

스스로 생각해도 이것이 마지막이라는 생각이 다 들 정도였다.

"십만대산의 형제들은 교주를 암살한 저 흉수를 응징해라!"

죽은 교주 다음으로 지고한 신분인 염왕신마 장위의 명이 떨어지자 그때까지 주저하고 있던 마인들이 모조리 병장기를 빼들고 류한에게 달려들기 시작했다.

미망봉 입구 평원에 모여 있는 마인들의 숫자는 이미 일만을 넘어선 상태였다.

제아무리 평범한 마인이라 해도 무림에 나가면 대단한 고수 소리를 듣는 이들이었다.

그들이 무려 일만이었다.

게다가 이것은 일 대 일의 대결만이 허용되는 지옥투가 아니다.

형제를 죽인 자에 대한 복수의 장으로 일만이 한 사람을 향해 합공을 한다 해도 한 치의 부끄러움도 없는 일이었다.

류한을 향해 일제히 달려드는 일만의 마인들.

누가 봐도 류한은 끝이었다.

그런데…

쉬이~ 익!

바로 그때, 허공을 가르며 하나의 깃발이 류한과 일만의 마인들 사이를 향해 날아오기 시작했다.

묵색 강철 창대에 걸린 붉은 깃발에는 오직 한 글자만이 적혀 있었다.

그 글자는 바로… 마(魔)였다!

류한과 마인들 사이의 정중앙을 꿰뚫고 날아와 땅속 깊숙이 박힌 그 깃발을 확인하자마자 염왕신마 장위가 짧은 신음성을 내뱉었다.

"저 깃발은……."

묵색 강철 창대에 달린 붉은 천 위에 마(魔) 자가 수놓아진 깃발은 오직 교주만이 사용하는 것이었다. 더 정확히는 교주를 지키는 호위대가 교주의 친림을 알릴 때 사용하는 깃발이었다.

교주는 이미 죽었고, 교주를 지키던 호위대는 마치 이 세상에서 증발한 것처럼 행방이 묘연하던 상황이었다.

그런데 호위대의 깃발과 함께 호위대가 미망봉에 돌아온 것이었다.

쉬익~!

전원이 붉은색 천으로 된 무복으로 통일하고 있는 교주 호위대가 일제히 하늘을 가르며 날아왔다.

호위대는 정확히 류한과 마인들 사이 중앙 지점에 착지했고, 호위대장인 사우군은 류한을 바라보며 크게 소리쳤다.

"그 말은 틀렸소! 당신이 교주를 죽였다 한 그 말은 틀린 소리요!"

그 소리에 미망봉 입구에 모여 있던 마인들이 크게 술렁거리기 시작했다.

사우군은 그러더니 호위대 전원과 함께 류한 앞으로 천천히 걸어갔다.

그들은 강렬한 눈빛으로 류한을 한 번 바라봤다.

그러고는 놀라운 일이 벌어졌다.

쿵!

사우군을 비롯한 호위대 전원이 일제히 류한 앞에서 무릎을 꿇은 것이었다.

하늘 아래 교주 외에는 그 누구에게도 무릎을 꿇지 않는다 알려진 호위대였다.

그런 호위대가 류한 앞에서 무릎을 꿇었다.

호위대는 하늘을 향해 두 팔을 치켜들며 소리쳤다.

"만세무적, 마교불패!"

뒤이어 이 자리에 모인 모두가 들으라는 듯이 외쳤다.

"고금제일 교주불사!"

교주를 향한 무한의 존경과 절대적인 복종을 상징하는 외침이었다. 십만의 마인 중 오직 교주만이 들을 수 있는 말이었다.

"호위대가 저자를……."

염왕신마 장위는 호위대가 행하고 있는 행동의 의미를 바로 알 수 있었다.

호위대는 지금 류한을 비천신마 한평 교주에 이어 다음 대교주로 옹립하고 있는 것이었다.

"인정할 수 없다!"

그가 격한 어조로 소리쳤다.

호위대가 교주를 지키는 막중한 임무를 수행하는 정예 집단이며, 그들의 힘이 대단한 것도 사실이다.

그러나 그들은 교주의 안전을 위해 목숨을 바치는 자들이지, 교주를 새로이 옹립하는 이들은 결코 아니었다.

"절대 인정할 수 없다!"

그가 또 한 번 강하게 부정했다.

류한의 강함은 인정한다. 비천신마 교주의 뒤를 이어 교주의 자리를 잇는다 해도 전혀 손색이 없을 정도의 강함이었다.

그러나 류한은 어디까지나 선대 교주를 암살한 자이다. 다른 이도 아니고 그 스스로가 그 사실을 자인한 상태였다.

그 한 가지 사실만으로도 류한은 절대 십만마교의 교주가 될 수는 없는 인물이었다.

"호위대는 물러서라! 그대들이 나설 자리가 아니다!"

염왕신마 장위가 엄중히 경고했다.

마인들 역시 염왕신마의 뜻에 동조했다.

류한의 강함에 마음을 빼앗긴 것도 사실이었으나 선대 교주의 암살자라는 사실을 결코 용서할 수 없었다.

"그럴 수 없소!"

그러나 류한 앞에 무릎 꿇고 있는 호위대 또한 물러서지 않았다.

호위대는 류한의 편에 서는 것은 물론이고 그를 다음 교주로 옹립하겠다는 뜻을 굽히지 않고 있음이 명백했다.

"그렇다면 할 수 없다. 호위대 또한 베어버리는 수밖에!"

염왕신마 장위가 검을 들고 류한과 호위대 쪽으로 나아가기 시작했다.

그를 따라 아홉 명의 신마도, 이제는 일만이 넘어버린 마인들도 살기를 뿜어대며 다가갔다.

류한은 이제 더 이상 싸울 수가 없는 몸이었다.

십만마교에서도 최정예로 꼽히는 호위대가 있다 하나 그들의 수는 고작 일백 남짓이었다.

제아무리 날고 기는 재주가 있다 해도 현 상황에서 십대신마와 일만이 넘는 마인들을 상대하는 것은 불가능했다.

그러한 정세를 파악한 류한이 호위대장 사우군에게 말했다.

"그대들은 나를 도울 필요 없다. 그럴 이유가 없으니. 그러니 지금이라도 물러서라."

사우군이 입가에 희미한 미소를 지었다.

"선대 교주님께 명을 받았습니다, 앞으로는 당신을 선대 교주님처럼 따르라는 명을."

자세한 영문을 알 수는 없었으나 류한이 보기에 호위대장 사우군은 선대 교주에게 뭔가 명을 받은 것 같았다.

"그리고 우리에게는 당신을 도와야 할 이유가 있습니다. 무슨 일이 있어도 당신은 우리와 함께 마도시대로 가야 합니다."

호위대장 사우군이 어찌 마도시대를 알고 있는가?

류한이 조금은 놀라 되물었다.

"마도시대로?"

"그렇습니다. 당신은 우리를 이끌고 마도시대로 가야 합니다. 당신과 우리는 마도시대 원정대입니다! 그러니 당신과 함께 마도시대로 가기 위해서라도 당신은 반드시 살아야 합니다."

"마도시대 원정대라……."

성승 혜원에게서 그에 대해 분명히 들었다.

자신과 누군가는 다시 마도시대로 돌아가 싸워야 한다는
소리를.

자신과 함께 싸워야 할 이가 누구인지를 이제껏 알 수 없었
으나 마침내 원정대에 포함된 첫 무리들을 만나게 된 것이었
다.

"비천신마 교주의 명인가?"

"그렇습니다. 그리고 마도시대 원정대는 우리만이 아닙니
다."

호위대장 사우군의 말이 끝나기가 무섭게 미망봉 입구 아
래쪽에서 뿌연 흙먼지가 일기 시작했다.

그 뿌연 흙먼지 속에서는 이글거리는 화염처럼 붉은 구름
이 폭풍처럼 휘몰아치고 있었다.

그 광경은 류한뿐만 아니라 십대신마, 일만의 마인들 또한
분명하게 목격할 수 있었다.

눈이 밝은 마인 하나가 경악하며 소리쳤다.

"적색창기병대(赤色槍騎兵隊)다!"

교주의 명만을 받드는 십만마교 최강의 전투 부대 중 하나
인 적색창기병대!

뿌연 흙먼지 속에서 휘몰아치는 핏빛 구름은 십만마교를
가로막는 모든 적들을 돌파하는 최강의 돌격 부대였다.

인마일체의 경지에 이른 이들은 철옹성 같은 요새도, 드넓
은 초원도, 한없이 빨려드는 늪지도, 가도 가도 끝이 없는 사

막도 극복해 낸 불굴의 전사들이었다.

"적색창기병대뿐만이 아니다!"

한 마인의 외침 뒤에 곧바로 또 다른 외침이 있었다.

"거대한 혈랑(血狼)이다!"

"염왕독랑대다!"

십만마교 최강을 자부하는 네 개의 친위대 중 또 다른 하나
인 염왕독랑대 또한 거대한 변종 혈랑의 등에 탄 채 뿌연 흙
먼지 속을 달려오고 있었다.

이들이 지나간 자리에는 수천 년 동안 풀 한 포기 자라지
못한다는 독의 전설을 이룬 이들이 바로 염왕독랑대였다.

사천당가가 독의 정종을 자부한다지만 독의 위력과 술수
의 잔인함과 독랄함은 사천당가와 비할 수 없는 그들이었다.

"저, 저것은!"

마인 중 하나가 이번에는 기절할 것만 같은 목소리로 단말
마의 비명성을 터뜨렸다.

그의 눈에 꿈에서도 만나고 싶지 않은 공포의 대상이 목격
됐기 때문이었다.

"시마(屍馬)다!"

이미 죽은 말을 강시로 만드는 대법으로 강시화해 달리게
만드는 것이 바로 시마였다.

그 시마에 올라탄 채로 달리고 있는 것 또한 바로 강시였
다.

강시도 보통 강시가 아니었다.

강시들의 제왕으로 불리는 수라강시들이었다.

도검불침은 물론이고 살아생전 구사했던 마공마저도 자유롭게 구사하는 불멸의 전사들.

"살아서는 물론이고 죽어서도 십만마교를 위해 육신과 영혼을 모조리 바친 마인들! 금륜시마대다!"

금륜시마대가 되는 길은 의외로 간단하다.

죽음까지도 십만마교에 대한 충성을 변질시킬 수 없다 믿는 영원한 마인들이라면 누구나 될 수 있었다.

금륜시마대는 오직 교를 위해 영원히 충성을 맹세하겠다는 자원자들로만 이뤄졌다.

그러나 그 대가는 영원히 죽지도 살지도 못한 채 이승을 방황해야 하는 강시가 되는 것이었다.

죽지도 살지도 못하는 저주를 받아야 했지만 금륜시마대는 불멸의 전사들이었다.

그들은 결코 살 수 없지만, 반대로 절대로 죽지도 않는다.

죽지 않은 불사의 군단!

정파인들이 십만마교에서 가장 두려워하는 존재들이 바로 이들 금륜시마대였다.

그리고 마인들 중 하나가 더할 나위 없이 큰 목소리로 소리쳤다.

십만마교 마인들은 물론이고 모든 강호인들이 이렇게 말

한다.

"십만마교 전체가 무너져도 지옥마검대만 생존해 있으면 마교는 절대 패한 것이 아니다!"

총 이백오십육 종의 마검(魔劍)을 익힌 십만마교 최강의 검객들로 이뤄진 지옥마검대.

"지옥마검대가 곧 교주의 뜻이며, 교주의 진정한 힘이다!"

지옥마검대야말로 십만마교의 상징이었으며, 전 강호에 투사되는 힘의 상징이었다.

교주를 지키고 십만대산을 호위하는 네 친위대가 갑작스 레 등장하자 상황이 급변하기 시작했다.

보통의 마인들은 물론이고 십대신마조차도 네 친위대를 결코 무시할 수 없었다.

네 친위대가 마음만 먹는다면 십만대산의 십만 마인 전체 와도 승부를 볼 수 있을 정도로 막강한 존재들이었기에.

그들은 류한 앞에 무릎을 꿇고 있는 호위대 곁으로 다가갔 다.

그러더니 그들 또한 호위대처럼 류한 앞에서 일제히 무릎을 꿇었다.

그들 역시 크게 외쳤다.

지금 이 자리에 모여 있는 모든 마인들이 들으라는 듯이 더할 나위 없이 커다란 목소리였다.

"만세무적, 마교불패!"

또다시 외쳤다.

"고금제일 교주불사!"

네 친위대가 류한을 교주로 옹립하며 충성을 맹세했다.

이들의 선언은 앞선 호위대의 것과는 비할 바 없이 강력한 영향력을 가지고 있었다.

그것을 들은 마인들에게도 엄청난 파급력을 가지고 있었다.

호위대와 네 친위대가 보호하고 있는 류한을 향해 이제는 십대신마도, 십만 마인들도 감히 접근할 엄두도 내지 못했다.

상황이 급속도로 변해가는 가운데 호위대장 사우군이 십대신마와 마인들을 향해 소리쳤다.

"분명히 말하지만 이분은 비천신마 교주님을 암살하지 않았소!"

"그러나 그 스스로 자신이 선대 교주님의 암살자라 자인했다!"

염왕신마 장위의 말에 사우군이 다시 소리쳤다.

"만의 하나 그렇다 해도 우리는 이분을 절대 적대시할 수 없소!"

사우군이 품에서 종이 한 장을 꺼내 들었다.

"이것은 교주님께서 나 사우군에게 남기신 유지(遺志)요. 이 안에는 분명 교주의 자리를 철혈투마 류한, 바로 이분에게 넘긴다는 뜻이 분명하게 적혀 있소."

그가 허공섭물의 재주로 그 종이를 튕기듯이 날려 염왕신마 장위에게 건넸다.

그 종이를 받아 든 염왕신마 장위가 그것을 펼쳤다.

비천신마 한평 교주의 평소 성격처럼 그 종이 위에는 사족 없이 꼭 필요한 내용만 간략하게 적혀 있었다.

십만마교 교주의 위(位)를 류한에게 넘긴다!

그 내용에 염왕신마 장위는 적잖이 충격을 받은 상태로 종이를 다른 신마들에게 차례로 넘겼다.

그 내용을 읽고 난 십대신마는 일제히 침울한 표정이었다.

"선대 교주의 유지가 있었다 하나 우리 십만마교는 강자존의 율법이 지배하는 곳이오! 그렇기에 강자만이 교주의 자리를 이을 수 있을 것이오! 그리고 철혈투마 류한은 이미 지옥투를 통해 그의 강함을 모두에게 인정받았다고 생각하오!"

사우군은 그렇게 외치고 속으로 생각했다.

'교주의 밀지를 받은 나조차도 확신할 수 없었다. 철혈투마 류한이란 자가 과연 교주의 자리를 이어받기에 합당한 자인지를. 또한 호위대와 네 친위대의 절대적인 충성을 받을 만한 절대강자인지를. 그러나 우리는 직접 그의 강함을 눈으로 목격했고, 피부로 체감할 수 있었다. 그만이 비천신마 교주님의 뒤를 이어 십만마교를 이어받기에 합당한 인물이다!'

제아무리 선대 교주의 명이 있었다 하나 류한이 약한 자였다면 절대 그를 따를 리 없었다.

사우군 스스로가 류한을 절대강자로 인정했고, 이제는 그의 강함에 더욱 끌리고 있었다.

이제 공은 십대신마에게 넘어와 있었다.

지옥투에서 류한은 이미 그 강함을 여실히 증명했다.

또한, 십만마교의 최정예라 할 수 있는 호위대와 네 친위대가 그에게 충성을 맹세했다.

결정적으로 선대 교주가 그에게 교주의 위를 넘긴다는 유지를 남긴 상황이다.

그러나 류한이 교주의 암살자라는 의혹을 풀지 못한 채로는 그를 교주로 인정할 수 없었다.

그것 때문에 십대신마가 주저했다.

그런 기색을 눈치 챈 호위대장 사우군이 소리쳤다.

"그에 승복하지 못하겠다면 좋소! 십대신마는 물론이고 모든 마인들은 다시 한 번 철혈투마 류한에게 도전하시오! 단, 그 도전은 정정당당해야 할 것이오! 일 대 일의 정당한 승부! 몇날 며칠이 걸리든 공평한 승부를 봐야 할 것이오! 만약 지금처럼 합공을 펼치거나 수적 우위를 믿고 밀어붙이는 것은 우리 호위대와 네 친위대가 결코 용납하지 않을 것이오!"

그러고는 십대신마를 노려봤다.

"어떻게 하시겠소?"

모든 이들의 눈길이 십대신마에게 쏠렸다.

다른 마인들은 결코 일 대 일로 류한에게 도전할 능력이 없었다.

그렇기에 도전할 능력도, 위치도 되는 것은 십만대산을 통틀어 오직 십대신마밖에 없었다.

목숨을 걸고 다시 한 번 도전하느냐, 새로운 교주를 인정하느냐는 그들의 몫이었다.

십대신마의 수좌인 염왕신마 장위는 그러한 분위기를 여실히 느끼고 있었다.

그는 살며시 고개를 들어 하늘을 올려다보았다.

오랜 세월이었다.

교주의 자리를 마음에 품고 살아온 세월이.

그러나 너무나 강력한 거인이 자신의 앞을 가로막고 있었기에 그 뜻을 펼칠 수가 없었다.

하지만 하늘이 도왔는지 그토록 거대한 인간이 죽음을 맞이했다.

이제는 생애 마지막으로 한 번 뜻을 펼쳐볼 기회를 잡았다 생각했다.

그러나 그 앞에 다시 한 번 도저히 극복하지 못할 강자가 등장했다.

그리고 그의 이름은 류한이었다.

"나 장위는 여기까지인가……."

이제 새 교주를 맞이하면 향후 오십 년은 또다시 교주 아래에서 이인자로 지내야 한다. 아니, 그때까지 살지 못할 것이며 죽을 때까지 교의 이인자로 만족해야 한다는 것이었다.

그가 류한을 바라봤다.

돌연 류한을 향해 질투의 감정이 이글거리기 시작했다.

'하늘은 너무나 사람을 편애한다. 왜 내가 아니고, 저자인가? 크크큭!'

질투의 감정이 샘솟았지만 염왕신마 장위는 아둔한 인물은 결코 아니었다.

휘릭~!

그가 손으로 장포의 옷깃을 뒤로 젖혔다.

쿵!

그는 서 있던 자세 그대로 땅바닥에 무릎을 꿇었다.

"만세무적, 마교불패! 고금제일 교주불사!"

마침내 그가 모든 의혹과 질투를 접고 류한을 새로운 교주로 인정했다.

그의 충성 맹세가 나오자 묵철신마가 뒤를 이었다.

"빌어먹을! 나 묵철신마는 여기까지인가 보구나! 하하하하!"

그는 호탕하게 한번 웃더니 땅바닥에 무릎을 꿇었다.

"크크크! 어쩔 수 없겠지."

환영신마 또한 바닥에 무릎을 꿇으며 충성맹세를 외쳤다.

곧 모든 십대신마가 땅바닥에 무릎을 꿇었다.

그러자 미망봉 입구에 모여 있던 일만이 넘는 마인들 또한 일제히 땅바닥에 부복하며 크게 소리쳤다.

"만세무적, 마교불패! 고금제일 교주불사!"

일만이 내지르는 그 거대한 함성이 십만대산 전체를 진동시켰다.

자신 앞에서 부복한 모든 마인들을 향해 류한이 소리쳤다.

"십만대산에 성스러운 불이 있어!"

마인들이 그 말을 받았다.

"하늘과 땅을 밝히네!"

"성스러운 불로 이 몸을 태우니!"

"하늘과 땅에 광명의 길이 이어지네!"

"십만대산에서 태어나!"

"십만대산에서 죽으니!"

"십만대산에서 한 자루 검을 들어!"

"적의 심장을 꿰뚫는다!"

"힘들 때나, 괴로울 때나, 즐거울 때나, 슬플 때나!"

"우리는 언제나 함께였느니!"

류한과 마인들이 한 목소리로 외쳤다.

"성화(聖火)는 우리를 십만대산의 형제라 말한다!"

그들이 동시에 검과 도를 뽑아 하늘을 향해 소리쳤다.

"만세무적(萬世無敵), 마교불패(魔敎不敗)!"

그리고 세상 전체를 단박에 집어삼킬 듯한 거대한 환호성이 터졌다.

"와아아아아아~!"

비천신마 한평 교주의 죽음 이후 많은 혼란과 적잖은 분열을 겪었던 그들이었다.

그들은 극적으로 새로운 교주를 옹립하며 새로운 전기를 마련할 수 있었다.

그 와중에 호위대와 네 친위대를 청하기 위해 달려갔다 다시 돌아온 검왕 곽연이 류한에게 다가왔다.

그는 두 손으로 받쳐 들고 있는 한 자루의 검을 류한에게 공손히 바쳤다.

그 검이야말로 십만마교의 교주임을 상징하는 십만마검이었다!

류한이 십만마검을 건네받았다.

그가 십만마검을 하늘을 향해 뽑아 들었다.

그리고 선언했다.

"십만마교 교주의 이름으로 무림맹에 전하라!"

"존명!"

류한이 일갈을 터뜨렸다.

"한 달 후, 하남성 낙양에서 십만마교 교주 류한이 무림맹주 남궁유한의 목을 베고, 심장을 꺼내겠다고!"

교주가 되자마자 처음 터뜨린 일성이 바로 정파를 지배하고 있는 무림맹주 유한을 죽이겠다는 선언이었다.

대대로 강하기로 소문난 십만마교 교주들조차 그 어떤 이도 교주가 되자마자 정파의 상징이자 최강고수를 죽이겠다 선언한 적은 없었다.

그런 패기와 기세, 자신감을 보여준 적은 역사상 단 한 번도 없었다.

신임 교주의 선언이 모든 마인들을 열광시켰다.

"와아아아아아아~!"

십만대산이 떠내려갈 정도의 거대한 함성이 터져 나왔다.

"무림맹은 명심해야 할 것이다! 한 달 후, 낙양에서의 승부를 거절한다면 천하는 피로 물들 것이라는 사실을!"

일 대 일 비무를 받아들여 천하의 패권을 정하자는 그 제안을 거절한다면 전면전에 들어갈 것임을 알리는 정파에 대한 대 선전포고였다.

"와아아아아아~!"

"그리고 만약 그들이 거절한다면 우리는 비웃을 것이다! 그들의 나약함과 비겁함을 말이다!"

십만마교 교주 류한이 이렇게 선언했다.

십만마교가 새로운 교주를 옹립했다는 소문과 신임 교주
의 말은 곧바로 전 무림에 퍼졌다.

第五章 결전의 성립

無敵世家

　무림인들은 만나기만 하면 한 가지 얘기로 떠들썩하기 그지없었다.

　"십만마교가 새 교주를 옹립했다 하더군."

　"허~! 과거의 전례를 보아 전임 교주의 죽음 이후 적어도 몇 년은 교주 자리를 두고 그들끼리 이전투구할 것으로 예상했건만."

　"너무나 의외로군 그래."

　십만마교의 새 교주 이야기 다음에는 그가 선언한 내용이 뒤를 이었다.

　"신임 교주가 선언했다는군. 한 달 후에 친히 하남성 낙양을 방문해 남궁유한 무림맹주와 싸우겠다고 말이야."

"허~! 제아무리 마교의 교주라 하나 자신감이 지나쳐 미친 것이 아닌가? 그가 아무리 강하다 하나 무림맹 총단이 있는 이곳 낙양이 어디라고 감히."

사람들은 그 말에 고개를 끄덕였다.

그런데 한 사람이 말했다.

"신임 교주는 미친 것이 아니라 현명한 자일 것이야."

"마교의 교주가 미치지 않았다니 무슨 터무니없는 소리인가!"

"들어보게."

사람들이 귀를 쫑긋 세웠다.

"십만마교가 강한 것은 의심의 여지가 없네."

십만마교를 비난하는 이들마저도 그것만은 인정할 수밖에 없었다.

"하나 왜 그들이 십만대산에서 나오질 못했는가?"

"그거야 그들이 움직이려고만 하면 정파가 일치단결해 대항했기 때문이 아닌가?"

"그런 이유도 있겠지. 하나 그보다는 황실이 신경 쓰이기 때문이네."

"황실?"

"생각해 보게, 십만마교의 마인들이 우르르 강호로 몰려오는 광경을. 관부와 무림이 불가침이라 하나 그들이 만약 역심을 품고 반란을 일으키기라도 한다면?"

"흠……."

십만마교 마인들은 강하며 그들의 수는 물경 십만에 이른 다 알려져 있었다.

그런 이들이 황실을 향해 칼을 겨눈다면?

황제 입장에서는 등에서 식은땀이 흐를 것임에 틀림없었 다.

"그러니 황실에서 그것을 묵과할 리 있겠는가?"

"그건 그렇군 그래."

"황제의 명을 따르는 백만 대군이 있네. 십만마교의 마인 들은 강호인들답게 일 대 일 대결에는 능숙하지. 하지만 집단 전에서 백만 대군을 상대해야 한다면 그들 입장에서도 등골 이 서늘할 일이지. 또한, 십만의 마인들이 강호로 나온다 해 도 먹고 자는 문제는 어찌 해결할 것인가?"

"듣고 보니 그렇군."

"게다가 정파 전체가 일치단결해 십만마교와 싸울 것이네. 황실의 백만 대군과 정파 전체와 싸운다면 십만마교로서도 필패일 것이야. 그래서 이전에는 십만마교가 그리도 강했으 면서도 감히 십만대산 밖으로 나올 엄두를 내지 못했던 것이 지."

그렇게 말하던 이가 술을 한 잔 쭈욱 들이키더니 말을 이어 갔다.

"즉, 십만마교는 십만대산 밖으로 나올 수가 없는 것이야. 그 사실을 잘 알고 있는 신임 교주는 그래서 이런 생각을 했겠지. 자신만 홀로 나온다면 어찌 될까 하고 말이야."

사람들이 쥐 죽은 듯 그의 말에 집중하고 있었다.

"신임 교주는 황실이 보낼 의심의 눈초리도 비껴가고 자신들의 강함을 입증하기 위해 그런 말을 꺼낸 것일 거야. 신임 교주 입장에서는 지금 상황이 참으로 좋지. 정파에 무림맹이 결성돼 있고, 무림맹주가 있으니."

그가 사람들을 둘러보더니 말했다.

"사실 한판의 승부로 천하의 패권 운운했지만 비무 한판 이기고 진다고 천하의 패권이 어느 한쪽으로 가겠는가?"

모여 있던 사람들이 고개를 끄덕였다.

"그건 그렇지."

"하지만 십만마교 입장에서는 그 비무가 중요해. 십만마교는 오직 일 대 일의 정면승부를 즐기지. 그들이 무림일통이니 외치고 다니지만 사실 그들은 순수한 강함을 추구하는 이들이거든. 실질적으로 천하의 패권을 잡고 싶은 것이 아니야. 정파의 무림맹주를 꺾어 상징적으로 천하를 일통했다는 자부심을 얻고 싶은 것이지. 정파 무림맹주와 일 대 일 승부, 거기에서의 승리라면 그들의 입맛에 더할 나위 없이 맞는 얘기니까."

그 얘기를 듣고 있던 한 사람의 의문을 제기했다.

"그런데 그건 어디까지나 십만마교의 생각이 아닌가? 무림맹에서 그 비무에 응해주지 않으면 아무 의미가 없을 것 같은데. 듣고 보니 십만마교는 쉽사리 십만대산 밖으로 나올 수도 없다고도 하고……."

"그 점, 잘 짚어주었네. 무림맹 입장에서는 거절하면 그만이지. 그런데 내가 십만마교가 순수하게 힘을 숭상하는 이들이라 했지?"

"그랬지……."

"순수한 사람일수록 자신들이 소중히 여기는 가치가 무시당했을 때는 더욱 크게 화를 내게 마련이지. 십만마교 입장에서는 순수하게 누가 더욱 강자인지를 가리자며 일 대 일 비무를 제안했는데 그것이 무참히 거절당했네. 그들은 크게 분노할 것이며 황실 눈치를 보고 말고 할 것 없이 당장에 전 마인들이 무림에 뛰쳐나올 것이네. 그 순수한 분노는 그들의 교주마저도 제지할 수 없을 것이야. 분노한 마인들이 일제히 뛰쳐나온다면 천하는 시산혈해를 이루고 말 것이야."

시산혈해라는 소리에 모여 있던 사람들이 순간 공포에 떨었다.

"그, 그렇다면 차라리 무림맹이 그 비무를 받아들여야 하지 않겠는가?"

"그런 얘기지. 십만마교는 정중히 비무를 청했어. 그런데 만약 무림맹이 그 제안을 거절한다면 앞으로 천하가 시산혈해가 되는 것은 전적으로 무림맹의 책임이라 주장하겠지. 무림맹 수뇌부는 지금 이 제안을 두고 엄청난 고민에 휩싸여 있을 거야."

모여 있던 사람들 중 하나가 말했다.

"무림맹주 남궁유한 대협은 대단한 분이야. 그분의 실력과 명성은 이미 성승을 능가했으며, 오래전부터 전설의 남검이 재림했다는 평마저 받고 있어. 십만마교 교주가 대대로 강했다 하나 알려진 바가 전혀 없지. 새 교주 또한 비천신마 교주처럼 절대강자라 확신할 수는 없다는 얘기야. 그 둘의 승부에 내기를 걸라 하면 나는 이미 검증된 무림맹주 남궁유한 대협에게 걸겠어."

"듣고 보니 또 그렇군. 남궁유한 대협이라면 반드시 승리할 거야."

"하지만 상대는 어디까지나 고금제일세인 십만마교의 교주야. 그 교주가 무림에 알려진 바가 없다 하나 십만의 마인들 중 최강의 강자지. 아무래도……."

"하긴 십만마교 교주는 대대로 무림제일고수로 여겨졌으니……."

"무슨 소리인가! 남궁유한 대협은 전설의 남검이야."

"하나 정파의 고수가 마지막으로 십만마교 교주를 꺾은 것은 거의 천 년 전의 일이야. 그것도 두 사람이었지. 남검북도 말이야!"

실상 십만마교 교주가 이기기를 바라는 일반 사람들은 아무도 없었다.

 십만마교가 순수하게 힘을 숭배하는 이들이라 하나 그들 중에는 역천의 사술을 쓰는 이들도 있었고, 상당수가 괴이한 이들로 알려졌기 때문이었다.

 누가 이길지 의견이 분분한 가운데에서도 사람들은 한 가지 사실에는 의견일치를 보고 있었다.

 십만마교 교주가 강할 것이라는 것 하나는!

 하남성 낙양의 무림맹 총단을 향해 한 대의 마차가 서서히 다가오고 있었다.

 평소 분주하기 이를 데 없는 대로였으나 기이하게도 그 마차가 지나가는 길 주변에는 오늘따라 개미 새끼 한 마리 보이지 않았다.

 마치 그 마차를 두려워해 알아서 길을 비켜주고 있는 것만 같은 모양새였다.

 그 마차 지붕에는 하나의 깃발이 꽂혀 있었다.

 그것은 십만마교를 상징하는 십만기였다.

 십만기를 단 마차는 곧 무림맹 정문에 당도했다.

 무림맹 정문 경비 무사는 그 마차가 올 것을 미리 알았다는 듯 그 마차를 자연스럽게 통과시켜 주었다.

 마차는 드넓은 무림맹 정원을 지나 무림맹 가장 깊숙한 곳에 자리하고 있는 한 전각 앞에 멈춰 섰다.

마차 문이 열리고 안에서 한 노인이 내려섰다.

그 노인은 십만대산에서 온 마인이었다.

그것도 보통 마인이 아니라 십대신마의 수좌인 염왕신마 장위였다.

염왕신마 장위는 무림맹 총단 한복판에 홀로 서 있음에도 전혀 두려워하지 않았다.

자신의 무공을 믿는 것도 믿는 것이었으나, 결정적으로 무림맹은 결코 자신에게 위해를 가하지 못할 것임을 잘 알고 있었기 때문이다.

자신이 죽는 순간, 십만마교와 무림맹 사이에는 전면전이 발발할 것이다. 그것은 곧 천하가 피에 물든다는 의미였다.

은밀히 왔다면 모를까 이렇게 대놓고 무림맹을 방문하는 한, 설사 무림맹 내부에 두 세력 간의 전면전을 꾀하는 자라 해도 결코 움직일 수가 없었다.

자신이 죽은 이후 흘려야 하는 모든 피의 책임은 바로 무림맹이 져야 하기 때문이었다. 가뜩이나 십만마교 선대 교주의 죽음을 둘러싼 의혹조차 다 풀리지 않은 현 상황에서는 더욱 그러했다.

염왕신마 장위는 고개를 꼿꼿이 쳐든 채 일견 거만한 걸음걸이로 전각 안으로 들어갔다.

무림맹 수행원 하나가 전각 안으로 들어간 그를 곧 드넓은 회의장으로 안내했다.

회의장 문이 열리자 최상석을 중심으로 장방형 탁자 주위로 무림맹 수뇌부가 모두 집결해 있는 광경이 그의 눈에 들어왔다.

그는 다른 사람들은 다 제쳐두고 장방형 탁자 중앙 최상석에 거만한 태도로 앉아 있는 젊은 사내에게 집중했다.

'저자가 그 남궁유한인가…….'

십만대산 안에 계속 틀어박혀 있었다지만, 염왕신마 장위 또한 무림맹주 남궁유한에 대한 얘기는 질리도록 들어온 터였다.

어느 날 갑자기 등장해 남궁지화 이후 몰락에 몰락을 거듭하고 있던 남궁세가를 일시에 부흥시킨 자.

가진 바 무공의 끝은 쉽사리 헤아리기조차 힘들며, 남궁세가 비전의 백화예검을 극성까지 익힌 자라 했다.

검왕 남궁창천 이후 최강의 검객이라는 평이 파다하고, 이미 성승 혜원을 제치고 정파 제일의 고수로 인식되고 있었다.

더욱이 전설의 남검 재림이라는 극상의 찬사를 받으며 근자에는 남궁세가를 '천하에 대적할 적이 없다'는 의미인 '무적세가(無敵世家)'로 끌어올린 정파의 신화였다.

'무적세가라… 이는 검왕 남궁창천이 남궁세가를 세울 때도 듣지 못했을 정도로 대단한 찬사지. 아마 한 세가가 저렇듯 휘황찬란한 소리를 듣는 것도 남궁유한이 이끄는 남궁세

가가 강호 역사상 처음일 것이다.'

염왕신마 장위는 그렇게 생각하며 사각 탁자의 짧은 모서리 앞에 놓여 있는 의자에 다리를 꼬고 앉았다.

그가 앉아 있는 반대편 짧은 모서리에는 남궁유한이 앉아 있었다.

그는 남궁유한을 정면에서 응시하며 곧장 물었다.

"무림맹주, 무림맹에서는 대체 언제쯤 우리 교의 선대 교주 암살범을 내놓을 것이오?"

다짜고짜 던진 그 물음에 좌중이 꿈틀했다.

아직 풀리지 않은 문제, 하지만 양측이 가장 민감하게 대처하는 문제가 바로 그것이었다.

"흥!"

맞은편에 앉아 있던 남궁유한은 그 물음에 그저 콧방귀를 끼었다.

"그대는 예를 모르는군. 마땅히 그대의 성명부터 밝히고 얘기를 꺼내는 것이 순서가 아니겠는가?"

남궁유한의 가벼운 질타에 염왕신마 장위가 웃었다.

"하하하! 우리 마인들은 그런 허례허식 따위는 전혀 개의치 않소. 상대가 강하다면 마땅히 존중할 것이고, 상대가 약하다면 약자로 하여금 절로 고개를 숙이게 만들면 될 뿐. 또한, 이름 따위가 무어 그리 중요하겠소? 어떤 이름을 쓴다 하여 그가 진실로 그 사람인지 확실치도 않을 것을."

염왕신마의 마지막 말에는 뼈가 있었다.

다른 이들은 그 말의 의미를 알지 못했으나 남궁유한만은 적잖이 뜨끔했다.

'이자… 무언가 알고 있는 눈치군.'

남궁유한이 속으로 뭔가를 생각하려 할 때, 염왕신마 장위가 이마에 계인을 찍고 있는 승려인 소림 장문인 법현에게 빈정대는 것처럼 물었다.

"소림의 무공은 참으로 훌륭하더이다."

법현이 바로 말했다.

"무슨 말인지 모르겠소이다."

"정녕 내가 왜 소림의 무공을 칭찬하려 하는지를 모른단 말이오?"

"시주께서 이 사람을 일깨워 주시지요."

"하하하! 진정 모르신다니 그럼, 그러리다. 우리 교의 선대 교주님의 가슴에 찍힌 보리무상장을 두고 한 얘기였소이다."

보리무상장을 언급하자 언제나 자애로운 미소를 얼굴에 머금고 있는 소림 장문 법현이 순간 곤혹스러워하며 얼굴을 찡그렸다.

"십만대산에서는 충분히 오해할 법도 합니다, 보리무상장은 소림의 절예이니. 하나 보리무상장은 극히 난해한 무공입니다. 부끄럽지만 소림 제자들의 깨우침이 얕아 소림에서는 보리무상장을 익힌 제자가 없습니다."

소림 장문 법현조차 성승 혜원이 보리무상장을 익히고 있
는 사실은 알지 못했다.

보리무상장은 극히 난해하여 소림에서도 거의 사장되다시
피 한 무공으로, 그가 알기에 장경각 깊숙한 곳에서 비급 위
에 먼지만 쌓이고 있다 여겼다.

그런 상황이니 비천신마 한평 교주의 가슴에 보리무상장
의 장인이 찍혀 있었다는 사실에 누구보다도 놀란 것도 바로
소림 장문 법현이었다.

"무슨 겸손한 말씀을. 어쨌든 경하드리오. 서로의 입장을
떠나 소림에서 보리무상장을 익힌 것으로도 모자라 천하제일
인이었던 우리 교의 교주님조차 쓰러뜨릴 정도로 엄청난 고
수를 배출했으니 말이오."

다짜고짜 억지를 부리는 염왕신마 장위를 향해 수양은 깊
으나 그리 말재주는 뛰어나지 못한 법현이 얼굴만 붉힌 채 말
을 이어가지 못했다.

그 광경을 지켜보던 개방 장로 취걸개가 버럭 소리를 질렀
다.

"여기가 어디인데 마의 종자가 감히 개소리를 나불거리는
가? 소림에서 그렇게 아니라 말하는데 여전히 억지를 부리다
니! 귓구멍에 대못이라도 박혀 있어 제대로 듣지를 못하는 것
인가? 아니면 사람 말은 당최 알아듣지를 못하는 견자(犬子)
라 그러한 것인가?"

개방은 근본이 산전수전 다 겪은 거지들이 모인 방회다. 거지가 공자 왈, 맹자 왈 하며 한껏 예를 갖춰 말하는 모양새가 도리어 우스울 것이다.

게다가 개방은 대대로 구파일방 중 십만마교의 마인들에게 가장 많은 제자들이 죽임을 당해 원한 또한 가장 깊었다.

그러니 그렇잖아도 성질 급하기로 유명한 개방 장로 취걸개의 입에서 좋은 소리가 나올 리 만무했다.

자신에게 폭언을 퍼부은 개방 장로 취걸개를 바라보며 염왕신마 장위가 말했다.

"입이 걸진 것을 보니 거지는 거지인가 보구나. 하하하!"

그러더니 그가 순간 눈을 번뜩였다.

엄청난 살기가 취걸개를 향해 폭사되기 시작했다.

그 살기를 느낀 취걸개는 오싹한 한기를 느껴야 했다.

'이, 이자! 보통 인물이 아니다. 고수들이 우글거린다는 십만대산에서도 대단한 자리에 있는 이가 틀림없다!'

취걸개가 마른침을 꿀꺽 삼키고 있을 때 염왕신마 장위가 말했다.

"정마대전이 발발하면 천하 모든 거지들의 씨를 말려주지. 어차피 가장 눈엣가시 같았던 것들이 이곳저곳 참견하기 좋아하고, 주둥이를 쉴 새 없이 나불거리는 개방의 거지들이었으니."

단순한 위협처럼 들리지 않았다.

"우리 십만대산은 결코 허언을 하지 않는다. 한다면 하는 것이 바로 우리 십만대산이다!"

그 순간 엄청난 살기가 쏟아져 나와 취걸개에게 집중됐다.

"우웁!"

취걸개는 그 살기를 견디지 못하고 입에서 피를 토하며 앉아 있던 그대로 뒤로 고꾸라지며 바닥에 쓰러지고 말았다.

쾅!

"대체 이게 무슨 짓이오!"

그 광경을 묵묵히 지켜보고 있던 팽 가주 팽강이 주먹으로 탁자를 내려쳤다.

그는 호기롭게 소리쳤다.

"십만대산에서 정 피를 보고자 한다면 우리 또한 주저하지 않을 것이오! 싸울 테면 싸웁시다!"

대단한 기세를 풍기는 팽강을 보며 염왕신마가 흥미로운 눈길을 보냈다.

'조금한 급한 성격에 대단한 투지! 그리고 빼어난 얼굴이라……. 저자가 바로 팽 가주 팽강이로군. 흠, 그에 대한 소문은 적잖이 모자람이 있구나. 그가 아마도 정파제일의 도객인 듯싶구나.'

염왕신마 장위는 팽강을 높이 평가했다.

사실 팽강의 무공은 요 근래 비약적으로 발전한 상태였다.

가진 바 재능 또한 발군이었던 그가 남궁유한이란 존재에게 자극을 받아 도 하나에 일로매진하다 보니 근자에는 도의 새로운 경지를 열어 젖힌 상태였다.

"싸울 테면 싸우자라……. 나는 거추장스럽게 이렇게 모이는 대신 힘으로 승부를 보고 싶은 쪽이었소. 그러나 우리 교주께서는 마지막으로 말이나 한 번 더 전하고 오라 했소."

그 제안이 대체 무엇일까에 사람들의 관심이 집중됐다.

그 시선을 느끼며 염왕신마 장위가 천천히 입을 열었다.

"교주께서는 남궁유한 무림맹주가 목숨이 아까워서 쉽사리 비무 신청에 응하지 않는 모양이라 하며 웃으셨소. 물론 그 얘기를 듣고 있던 우리 또한 크게 웃었고."

그 소리에 무림맹 수뇌부가 격분했다.

"그게 무슨 폭언이오!"

"목숨이 아까워 그런다니, 당장에 그 말 거두시오!"

"이자들이 점점!"

극도로 흉흉한 분위기 속에도 염왕신마 장위는 전혀 개의치 않고 말을 이어갔다.

"이제는 기억도 잘 나지 않는 일이지만, 예전에 정파의 남검북도가 십만대산에 올라 우리 교의 종주님께 패배를 안겨준 적이 있었소."

정파의 가장 위대한 역사를 다른 이도 아닌 마교의 수뇌부임에 틀림없는 이가 언급하자 극도로 흉흉한 분위기가 조금은 누그러졌다.

"남검북도가 십만대산에 올랐소. 우리 교인들과 종주님께서는 그 뜻을 존중해 미망봉 정상에 오르기 전까지 그들을 향해 일체의 공격을 하지 못하도록 하셨소. 그랬기에 남검북도는 힘을 온전히 보존한 채 미망봉 정상에 올랐고, 종주님과 일전을 벌일 수 있었소."

그 말에 무림맹 수뇌부들 또한 고개를 끄덕였다. 그것이 엄연한 사실이었기 때문이다.

"그래서 교주님께서는 과거의 역사를 이번에는 반대로 행해보기로 하셨소. 교주님께서는 지금부터 열흘 후, 홀로 낙양 무림맹을 방문하실 것이오."

꿀꺽!

십만마교 교주가 일체의 호위 없이 낙양 무림맹을 방문한다는 소리에 무림맹 수뇌부가 일제히 긴장했다.

'과연 그가 호랑이 굴이나 다름없는 이곳에 홀로 오겠는가?'

'만약 그러하다면 다른 것은 몰라도 그의 배포 하나만은 인정해야 하겠구나.'

"또한, 교주님께서는 제안했소."

이번에는 어떤 놀라운 제안을 할지 사람들이 궁금해했다.

"이왕 과거의 역사를 재현하려 하고 있고, 또 무림맹주가 교주님과의 일 대 일 맞대결을 두려워하고 있는 것도 같으니 무림맹에서는 요즘 남검 칭호를 듣고 있는 무림맹주와 함께

북도를 뽑아 남검북도 두 사람이 교주님을 상대해도 전혀 개의치 않겠다고 하셨소."

십만마교 교주는 일 대 일 대결이 아니라 무림맹에서 두 사람을 내세워 싸워도 상관없다 말하고 있었다.

그만큼 자신이 있다는 얘기인가?

아니면, 무언가 다른 꿍꿍이라도 있는 것인가?

그 제안이 모두 끝나자 사람들의 시선이 이제는 탁자 중앙에 앉아 있는 남궁유한에게로 향했다.

남궁유한의 얼굴은 노기를 참지 못해 이미 벌겋게 변한 상태였다.

남궁유한, 아니, 마도시대의 마교 교주 송악군이 속으로 이를 갈았다.

'철혈투마, 이놈! 네놈이 감히 본좌가 목숨이 아까워 너와 싸우지 않는다는 소리를 지껄여? 네놈이 얼마나 비참하게 죽고 싶어 그런 망발을 입에 담는단 말이냐. 죽여주마…….'

지금 이 순간 제아무리 노회한 송악군이라 할지라도 분노를 참지 못했다. 그러나 그는 일시적인 분노에 좌우될 사람은 아니었다.

그리고 그는 천부경 주술의 문을 넘은 후 완벽하지 않은 자신의 상태를 잘 알고 있었다.

그래서 당장이라도 그 제의에 응하겠다는 말이 목구멍까지 넘어왔음에도 그것을 간신히 참아냈다.

그런데 그때, 그 대신 다른 이가 크게 소리쳤다.

"받아들여야 하오! 십만마교의 새 교주가 저따위 망발을 입에 담는데 우리가 참을 이유가 없소! 우리를 얼마나 무시하고, 얕잡아보면 일 대 일 대결도 아니고 이 대 일의 대결도 상관없다 하는 것이오!"

그렇게 소리친 이는 바로 팽 가주 팽강이었다.

"그러나 이 일은……."

다른 참석자들이 주저했다.

그 실력이 잘 알려져 있지 않다 하나 상대는 어디까지나 고금제일세인 십만마교의 교주였다.

남궁유한 맹주가 제아무리 강하다 하나 절대 승패를 장담할 수 없는 존재였다.

"팽 가주, 잠시 진정하시오. 이 일은 어디까지나 맹주께서 결정할 일이니."

화산파 장문인 운학이 격분하고 있는 팽강을 말렸다.

"아니오, 아닙니다. 이 일이 어찌 맹주 홀로 결정할 일이란 말입니까? 맹주께서 십만마교의 제안을 받아들이지 않는다면 그것은 곧 무림맹과 십만마교의 전면전이 되는 일입니다. 그것은 곧 천하가 시산혈해를 이룬다는 의미입니다. 벌써 잊으셨습니까? 서문세가의 참사를! 그런 참사가 천하 각지에서 일어난다는 얘기입니다."

팽강이 서문세가의 참사를 언급하자 좌중이 숙연해졌다.

"십만마교가 그리 제안한 본의가 무엇이든 간에 우리는 무조건 그 제안을 받아들여야 합니다. 천하인들로 하여금 애꿎은 피를 흘리게 하느니 저들에게 무슨 꿍꿍이가 있다 해도 우리는 받아들여야 합니다. 불리함이 있더라도 오직 정도를 걷는 것, 그것이야말로 사내대장부의 길이며 정파의 대협이라면 마땅히 취해야 할 행보일 것입니다!"

팽강이 열변을 토했다.

사실 이전부터 이런 얘기가 무림맹 내부에도 많았다.

전면전을 일으켜 수없이 많은 피를 흘리느니 십만마교의 교주와 정면대결을 해 건곤일척의 승부를 보자는 의견이.

그 핵심에 열혈남아 팽강이 있었다.

"또한, 생각해 보십시오! 십만마교에서 이 대 일의 승부도 꺼리지 않겠다 했습니다. 저들이 이렇게까지 제안했는데 무림맹이 승부를 회피한다면 천하가 무어라 쑥덕거리겠습니까? 무림맹은 천하의 겁쟁이들만 모여 있는 곳이라 손가락질 할 것이 분명합니다. 십만마교에서는 분명 이 얘기를 천하에 퍼뜨릴 것입니다. 우리가 명분도 명예도, 모든 것을 잃고 나서야 마지못해 비무를 받아들이느니 지금 당장 받아들입시다!"

팽강의 얘기는 극히 옳았다.

십만마교에서 이 대 일의 대결도 감수하겠다고까지 선언했는데 무림맹이 계속 회피한다면 무림맹은 그 위신이 크게 실추되는 것이었다.

위신이 실추된다 함은 지금 상황에서는 십만마교와의 싸움도 하기 전에 사기가 완전히 꺾이는 일이었고, 천하의 웃음거리가 되는 일이었다.

무림맹 입장에서는 받아들일 수밖에 없는 제안을 십만마교 쪽에서 해온 것이다.

이제 무림맹은 옴짝달싹할 수가 없었다.

선택은 오직 그 제안을 받아들여 무림의 패권을 두고 벌이는 한 판 승부만이 남아 있을 따름이었다.

좌중의 시선이 일제히 무림맹주 남궁유한에게 쏠렸다.

남궁유한 역시 그 시선을 느꼈다.

'류한, 네가 잔꾀를 부리는구나. 본좌로 하여금 이런 모험까지 하게 만들다니……. 좋다! 본좌가 예전에 비해 많이 약해졌다 하나 상황이 이러하면 더 이상 피할 수도 없다. 그 제안, 받아들이마. 천하 사람들 앞에서 네 목을 베어주마!'

송악군이 속으로 이를 바득바득 갈며 천천히 입을 열었다.

"좋소! 그 제안 받아들이겠소! 열흘 후 십만마교의 교주를 꺾어 만천하에 무림맹의 이름을 드높일 것이오!"

남궁유한의 말이 떨어지자 모여 있던 무림맹 수뇌부들이 고개를 끄덕였다.

"하하하하! 좋소, 좋아! 내 교주님께 그리 전하리다!"

이곳에 온 목적을 달성한 염왕신마 장위가 호쾌하게 웃더니 자리에서 일어섰다.

"그럼, 열흘 후에 본교의 교주님을 맞을 준비나 하시오!"

그는 마지막으로 탁자 중앙에 앉아 있는 남궁유한을 한 번 노려보더니 곧장 회의장을 떠났다.

염왕신마 장위가 떠나자 남궁유한이 다시 입을 열었다.

"십만마교와의 비무는 좋든 싫든 이제 결정되었소. 그럼, 이제 그에 대한 방책을 논의해 봐야 할 듯싶소."

그 말이 떨어지기가 무섭게 제갈세가주 제갈현도가 말했다.

"상대는 십만마교 교주요. 그자만 처리하면 십만마교는 또다시 혼란에 빠져들 것이오. 이번 비무에 그자가 홀로 낙양 땅에 온다 하니……."

제갈현도의 입에 사람들이 시선이 집중됐다.

"설마 자객을 쓰거나 암습이라도 하자는 소리요?"

팽 가주 팽강이 바로 발끈하며 나섰다.

"팽 가주, 이 상황을 크게 보아야 할 것이오. 정정당당한 승부도 좋소. 십만마교 그 비열한 것들 또한 이곳에 오기 전에 분명 무슨 수작을 부릴 것이오. 우리만 당해서야 되겠소? 우리도 마땅히 비무 전에 손을 써야 할 것이오."

쾅!

팽강이 탁자를 내려치며 크게 소리쳤다.

"정파의 협객이 돼 어찌 그런 비열한 소리가 서슴없이 입에서 나올 수 있단 말이오? 제갈가주, 부끄럽지도 않소?"

"허허! 팽 가주가 아직 세상 경험이 적어 그러한가본데 상대의 비열한 수작에 이쪽만 넋 놓고 일방적으로 당하는 것은 천하의 천치나 하는 짓거리외다."

"십만마교가 비열한 수작을 부린다는 증거가 있소?"

"그, 그것은……."

제갈현도가 말을 더듬었다.

그런 증거가 있을 리 만무했다.

"흠, 흠!"

이 자리에 모인 다른 무림맹 수좌들은 제갈현도의 제안에 헛기침을 내뱉으며 불편한 심기를 표현했다.

개방 장로 취걸개처럼 일부 성질 급한 이들은 그런 제안을 한 제갈현도를 대놓고 비난하기도 했다.

"우리는 무림맹이오. 상대가 어찌 나오든 우리만은 정정당당히 승부해야 할 것이오."

대개의 의견이 그러하자 제갈현도는 자신의 생각을 끝까지 주장할 수 없었다.

이전까지는 계속 조용히 있다 그런 분위기를 읽은 남궁유한이 말했다.

"나 또한 그럴 생각은 없소. 하나 그렇다고 아무 준비도 없이 그 비무를 맞을 생각 또한 없소. 이 사람 외에 그 비무에 출전할 다른 고수를 논의해야 한다고 생각하오."

그 소리에 팽강이 또다시 반발했다.

"맹주!"

그는 그러더니 격정적으로 소리쳤다.

"천하가 지켜보는 자리요. 상대가 우리를 발끈하게 하기 위해 그런 제안을 해왔다 하더라도 우리는 마땅히 일 대 일의 정면 승부를 벌여야 할 것이오."

당당한 사내대장부로서 팽강의 말은 극히 원론적인 것이었다.

이에 단목세가주 단목천이 입을 열었다.

"팽 가주의 말은 틀리지 않소. 하나 이번 비무, 절대로 패해서는 아니 될 것이오. 이번 승부에 걸린 것은 바로 강호 전체요. 이번 승부에서 패하게 되면 마교에 의해 강호의 씨가 마를 수도 있다는 말이외다. 이번 승부의 의미가 그토록 중한데 우리는 마땅히 할 수 있는 최선을 다해야 할 것이오."

이번 승부에 천하가 걸렸다는 말에 참석자 대다수가 고개를 끄덕였다.

그중 절반은 이 대 일의 대결을 펼쳐서라도 반드시 승리해야 한다는 입장이었고, 나머지 절반은 그래도 정정당당하게 일 대 일 승부를 펼쳐야 한다는 쪽이었다.

"왜들 이러십니까? 우리는 정파의 협객들입니다. 설사 이 대 일의 승부를 펼쳐 승리한다 해도 그것이 과연 명예롭겠습니까?"

팽강의 반대에 사천당가주 당소유가 말했다.

"불명예일 것이오. 무척이나 수치스러울 것이오."

그가 말을 이어갔다.

"그러나 이번 승부는 반드시 이겨야 할 것이오. 이길 수만 있다면 사천당가와 이 당소유는 그 어떤 수치라도 감내할 수 있소이다."

당가계의 굴욕 이후 수십 년 동안 오로지 십만마교에 대한 복수의 일념으로만 살아왔던 사천당가와 가주 당소유였다.

그는 어떻게든 이번 기회에 그 원한을 씻어내고자 했다.

"팽 가주, 이 사람도 당가주의 생각에 동의하오. 팽 가주께서 사내대장부, 사내대장부 운운하시는데 사내대장부는 자고로 힘만을 맹신하지 않소. 머리를 써야 할 때는 머리를 쓰는 것이 진정 현명한 사내대장부일 것이오. 천지분간 못하고 오만하기 그지없는 십만마교 교주가 이번에 스스로 무덤을 판 것이오. 제깟 것이 조금 강하다 하나 맹주의 아래일 것이오. 그러함에도 그가 맹주 외에 일인을 추가로 내보내도 비무에 응하겠다 했소. 상대가 스스로 무덤을 팠는데 이런 기회를 이용하지 못하는 것은 극히 아둔한 일이라 할 것이오."

제갈현도가 계속 말을 이어갔다.

"십만마교는 이리 생각하고 이런 제안을 했을 것이오. 고지식한 무림맹 녀석들이라면 자신들이 이 대 일의 비무를 제안한다 하더라도 우리 무림맹이 일 대 일로 맞설 것이라고 말이오. 그렇지 않고서야 맹주 한 분도 상대하지 못할 십만마교 교주가 감히 그런 제안을 할 수 있었겠소? 상대의 의중을 뻔히 꿰뚫고 있는데 그것을 이용하지 못한다면 이는 천하의 바보짓이오. 병법의 기본은 상대가 예상치 못한 곳을 날카롭게 찌르는 것이오. 그렇게 생각하고 있는 그들에게 우리는 태연스럽게 두 사람의 절대고수를 내세워 뒤통수를 치는 것이외다!"

그 말은 묘하게도 설득력이 있었다.

상대가 예상치 못한 곳을 찌른다는 얘기는…….

"맹주 또한 왜 일 대 일의 정정당당한 승부를 원하지 않겠소? 우리보다도 더욱 그러할 것입니다. 하나 개인적인 명예보다는 이번 승부에 걸린 것이 너무나 크기 때문에 불명예마저 감수하시려는 것입니다. 스스로 희생하시려는 맹주의 깊은 뜻을 왜 몰라주십니까? 이번 승부, 반드시 이겨서 십만마교를 꺾어야만 할 것입니다!"

단목천이 그리 말하며 무림맹주 남궁유한을 가리켰다.

"나는 십만마교 교주와 일 대 일 승부를 벌일 자신도 있고, 이길 자신도 있소. 하나 세상일이란 워낙 변화무쌍한 것이오. 만의 하나 저 비열한 십만마교의 수작에 걸려 이 사람이 패하기라도 한다면 그들은 우리에게 무엇을 요구해 오겠소?"

십만마교의 요구라는 말에 이 자리에 모인 모든 이들이 긴장했다.

단 한 판의 승부로 천하의 패권이 가려지지는 않겠으나 패배하면 치러야 할 대가는 상상을 초월할 것이었다.

"그들은 이전부터 천하의 이권에 과도하게 집착하고 있었소. 그들이 승리한다면 제갈세가에게는 대륙전장을 내놓으라 할 것이고, 단목세가에는 은하표국을 바치라 할 것이오. 우리 남궁세가에는 차 사업을 바치라 하겠지요. 그리고 사천당가에는 편액을 떼가는 것보다 더한 굴욕을 안겨줄 것이외다."

그 소리에 제갈세가주 제갈현도, 단목세가주 단목천, 사천당가주 당소유의 낯빛이 달라졌다.

"물론 하북팽가야 황실과 연계된 사업을 하고 있으니 마교라 할지라도 직접적으로 하북팽가가 가지고 있는 이권에 손을 대기는 힘들겠지만 말이오."

"맹주!"

팽강이 소리쳤다.

'남궁유한 숙부가 왜 이러는 것인가? 요 근래 숙부는 내가 전에 알던 사람과는 크게 차이가 있다.'

비무에서 패하면 다른 세가들은 핵심 이권을 빼앗기겠지만 팽가만은 별 타격이 없을 거란 얘기였다.

남궁유한의 말은 결국 팽가는 비무에서 패해도 잃을 것이 별로 없으니 끝까지 일 대 일 승부라는 모험을 감행하자고 주장한다는 의미였다.

'아무리 좋게 보아도 이것은 다른 세가들과 우리 하북팽가 사이를 이간질시키려는 것으로밖에 보이지 않는다. 대체 남궁 숙부는 내게 왜 이러는 것인가?'

팽강은 당최 이해할 수 없다는 표정으로 남궁유한을 바라봤다.

"팽가야 황실과 유착돼 있으니 십만마교라 한들 다른 세가들처럼 오십 년 씩 봉문하라 요구할 수는 없겠지요."

단목세가주 단목천이 빈정거렸다.

"말을 가려하시오!"

팽강의 호통에 이번에는 단목천과 한통속인 제갈현도가 나섰다.

"팽 가주, 혹 맹주께서 아무 대책도 없이 그 비무에 나섰다 큰 화를 당하기라도 바라는 것이오? 소문에는 팽 가주가 여전히 무림맹주 자리에 야심을 품고 있다 하던데……."

터무니없는 중상모략이었다.

팽강은 자신의 그릇이 모자람을 알고 스스로 무림맹주의 자리를 양보한 사람이었다.

그런 자신이 어찌 무림맹주 자리에 야심을 갖고, 더욱이 남궁유한이 죽기를 바라고 있단 말인가?

"이, 이……."

어처구니없는 모함에 팽강이 말문을 열지 못했다.

팽강은 단목천과 제갈현도를 당장에 베어버릴 것처럼 한 동안 노려보며 끓어오르는 분노를 도저히 참지 못했다.

쾅!

그는 노기를 끝내 참아내지 못하고 자신 앞 쪽에 있는 탁자 모서리를 내려쳐 가루로 만들고는 크게 소리쳤다.

"되었소, 되었어! 나는 이제부터 아무 소리도 하지 않겠소. 정도를 말해도 그것을 교묘한 입놀림으로 변질시키는 그대들과는 더 이상 단 한마디도 섞지 않을 것이오! 그렇다면 나는 더 이상 이 자리에 있을 이유가 없을 것이오!"

팽강은 그러더니 바로 등을 돌려 회의장을 나섰다.

"팽 가주!"

"잠시만 기다리시오!"

소림 장문인 법현과 화산파 장문인 운학이 팽 가주를 말리고 나섰다. 그러나 억울함과 분노가 골수까지 치밀어 오른 팽강의 귀에 그 소리가 들릴 리 만무했다.

논의되는 사안마다 반대를 하던 팽강이 사라지자 남궁유한을 따르는 제갈현도와 단목천이 본격적으로 회의를 주도했다.

"이제 중요한 것은 맹주와 함께 비무에 출전할 고수를 선발하는 일입니다."

그 소리에 회의에 모여 있던 사람들이 눈치를 살피기 시작했다.

십만마교 교주를 상대해야 하는 일이니 극히 위험했다. 그러나 정파 전체를 대표해 출전한다는 것은 극히 자랑스러운 일이었다.

더욱이 함께 출전하는 이가 무림맹주이니, 그와 동반 출전하는 고수는 앞으로 무림맹주에 버금가는 정파의 절대고수 대접을 받게 될 것이 분명했다.

위험하지만 그것을 뛰어넘는 영광이 기다리고 있는 자리이니 회의에 참석한 이들 모두가 내심 출전을 원하고 있었다.

이 자리에 모인 이들 대다수가 오대세가와 구파일방의 가주나 장문인, 장로 급들 인물이었으니 스스로는 무공에 있어 다른 이들에게 결코 뒤진다 생각하지 않는 자존심 강한 이들이었다.

그들이 계속해서 눈치를 보며 아무런 말도 하지 못하고 있는 사이 화산파의 운학 장문인이 먼저 입을 열었다.

"정파 제일의 고수라면 누가 뭐라 해도 소림의 성승일 것입니다."

그 소리에 서로 눈치만 보고 있던 사람들이 절로 고개를 끄덕였다.

근 오십 년 동안 모두가 정파제일의 고수로 성승 혜원을 첫 손가락에 꼽았다.

무림맹주 남궁유한과 함께 성승 혜원이 출전한다면 그보다 강력한 조합은 없었다.

그러나 문제는 이미 세수 일백을 넘긴 성승 혜원이 과연 십만마교 교주와의 비무를 견딜 정도의 체력과 근력이 남아 있느냐 하는 문제였다.

그에 대한 질문을 담은 눈길로 운학 장문인이 소림의 법현 장문인을 바라봤다.

그 의미를 알아차린 법현 장문인은 곧 고개를 가로저었다.

"혜원 사숙조께서는 세수 일백을 넘긴 지 여러 해가 지나셨습니다. 아직 산공(散功:내공이 흩어짐)의 단계는 오지 않았으나 체력과 함께 격렬한 움직임이 필요한 그런 자리에는 적합하지 않습니다."

누구보다도 성승 혜원의 상태를 잘 알고 있을 소림 장문인이 저러니 성승의 출전을 더 이상 권할 수도 없었다.

성승 다음이라면 무당의 검선이었다. 그러나 성승과 거의 같은 연배인 그 역시도 성승과 같은 이유로 출전이 불가했다.

성승과 검선 다음이라면 역시나 무림사왕 중 두 사람인 팽가의 도왕 팽가우와 사천당가의 독왕 당천기였다.

하지만 두 사람 중 도왕 팽가우는 현재 폐관수련 중이며, 더욱이 직전에 팽 가주 팽강이 크게 분노한 채 자리를 뜬 상황이었다.

그렇다면 이제 남은 것은 독왕 당천기 외에는 없었다.

"휴우~!"

사천당가주 당소유가 길게 한숨을 내쉬었다.

"백부님 또한 출전이 불가하오."

"대체 무슨 이유 때문이오?"

"이 년 전, 남궁 맹주가 성도를 방문했다 비천신마에 의해 중상을 입었던 적이 있소."

그것은 너무나 유명한 일로, 이 자리에 모인 이들 중 그 일을 모르는 사람들은 아무도 없었다.

"그때 백부님께서는 또 한 번 당가계의 굴욕을 당했다며 격노했소. 그 원한을 풀기 위해 하루라도 빨리 십만대산에 오를 힘을 키우고자 했지요. 그래서 백부님께서는 우리 가문 비전의 독공 하나를 급히 연성하시려다 그만 가벼운 주화입마에 빠지셨고, 그 후유증에서 아직 완전히 벗어나지 못한 상태요. 그러니 어찌 그분께서 출전할 수 있겠습니까?"

사람들이 그 설명에 일제히 낮게 탄식을 하며 당가주 당소유를 위로했다.

성승과 검선도 아니 되고, 도왕과 독왕도 출전이 불가능했다.

그렇다면 남은 인물은?

화산 장문인 운학은 처음부터 계속 마음에 두고 있던 이름을 마침내 꺼냈다.

"맹의 호법을 맡고 있는 자하령주는 어떻소?"

"그것 참으로 현명한 선택이외다."

그 소리에 자하령주의 실력을 너무나 잘 알고 있는 구파일방 사람들은 크게 반색했다.

"자하령주가 소문만큼 대단한 무위를 가지고 있을지는……."

반면, 자하령주 류한과 악연으로 얽혀 있는 오대세가 사람들은 일제히 미간을 찌푸렸다.

특히나 무림맹주 남궁유한이 심하게 인상을 썼다.

'류한의 정체를 모르니 저런 헛소리를 나불대는 것이겠지. 십만마교의 새 교주가 누구인지 알고 저런 소리를 하는 것인가? 너희들이 자하령주라고 부르는 류한이 지금 십만마교의 새 교주인 것을!'

류한을 십만대산에 보낸 것이 바로 남궁유한, 아니, 송악군이니 그 사실을 모를 리 없었다. 그러나 류한이 십만마교 교주임을 지금 발설할 수는 없었다.

그 사실을 발설하게 되면 그것을 어찌 알게 됐냐는 질문이 필연적으로 뒤따라올 것이고, 송악군으로서는 그에 대한 답이 궁색했기에.

자하령주 류한이 출전할 수 없음을 누구보다 잘 알고 있는 송악군이 쓴웃음을 지으며 선심 쓰듯 말했다.

"자하령주라면 나 또한 좋소."

그 말에 구파일방 사람들이 크게 좋아했다.

"현명한 선택이시오, 맹주."

무언가 잘못 씹은 표정인 오대세가 사람들은 억지로 찬동의 뜻을 표했다.

"당사자인 맹주께서 그리하신다면야……."

구파일방 출신의 자하령주가 출전한다는데 대해 탐탁지는 않았으나 남궁유한이 그렇겠다는데 이의를 제기할 오대세가가 아니었다.

무림맹주 남궁유한 외에 또 한 명의 출전자를 자하령주 류한으로 결정하는 것으로 거의 뜻이 모아졌을 때였다.

남궁유한이 핵심적인 질문을 던졌다.

"그런데 류한 호법은 지금 어디 있는 것이오?"

그 질문에 모든 이들이 일순 꿀 먹은 벙어리로 변했다.

그들은 서로의 얼굴을 바라보며 무림맹 결성을 알리는 영웅대회 이후 행적이 묘연한 류한에 대해 자문했다.

"그러고 보니 그 이후 한 번도 본 적이 없구나."

"호법은 이 중차대한 시기에 대체 어디 있는 것인가?"

"그를 어찌 찾아야 하지?"

그들은 잠시 그렇게 중얼거리더니 무림맹 호법이기 이전에 류한이 처음 자하령주가 될 수 있었던 계기를 마련해 준 화산과 소림 장문인을 바라봤다.

"소승은 알지 못합니다."

소림 장문인에 이어 화산 장문인도 말했다.

"빈도 또한 마찬가지요."

남궁유한이 그 대답에 의미심장한 미소를 지으며 말했다.

"구파일방에서는 열흘 이내에 호법을 찾을 수 있겠소?"

"그것이……."

소림과 화산 장문인이 확실히 장담하지 못했다.

그 분위기를 감지한 제갈세가주 제갈현도가 말했다.

"아니지요. 열흘이 아니라 닷새 안에는 찾아야 할 것입니다. 맹주와 함께 출전을 하는데 최소한 며칠은 손발을 맞추고 출전해야 할 것이 아니겠소? 아니, 그보다는 더욱 중한 문제가 있소. 이렇듯 중요한 시기에 어디로 간다 말도 없이 장기간 맹을 비운 호법이 과연 무림맹을 위해 비무에 출전을 하겠다 할지조차 의문이오."

이에 구파일방의 장문인들이 바로 반발했다.

"다른 것은 몰라도 자하령주는 십만대산을 상대하기 위해 우리 구파일방에서 추대한 인물이오. 반드시 비무에 출전을 하겠다 할 것이오."

남궁유한을 추종하는 단목천이 재빨리 끼어들었다.

"자하령주는 자신이 무림맹주가 되지 못한 것에 불만을 품고 있다 들었소. 그런 자하령주가 맹주와 함께 출전을 하겠소?"

그 소리에 구파일방에 속한 개방의 취걸개가 크게 반발했다.

"오대세가 쪽에서는 자신들과 동의하지 않는 사람은 그렇게 일방적으로 매도하는 것이 전통이었소? 자하령주가 흔쾌히 맹주 직을 남궁 맹주에게 양보한 것은 천하가 다 아는 사실이오!"

"하하하! 그렇소? 그럼 그토록 혼쾌히 맹주 직을 양보한 자하령주는 지금 대체 어디 있단 말이오? 그리고 맹을 위해 지금까지 무엇을 했단 말이오?"

"……."

단목천의 말에 취걸개는 할 말이 없었다.

"천하제일의 정보망을 자랑하는 개방이니 자하령주를 늦어도 닷새 안에는 찾아올 수 있겠지요?"

그 물음에도 역시 취걸개는 꿀 먹은 벙어리가 될 수밖에 없었다.

단목천이 입가에 비릿한 미소를 흘리며 소리쳤다.

"맹을 위해 헌신하겠다는 의지가 없는 이를 중요한 비무에 출전시킬 수는 없는 노릇이오. 게다가 그는 지금 어디에 있는지조차 불확실하오. 그런 그를 어찌 천하의 패권을 결정지을 수도 있는 승부에 출전시킬 수 있단 말이오?"

단목천이 그러더니 회의에 참석한 이들을 하나하나 바라보며 말했다.

"만에 하나 십만마교가 승리하면 우리 오대세가는 물론이고 구파일방에게도 수십 년 동안 봉문을 요구할 것이오. 구파일방의 장문인들께서는 멸문이나 다름없는 봉문을 당하느냐 마느냐를 지금 어디에 있는지도 알 수 없는 자하령주에게 맡

기려 하는 것이오?"

"그, 그것은……."

긴 시간 동안 봉문을 당하게 되면 제아무리 전통있고 나름의 저력을 가지고 있는 구파일방에게도 엄청난 타격일 것이다.

소림이나 무당, 화산과 개방은 그 기간을 지나도 재기할 수 있을 것이나 구파일방 중에서도 그 세가 떨어지는 다른 문파들은 어쩌면 영원히 재기하지 못하고 허무하게 사라질 수도 있는 노릇이었다.

그러니 그토록 중차대한 일을 이 자리에 있지도 않은 사람에게 맡길 수는 없는 노릇이었다.

"그럼, 단목천 가주는 누구를 추천하려 함이오?"

단목천이 바로 답했다.

"이번 비무에 출전하는 것은 바로 남궁 맹주요. 그 힘든 승부에 목숨을 거는 것 또한 남궁 맹주이니 출전이 불가능해 보이는 자하령주 대신 함께 출전할 사람 또한 맹주가 선택하는 것이 현명할 것으로 사료되오."

"흠……."

무림맹의 양대 축은 오대세가와 구파일방이다.

오대세가에 속하는 남궁세가의 남궁유한이 출전한다 하니 구파일방에서는 마땅히 자신 쪽에서도 한 사람 출전하는 것이 옳다 여겼다.

그래서 부득불 자하령주를 밀었던 것인데 상황이 그것을 더 이상 고집할 수 없는 방향으로 흘러가고 있었다.

"맹주는 어떤 고수와 손발을 맞추고 싶소이까?"

구파일방 참석자의 물음에 남궁유한이 조심스럽게 답했다.

"나는 이 사람과 함께 비무에 나가고 싶소이다……."

남궁유한의 입에서 나온 인물의 이름은 구파일방은 물론이고 사천당가의 가주 당소유조차 알지 못하는 생소한 인물이었다.

第六章 교주 대 교주

無敵世家

다그닥! 다그닥! 다그닥!

하남성 낙양 인근에 천천히 말을 탄 채 유유히 움직이고 있는 세 사람이 있었다.

한 사람은 바로 새롭게 십만마교 교주가 된 류한이었고, 다른 두 사람은 검왕 곽연과 교주 호위대장 사우군이었다.

말 등에서도 사우군은 쉴 새 없이 주변을 경계하며 혹 위협이 될 소지가 있는지를 살폈다.

검왕 곽연은 이전에 비천신마 한평 교주를 수행할 때처럼 품에 한 자루의 검을 소중히 품은 채 조심스럽게 전방을 응시하고 있었다.

십만마교 교주 류한은 그런 두 사람을 보며 지그시 미소를 지었다.

"호위대장, 그렇게 열심히 경계할 것 없다."

류한의 말에 여전히 긴장하고 있는 사우군이 깍듯한 어조로 답했다.

"이곳은 무림맹이 있는 곳으로 적진 한복판과도 같은 곳입니다. 다른 곳도 아니고 이곳에서 마음을 놓을 수는 없는 일입니다."

"훗! 십만마교 교주인 나에게 이곳만큼 안전한 곳도 없을 것이다."

"소인은 잘 이해가 가지 않습니다. 마인에게 이곳만큼 위험한 곳은 없습니다."

"하하하!"

류한은 한 번 크게 웃더니 말했다.

"염왕신마가 무림맹을 찾았을 때 이런 얘기를 했었지. 과거 남검북도가 십만대산에 올랐을 때, 대산에 거주하는 십만의 마인들은 그 두 사람을 공격하기는커녕 오히려 종주님께 가는 길을 내주었다고 말이야."

"그랬었습니다."

그렇게 답하는 호위대장 사우군의 목소리에서는 힘이 넘쳤다.

십만마교가 천 년 전 전설의 남검북도에게 비록 패했을망

정, 지금까지도 자랑스러워하는 것은 깨끗한 승부를 벌였다는 자부심 탓이었다.

"이미 천하에는 정파가 커다란 승리를 거둔 것에 대해 우리 십만마교가 이번에 설욕을 하기 위함이라는 사실이 널리 퍼져 있지. 과거에 남검북도가 십만대산에 올랐다면, 이번에는 우리가 정파의 심장인 무림맹을 방문하겠다고 말이야. 그런데 우리는 과거에 그토록 정명광대한 승부를 벌였는데 무림맹은 나를 암살하려 하는 치졸한 짓을 한다면 천하가 무림맹을 어떻게 생각하겠는가?"

"비열하다고 손가락질하겠지요."

류한이 고개를 끄덕였다.

"우리는 오직 힘을 통해 교가 유지되지만 정파를 지탱하는 것은 명분이라는 것이지. 만약 무림맹이 비열한 짓거리를 해서 천하의 비난을 받게 된다면 그 명분이 사라져. 명분이 없는 무림맹은 그 주춧돌이 사라지는 셈이 되니 존재할 수가 없게 되겠지."

"그렇다면?"

"내가 십만마교의 교주라고 낙양 한복판에서 열흘 밤낮을 소리치며 떠들어댄다 한들 그들은 나에게 손가락 하나 까딱할 수 없어. 도리어 그들은 내가 무슨 해라도 입을까 싶어 벌벌 떨겠지. 아마 내 예상인데 그들은 나를 보호하기 위해 대규모 호위대를 편성해 보낼지도 모를 일이야."

"그렇군요……."

역설적으로 무림맹 총단이 있는 이곳 낙양이 십만마교 교주에게 있어 천하에서 가장 안전하다는 말의 의미를 사우군은 이제야 이해할 수 있었다.

그렇다고는 해도 이곳은 어디까지나 적의 심장부가 있는 낙양, 사우군은 본능적으로 생기는 경계심을 완전히 없앨 수는 없었다.

'낙양 외곽에 호위대와 네 친위대가 대기하고 있다. 일이 잘못 되면 그들을 투입해 무림맹이고 뭐고 모조리 쓸어버리겠다!'

사우군은 그렇게 결심하고 있었다.

제아무리 정파의 심장부인 낙양이라 하나 호위대와 네 친위대라면 충분히 그럴 수 있다고 믿었다.

그런 그를 보며 류한은 그저 한 번 웃더니 고개를 돌려 검왕 곽연에게 말했다.

"검왕."

그러자 곽연이 바로 송구스럽다는 표정을 지으며 고개를 숙였다.

"검왕이라니요, 당치도 않습니다. 이 사람은 일개 검노일 뿐입니다."

이전에는 류한에게도 반 존대를 받았고, 류한에게 반 하대를 했던 곽연이었다.

그러나 류한이 십만대산 마인들의 추대를 받아 정식으로 교주가 되자 말투는 물론이고 행동 또한 선대 비천신마 한평 교주를 대하는 것처럼 류한을 대했다.

"호칭이야 어쨌든, 낙양에 들어가면 그대는 가장 먼저 검광 곽상을 찾아오라."

"제 아들놈… 말입니까?"

"그렇다."

"어찌하시려는지를 물어도 되겠습니까?"

곽상 앞에서는 그가 자신의 아들인 것조차 부인했으나 혈육의 정이라는 것은 끊고 싶다 해서 끊을 수 있는 것이 아니었다.

검왕 곽연은 은근히 걱정이 되는지 그의 목소리에서는 긴장감이 절로 묻어 나왔다.

"그저 예전에 그와 약조했던 일이 한 가지 있어 그렇다. 성공하든 실패하든 아마 이번 길이 이 시대에서는 마지막일지도 모르는데 그와 약조했던 것을 지키려 함이다."

"그렇습니까……."

검왕 곽연은 말꼬리를 흐렸다.

그는 류한에 대해 상당히 많은 부분을 알고 있었다.

여전히 잘 믿기지는 않지만 그가 지금으로부터 백 년 후 시대에서 왔다는 사실부터 그가 남궁세가주 남궁유한이었다는 사실 등등.

'아마도 남궁세가 소가주 시절과 관련된 일이겠지…….'

검왕 곽연은 속으로 그리 생각하며 낙양으로 향하는 말의 속도를 조금은 더 올렸다.

낙양 금은루(金銀樓).

천년 고도 낙양에서도 가장 유명한 곳 중 하나가 바로 이곳 금은루였다.

총 오층의 전각으로 일층과 이층은 요릿집, 삼층과 사층은 주루, 그리고 오층은 특별한 손님들을 위한 숙소로 된 곳이었다.

하남성 제일의 숙수들이 만드는 요리들로 인해 이곳 음식값은 서민들로서는 꿈도 꾸기 힘든 가격에 제공되었으나 언제나 이곳은 인산인해를 이루곤 했다.

낙양에 사는 이들뿐만 아니라 천하 각지에서 몰려든 이들때문이었다.

또한, 삼층과 사층의 주루는 최고의 술은 물론이고 하남성, 아니, 천하제일의 기녀들이 즐비해 있어 천하의 화류공자들을 끊임없이 유혹하고 있었다.

이런 금은루 앞은 지금 몰려든 사람들로 인해 몸조차 제대로 움직이기 힘들 정도로 바글거리고 있었다. 자칫 사람에 치어 사람이 깔려죽을지도 모를 정도여서 위험해 보이기까지 했다.

"정말인가? 정말 그가 오는가?"

낙양성 토박이 정강평이 호들갑을 떨었다.

"정말이래도."

"그래도 그가 어찌 감히 이곳에……."

정강평 바로 옆에서 몸을 부대끼고 있는 여달후가 믿기지 않는다는 표정으로 연신 중얼거렸다.

여달후 생각에 그가 혈혈단신으로 이곳에 온다는 것은 곧 자살 행위와 같다고 여겨졌다.

그런데 그때였다.

"와아아아아아~!"

기쁨의 환호성인지 놀람의 탄성인지, 아니면 두려움의 비명 소리인지 모를 소리가 여달후 앞쪽에서 들려오기 시작했다.

"정녕 왔는가……."

놀람이 가득한 얼굴로 여달후가 사람들 사이를 비집고 들어가 까치발을 들어 저 앞쪽을 바라보기 시작했다.

그의 눈에 곧 한 개의 깃발을 들고 있는 세 필의 말이 보였다.

그 깃발은 테두리가 금실로 수놓아진 것을 제외하면 그리 특별한 것은 없는 것이었다.

그러나 그 깃발에 적힌 내용이 너무나 놀라웠다.

교주친림(教主親臨)!

교주가 지금 이 자리에 있다!

여달후는 반 기절할 듯이 놀란 얼굴로 그 깃발을 뚫어져라 바라봤다.

천하에 기인이사가 많고, 담대한 자가 많다 하지만 결코 그 이름을 팔지 못하는 곳이 단 한 곳 있었다.

무림맹 총단이 자리하고 있는 이곳 낙양에 무림맹?

아니었다.

십만 팔천 리 대륙을 지배하는 자금성?

그 또한 아니었다.

그것은 바로 천하인에게 있어 진정한 공포와 순수한 힘의 상징인 십만마교였다.

제아무리 입심이 센 자도 감히 십만마교에 대해서는 조소를 퍼붓거나 희화화할 엄두도 내지 못한다.

제아무리 배짱 좋은 이라 해도 감히 십만마교를 향해서는 치기를 부릴 수가 없었다.

제아무리 강한 존재라 해도 감히 십만마교 앞에서는 감히 그 힘을 과시할 시도조차 할 수 없었다.

그런 십만마교였다.

사람들의 인식이 그러할진대 십만마교의 평범한 마인도 아니고 십만대산의 지배자인 십만마교 교주의 친림을 상징하는 교주친림의 깃발을 흉내 낼 자는 드넓은 천하에서 절대 찾아볼 수 없었다.

만약 그리했다가는 십만대산이 그자 본인은 물론이고 그와 한마디라도 대화를 나눈 자들은 모조리 혀를 자르고, 그를 한 번이라도 본 적이 있는 자들은 모조리 눈알을 파버리고 말 것이기에.

여달후는 그 깃발에서 눈을 떼지 못한 채 자신도 모르게 소리쳤다.

"정말이구나! 정말 십만마교의 교주가 이곳 낙양에 왔구나!"

교주친림의 깃발을 든 말이 다가오자 몸 비빌 공간도 없이 꽉 들어찬 거리가 놀랍게도 양쪽으로 갈라지며 길을 만들어 내고 있었다.

지금 이 자리에 모인 이들 중 그 누구도 감히 십만마교 교주의 앞길을 막아설 수 없기 때문이었다.

옆 사람을 짓밟아 뭉개는 한이 있더라도 무조건 길을 만들어야 했다.

금은루로 향하는 대로에 모인 수천의 사람들 시선이 모조리 얼굴에 흑색 죽립을 깊숙하게 눌러쓰고 있는 십만마교 교주에게 향했다.

십만마교 교주가 바로 옆을 지날 때면 그 주위에 있던 이들은 감히 숨조차 크게 쉬지 못했다. 아니, 십만마교 교주에게서 은연중에 풍겨 나오는 기세에 눌려 절로 그렇게 됐다.

따각! 따각! 따각!

말발굽 소리와 함께 수천의 군중을 그 등장만으로 얼어붙게 만든 십만마교 교주 일행이 곧 금은루 앞에 당도했다.

금은루에는 이미 무림맹 수뇌부가 도착해 그를 맞을 준비를 하고 있었다.

"교주, 이제부터는 우리 무림맹이 모시겠소."

당당한 풍채에 묵색 대도를 등에 메고 있는 절세의 미남…….

그는 바로 한때 천하제일가로 불렸고, 지금도 그 영향력이 막강하기 그지없는 하북팽가의 가주 팽강이었다.

무림맹에서도 그 위세가 당당한 팽 가주 팽강이 십만마교 교주를 영접한 것은 무림맹에서도 이번 일에 최고의 예를 다한 것이었다.

무림맹 주도세력과 불화를 빚고 있는 팽강이었으나 그가 십만마교 교주를 영접하겠다 자청하고 나섰다.

그것에는 이유가 있었다.

'제갈현도와 단목천이 자칫 암중에서 비열한 짓거리를 할지도 모른다. 나 역시 마교가 싫으나 그보다 혐오하는 것은 암수를 쓰는 짓이다. 그럴 가능성이 있으니 내가 직접 나설 수밖에…….'

고지식하고 융통성없다 말할 수도 있으나 팽강은 무슨 일이 있어도 비무 전까지, 아니, 비무가 끝난 후에도 십만마교 교주에게 불미스런 일이 일어나지 않도록 최선을 다할 작정이었다.

자신을 영접하러 나온 팽 가주 팽강을 보더니 입을 열었다.

"천하의 하북팽가 가주를 만나는데 말 위에서 맞는 것은 무례겠지."

그리 말하더니 십만마교 교주 류한이 말에서 내렸다.

하북팽 가주 팽강은 단 한 번도 만난 적이 없다 여기는 십만마교 교주가 자신을 단번에 알아보자 조금은 놀랐다.

"또한, 전설의 북도를 배출한 팽가의 가주와 첫 인사를 나누는데 죽립으로 얼굴을 가리고 있는 것 역시 무례일 것이오."

류한이 죽립을 벗고 맨 얼굴로 팽강을 마주했다.

십만마교 교주가 팽강을 향해 포권을 했다.

"나는 새로이 십만대산의 미망봉을 차지하게 된 철혈투마요."

무척이나 오만하고 무례할 것이라는 예상을 깨고 십만마교 교주가 이처럼 정중히 예를 갖춰 나오자 당황한 것은 오히려 팽강이었다.

"이 사람은 하북팽가의 가주 팽강이오."

"얘기는 많이 들었소. 한 자루 대도로 천하를 평정한 절세의 도객이라지요."

"소문이 부풀려진 것이오."

천하의 십만마교 교주를 바로 앞에 두고 자신의 힘을 자랑하는 것은 천하의 천치나 하는 짓이다.

그래도 다른 사람도 아닌 십만마교 교주가 팽강의 무위를 칭찬하자 팽강은 기분이 나아졌다.

그리고 기이하게도 분명 처음 만난 십만마교 교주에게 호감을 느끼기 시작했다.

'분명 이전에는 만난 적도 없는 사람이고, 기억에도 없는 얼굴이나 왠지 친숙하게 느껴진다. 또한, 선입견과는 달리 마교 교주는 무척 예의바른 인물이 아닌가?'

남궁세가 소가주 남궁유한으로도, 자하령주 류한으로도 류한을 만난 적이 있는 팽강이었다. 그러나 불행히도 천부경 주술의 문을 넘은 후 계속해서 얼굴이 변하는 류한이기에 팽강은 류한의 얼굴을 알아볼 수가 없었다.

하지만 여러 차례 만났고, 그때마다 호감을 느꼈던 그 류한이 어디 가겠는가?

팽강은 묘하게 십만마교 교주에게 끌림을 느끼며 물었다.

"교주, 철혈투마라는 교주의 별호는 들었으나 이름은 듣지 못했소. 무례가 되지 않는다면 교주의 이름을 들을 수 있겠소? 정과 마를 떠나 교주와 언젠가는 진정한 교분을 나누고 싶은 욕심이 생겼기 때문이오."

교분을 나눈다는 말은 자칫 무림에 커다란 풍파를 가져오고, 정과 사람들에게 오해를 살 수도 있는 것이었다.

그러나 팽강은 마음이 가는 대로 행하고 말하며, 속에 있는 것을 숨기지 못하는 사람이었다.

얼굴도 달라지고 남궁세가 소가주, 자하령주라는 정파의 신분에서 이제는 마도의 정점에 선 십만마교 교주라는 마도에 속한 신분이 되었음에도 류한은 여전히 이 팽강이라는 사내를 좋아하고 있었다.

"하하하! 내 이름을 듣고 싶다라……."

류한이 크게 한 번 웃더니 말했다.

"나도 말해주고 싶으나 나는 내 이름을 들은 자를 살려둔 적이 없소."

내용은 무시무시했으나 어조만은 상냥하기 그지없었다.

'무슨 이유가 있나 보구나. 하긴 상대는 십만마교 교주다. 괴이한 점이 한두 가지 없다면 마교의 교주일 리가 없지.'

팽강은 그렇게 이해하기로 하며 금은루 안으로 류한을 안내하려 했다.

그런데 류한이 잠시 시간을 달라 청한 후에 십만마교 교주를 보기 위해 몰려든 사람들 한가운데로 걸어나갔다.

그는 내심 그를 두려워하며 연거푸 뒷걸음질을 치는 사람들을 향해 미소를 지으며 말했다.

"나는 괴물이 아니오. 나 또한 피와 살로 이뤄진 사람이며, 슬플 때는 울고, 기쁠 때는 웃는 평범한 사람이오."

"……"

"내가 여기 모인 당신들과 다른 점이 있다면 순수한 힘에 대한 열망이 보다 강했던 것뿐이오. 그 열망이 나에게 강함을 선사했고, 지금 이 자리에 설 수 있게 만들어줬소."

류한이 사람들을 바라보며 말을 이어갔다.

"내 이 자리에서 분명히 선언하겠소. 엿새 후에 비무만 제대로 성사된다면 내가 십만마교 교주로 있는 한 정마대전은 없을 것이오."

꿀꺽!

사람들은 그 의외의 선언에 잔뜩 긴장하기 시작했다.

류한이 한없이 부드럽게 미소를 지으며 사람들의 얼굴을 둘러보며 말을 이어갔다.

"그 누구도 정마대전 따위를 바랄 리 없소. 다시 한 번 강조하지만 내가 살아 있는 한 정마대전은 없을 것이오. 그러니 여기 모인 여러분은 물론이고 천하 모든 사람들은 부디 이 사람의 무병장수를 빌어주시면 참으로 고맙겠소."

갑작스레 무병장수를 빌어달라는 뜬금없는 말에 긴장하고 있던 사람들 중 하나가 참지 못하고 웃음을 터뜨렸다.

그 웃음은 대번에 사람들 사이로 전염돼 금은루 주위에 커다란 웃음의 물결이 휘몰아쳤다.

"십만마교의 마인들은 어린아이의 심장을 꺼내며 '참으로 맛깔나게 보이는구나'라며 군침을 흘리고, 시체를 가지고 이번 녀석은 어떤 강시로 만들어볼까만 하루 종일 궁리하는 사악한 자들로 생각할 것이오. 그런데 십만마교의 교주를 맡고 있는 나는 단 한 번도 어린아이의 심장을 본 적도 없으며, 게다가 나는 강시 따위 어떻게 만드는지조차 모른다오."

그 농에 사람들이 크게 웃었다.

"하하하하!"

"또한, 부녀자를 겁간하고 닥치는 대로 살인을 일삼는 극악무도한 자들이라는 편견도 있소. 십만대산에는 십만의 마인이 있소. 사람들이 다 각기 천차만별이듯 우리 십만대산의 식구들 또한 모두가 똑같을 수는 없소. 대다수 마인들이 오직 강한 힘을 추구하고, 한없는 자유를 원하는 이들이오. 극히 소수는 사악한 짓을 하기도 할 것이오. 하나, 어느 집단이든 그런 자들은 존재하게 마련이오. 그렇지 않다면 불문의 성지라는 소림에서조차 왜 파계승이 나오겠소?"

"하긴 그렇기도 하네."

사람들은 묘한 매력을 풍기며 순식간에 자신들을 사로잡는 류한의 언변에 매료돼 있었다.

또한, 십만마교에도 사악한 자들이 있음을 솔직히 인정하는 그 모습에 크게 호감을 느끼기 시작했다.

그런데 그때였다.

"내 목숨을 걸고 이 자리에서 한마디 하겠다. 십만마교 교주, 그대는 최근 이곳 낙양에 위치한 서문세가 사람들의 참사를 모른다 잡아뗄 것인가?"

비분강개한 얼굴로 소리친 것은 한 사내였다.

그 사내가 서문세가를 거론하자 류한에게 일시 호감을 내비쳤던 사람들이 곧바로 안색을 굳혔다.

서문세가의 일은 너무나 끔찍한 것이었고, 그 흉수가 마교라는 사실은 널리 알려져 있었기 때문이다.

사람들의 시선이 십만마교 교주인 류한의 입에 쏠렸다.

다른 이도 아닌 십만마교의 교주의 입에서 과연 어떤 대답이 나올까를 궁금해하는 심리를 담아.

"나 또한 서문세가의 일은 들어 알고 있소."

류한은 서문세가를 방문한 적도 있었고, 서문세가주 서문정우와 그 무사들에게 크게 호감을 가지고 있었다. 그런 그들이 하루아침에 몰살을 당했다 하니 씁쓸한 것이 사실이었다.

"그렇다면 그에 대해 해명을 해보라."

그 사건을 거칠게 추궁하는 사내는 그에 대한 대답만 들으면 곧장 자결하려는 듯 비수를 목에 대고 있었다.

류한이 그 사내를 바라보더니 말했다.

"십만마교의 이름, 아니, 내 목을 걸고 말하겠소. 본교는 서문세가의 참사와 일절 관련이 없소."

"교활한 세 치 혀로 거짓을 말하지 말라. 서문세가 사람들의 시신에는 누가 봐도 알 수 있는 마공의 흔적이 남아 있었다. 심지어는 마교의 고수가 아니면 절대 구사할 수 없는 독특한 마공까지 말이다. 이렇게 물증이 명확한데 그대는 어찌 손바닥으로 하늘을 가리려 하는가!"

류한이 곧바로 그 말을 받았다.

"누가 봐도 알 수 있는 마공의 흔적. 나는 그것이 본교가 결백하다는 증좌로 내세울 것이오."

"무슨 소리인가!"

사내가 계속해서 교주인 류한에게 반말을 지껄이며 추궁하자 호위대장 사우군이 더 이상 참지 못하고 출수를 하려 했다.

그러자 류한은 그런 사우군을 말리며 차분히 말하기 시작했다.

"나는 얼마 전 무림맹 내부에 현 무림맹주를 중심으로 한 급격한 무림맹 체제에 불만을 가진 이들이 있다 들었소. 어느 조직이든 새로운 조직 건설 과정에서는 이론이 분분하게 마련이지. 그런데 말이오, 불만을 가진 세력 중 하나가 서문세가였다 들었소."

"어찌 그런 모함을 하려는 것이냐!"

얘기를 끝까지 들으려 하지 않는 사내를 향해 류한이 날카로운 눈빛을 폭사시켰다. 그러자 사내는 순간 가슴이 턱턱 막히며 온몸이 싸늘하게 얼어붙은 듯 손가락 하나 까딱하지 못했다.

"끝까지 들으시오."

류한은 그러더니 말을 이어갔다.

"그런 상황에서 내가 만일 무림맹의 어느 한 세력을 본보기 삼아 징치하기로 했다면 나는 수하들에게 일러 절대 마공의 흔적을 남기지 말라 할 것이오. 특히 남궁세가의 검법을 써서 서문세가를 처리하게 만들게 했을 것이오. 우리 교의 마인들은 충분히 그럴 능력이 있으니까 말이오."

쉬익!

그와 동시에 류한이 검을 들어 하늘로 비상했다.

그것은 너무나 순식간에 벌어진 일이어서 보통 사람들은 제대로 그의 모습을 확인할 수조차 없었다.

쉭! 쉬식! 쉬시식! 쉬시시식!

몇 번의 칼바람 소리가 들렸고, 온갖 꽃의 향기가 주위에 물씬 풍겼다. 그 소리와 향기만은 모여 있던 모든 사람들이 듣고 맡을 수 있었다.

그리고 류한은 어느새 아무 일도 없었다는 듯이 원래 자리로 돌아와 있었다.

그는 그러더니 고개를 돌려 대단히 놀란 얼굴로 그 광경을 바라보고 있던 팽강에게 물었다.

"팽 가주, 내가 쓴 검법을 알아보시겠소?"

팽강이 순간 말을 더듬으며 답했다.

"무, 물론이오."

"사람들에게 직접 그 검법의 이름을 말씀해 주시면 참으로 감사하겠소."

팽강은 잠시 주저하더니 말했다.

"…백화예검이었소."

그 소리에 모여 있던 사람들 중 검이나 칼 좀 다뤘다는 이들은 크게 놀랐다.

"남궁세가의 비전절기 중 비전절기인 백화예검이라니!"

그들은 곧 마교의 교주가 다른 것도 아닌 백화예검까지 알고 있다면 마교의 마인들이 남궁세가의 검법을 사용하는 것은 일도 아님을 곧 깨달을 수 있었다.

"남궁유한 무림맹주 체제에 불협화음이 들려오는 때, 무림맹 내부에 분란을 조장할 목적으로 우리가 남궁세가의 무공을 써서 서문세가 사람들을 참살했다면 어찌 되었겠소?"

"그렇게 했다면……."

서문세가의 일을 추궁하던 사내가 말을 잇지 못했다.

분명 그리했다면 무림맹은 큰 분란에 휩싸이고 최악의 경우 그 문제를 두고 무림맹이 분열될 수도 있는 노릇이었다.

"그러나 우리는 결코 그러하지 않았소. 그리고 저 벽을 보시오."

류한이 금은루 반대편 전각의 벽을 가리켰다.

제법 커다란 전각에는 거대한 글씨로 다섯 글자가 적혀 있었다.

菩提無上掌(보리무상장)!

무림에 발을 담그지 않고 있는 사람이라 해도 조금만 그쪽에 관심이 있다면 그 다섯 글자를 모를 수가 없었다.

이 무공만큼 천하인들의 관심을 집중시키는 무공이 또 어디 있겠는가?

"한 가지 묻겠소. 미망봉에 올라 우리 교의 선대 교주를 암살한 자객이 보리무상장을 썼소. 서문세가 사람들이 마공에 의해 죽었기에 우리 교가 흉수라 한다면, 보리무상장의 장인이 가슴에 찍혀 있던 우리 교의 교주는 정파의 자객이 암살했다 여기면 되는 것이오?"

"……."

그 반문에는 이 자리에 모여 있는 그 누구도 입을 열지 못했다.

이곳은 무림맹 총단이 위치한 낙양이다.

지금 이 자리에 모인 사람들 중에는 무림맹과 아무 연관이 없는 사람들도 있을 것이다. 그러나 상당수는 무림맹과 직간접적으로 연관이 있거나 무림맹에 속한 이들이었다.

그런 이들은 물론이고 팽 가주 팽강조차 그 말에 곰곰이 생각하기 시작했다.

'십만마교가 자신들의 교주를 우리 쪽에서 암살했다 주장하며 우리를 압박해 올 때 우리는 얼마나 억울해했던가? 자신이 한 일이 아니었음에도 상대가 그 사실을 철썩같이 믿고 있는 것만큼 억울한 경우가 있던가? 우리 또한 서문세가 사람들이 몰살을 당했을 때, 그 흉수로 바로 십만마교를 지목했다. 그러나 혹 십만마교 교주의 말처럼 그들의 짓이 아님에도 그들이 흉수로 지목돼 그들 또한 억울했던 것이 아닐까?

팽강은 생각을 이어갔다.

'만약 그들이 아니라면 누가 그런 잔인무도한 짓을 저질렀을까? 십만마교 교주의 말처럼 무림맹 내부의 분란을 없애기 위한 누군가? 그렇다면 설마 남궁유한 숙부? 아니다. 터무니없는 억측이다. 요 근래 남궁유한 숙부에게 내가 크게 실망하고 있는 것은 사실이나 숙부는 절대 그럴 사람이 아니다. 그렇다면 흉수는 누구인가?

팽강은 고민하고, 또 고민했다. 그러나 그에 대한 해답을 얻기 위한 뾰족한 방책은 없었다.

툭~!

서문세가의 일을 따지러 왔던 사내 역시 류한의 말을 듣고는 자신의 목에 대고 있던 비수를 땅바닥에 떨어뜨렸다. 그러고는 그는 고개를 푹 숙인 채 등을 돌려 쓸쓸히 돌아갔다.

처음 생각과는 달리 서문세가의 일을 십만마교의 일로 몰아붙이기에는 근거가 희박함을 깨달았기 때문이었다.

목숨을 걸고 십만마교의 죄를 물으러 왔던 그는 지금 당장에는 아무것도 할 수 없다는 무기력함에 발길을 돌리고 말았다.

류한이 그런 그를 잠시 안타까운 눈길로 바라보더니 소리쳤다.

"나는 전지전능한 사람도 아니고, 우리 교의 선대 교주의 죽음이나 서문세가의 일에 대한 진상을 알지도 못하오! 그러나 나는 한 가지는 확신하오!"

류한은 강한 어조로 말을 이어갔다.

"하늘의 그물은 넓고도 넓어 성긴 듯하지만 결코 놓치는 것이 없다 했소[天網恢恢 疎而不失]! 두 사건에 있어 죄를 지은 자는 반드시 그에 합당한 벌을 받을 것이오!"

그 선언에 좌중에 찬물이라도 끼얹어진 것처럼 조용해졌다.

그러다 그중 한 사람이 크게 소리쳤다.

"옳소! 교주의 말씀이 지극히 옳소! 죄 지은 자, 잠시 동안은 천벌을 피할 수 있을지 몰라도 언젠가는 천벌을 받게 되는 것이 세상의 이치요!"

"그렇소. 세상이 끝내 두 사건에 대한 진상을 알지 못한다 해도 언제나 말없이 세상을 내려다보고 있는 하늘만은 알 것이오."

정파와 마도를 떠나 이 자리에 모인 사람들은 그 이치에는 모두가 공감했다.

류한은 그들을 바라보며 말했다.

"내가 상당히 길게 얘기한 듯싶소. 그러나 걱정은 마시오. 나는 말을 다 마친 후에 '만병통치약' 운운하며 약이나 팔러

온 약 장수는 아니니 말이오."

"와하하하하!"

민감한 사안을 거론하며 한껏 무거워진 분위기를 한마디의 농으로 변화시킨 류한이 말했다.

"나는 이번 비무에서 승리하게 되면 제안할 것이 몇 가지 있소."

그 말은 보통 사람보다는 무림맹에 속해 있는 팽강이나 정파 무사들에게 극히 중요한 문제였다.

'예상대로 우리가 가진 이권을 요구하거나 장기간의 봉문을 원할 것인가? 아니면 그가 직전에 언급한 대로 우리에게 선대 교주의 암살자를 내놓으라 할지도…….'

팽강이 마른침을 꿀꺽 삼켰다.

"내가 승리하게 되면… 그 즉시 무림맹의 해체를 요구할 것이오!"

무림맹의 해체 요구는 팽강의 예상 범주에 들어 있는 얘기였다. 그것에는 크게 놀랄 것이 없었다.

"그다음에는 정파로 하여금 앞으로 무림맹을 결성하지 말 것을 요구할 것이오!"

무림맹을 결성하지 말라니…….

"나는 자유로운 강호를 꿈꾸지, 거대 문파가 그 세력을 믿고 작은 문파를 핍박하는 억압된 강호 따위를 원치 않소. 또한, 그 어떤 거대 단체든 설사 처음에 출범 목표가 타당한 것이었다 해도 시간이 지나면 처음의 좋았던 취지가 퇴색되고, 변질되게 마련이오."

그 소리에는 상당수가 공감을 표했다.

지금 당장 십만마교라는 대적이 있어 무림맹에 대한 반감이 있다 해도 그것을 겉으로 표하지 않는 정파 무사들이 상당수였기에 더욱 그러했다.

"만일 정파가 그것을 지켜준다면 십만마교 또한 다시는 무림일통을 꿈꾸지도 않을 것이오."

보통의 정파인들이 알기에 십만마교의 지상명제는 정파의 씨를 말린 후 십만마교가 무림일통을 하는 것으로 알고 있었다. 그랬으니 류한의 선언은 무척이나 충격적이었다.

그러나 그 말을 하는 류한은 물론이고 정통 마인인 사우군 또한 그것에 크게 신경 쓰지 않았다.

'우리에 대해 제대로 알지 못하는 사람들은 오해하고 있다. 우리는 입만 열면 무림일통을 외치며, 무림일통에 환장한 사람들이라고 말이다. 하나 우리는 단 한 번도 그것을 원한 적이 없다. 그저 우리는 보다 강해지고 싶었을 뿐이고, 보다 강해지기 위해 십만대산의 형제들과는 물론 정파의 무사들과도 싸우며, 경쟁하고 싶었을 뿐이다. 그것이 간혹 지나치게 되고 오해가 중첩돼 피를 보기는 했으나 우리는 무림일통 따위 생각한 적도, 원한 적도 없었다. 도리어 우리는 무림일통은 우리 스스로를 죽이는 짓이라고 생각할 정도였다.'

"만에 하나 십만마교가 무림일통을 하게 되면 무림에는 오직 마인들과 마공밖에는 남지 않소. 물론 마공을 통해서도 충분히 무공의 발전을 이뤄내고 강해질 수도 있을 것이오. 하나 오로지 마공밖에 남지 않은 무공은 곧 획일화될 것이고, 언젠가는 무공의 발전이 정체되고 어쩌면 무공의 퇴보를 가져올지도 모를 일이오. 고인 물은 반드시 썩는다 했소. 순수한 강함을 추구하는 우리가 어찌 그런 상황을 예상하면서까지 무림일통을 추구하겠소?"

류한의 말은 설득력이 있었다.

"그럼, 우리가 십만마교에 대해 그동안 오해하고 있었던 것인가?"

"하지만 십만마교가 무림일통을 꿈꿔왔다는 것은 널리 알려진 사실인 것을."

"오늘 처음 본 십만마교 교주는 무척 호감이 가고 그의 말에도 신뢰가 느껴지나 나는 여전히 십만마교를 믿기는 힘들어."

"하지만 우리는 그저 정파의 원로들이 이전부터 절대악으로 규정한 십만마교에 대해 간접적으로 그들에 대해 들어왔을 뿐, 그들을 이렇게 가까운 거리에서 대면하는 것은 처음이 아닌가? 어쩌면 그간 많은 오해가 있었는지도 몰라."

사람들 사이에 의견이 분분했다.

"지금 당장에는 믿기 힘들 것이오. 하지만 곧 우리를 믿게 될 것이오. 우리 십만마교가 먼저 내 말을 실천에 옮길 것이니!"

류한은 그 말을 끝으로 금은루로 들어갔다.

사람들은 예상과는 정반대의 모습, 너무나 충격적인 모습으로 세상 사람들 앞에 나타난 십만마교 교주의 등장에 깊은 여운을 느끼며 각기 속으로 생각하기 시작했다.

그들 중에는 내심 새로운 십만마교 교주의 등장으로 인해 무림에 새 시대가 열릴지 모른다는 기대를 품기 시작한 이들도 있었다.

그날 밤.

무림맹 무사들, 특히 하북팽가의 정예들이 철통같이 호위하고 이는 금은루 정문을 통해 여섯 명이 안으로 들어왔다.

하북팽가 무사들은 그들의 방문에 대해 미리 언질을 받은 데다 그들의 얼굴 또한 이미 잘 알고 있는 듯 간단한 수색 후에 그들의 출입을 허락해 줬다.

그들 여섯 명은 금은루 전각을 지나 금은루 뒤편에 위치한 후원으로 향했다.

그들의 눈에 곧 세 사람이 보였다.

"오라버니, 가주님께 보고도 없이 이렇게 만나러 와도 되는 것인지 모르겠어요."

이제 제법 여류 고수의 풍모를 풍기고 있는 여중제일고수

초설이 검광 곽상에게 물었다.

"이런 중차대한 만남이라면 마땅히 가주님에게 고해야 할 것이나 가주님께서는 지금 비무를 대비해 폐관수련 중이지 않느냐? 그렇다고 가주님께서 폐관수련을 끝마치는 것을 기다리면 이 만남 자체가 무산될 수 있을 것이다."

검광 곽상은 자신의 애검인 마검 장한을 꼭 움켜쥐었다.

"제아무리 상대가 대단하다 하나 우린 남궁세가의 폭풍대입니다. 우리 여섯이라면 그 어떤 이도 두렵지 않습니다!"

남궁쌍검이란 별호로 천하에 그 명성이 자자한 아평이 다부진 어조로 말했다.

"그러지라. 그리고 걱정 말지라. 그가 아무리 대단혀도 이 금강신 매타자의 단단한 몸뚱이가 그의 모든 공격을 다 막아버릴 것이니께."

이제는 폭풍대 중 가장 강력한 고수로 손꼽히며, 어느덧 무림사왕에 버금가는 명성을 얻고 있는 금강신 매타자였다.

"그래도 조심해야 해요. 오늘 우리가 만나러 온 사람은 누가 뭐라 해도 십만마교의 교주니까요!"

남궁쌍검 중 하나인 아소가 조금은 불안한 어조로 말했다.

"흐흐흐! 아소야 걱정할 것 없다. 십만마교 교주가 혈혈단신으로 낙양 땅에 온 것은 무림맹이 절대 그를 해할 수 없음을 알기에 그런 것이다. 그것은 우리에게도 적용된다. 우리가 이곳에 온 것을 상당수가 알고 있는데 그가 감히 우리를 해할 수는 없을 것이다."

하오문 출신인 잡놈 복삼의 얘기에 모두가 고개를 끄덕였다.

그래도 그들은 잔뜩 긴장한 상태로 어느덧 십만마교 교주 류한 바로 앞에 당도했다.

진즉부터 그들의 도착을 알고 있던 류한은 그들이 지척에 이르자 등을 보이고 있던 몸을 돌려 그들을 바라봤다.

류한은 그들을 바라보며 잠시 옛 생각에 잠겼다.

반 거지꼴로 천하를 떠돌다 마지막으로 몰락한 상태이던 남궁세가까지 흘러들어 왔던 아평과 아소 형제.

빼어난 미모에도 불구하고 여중제일고수가 되겠다며 당차게 말하던 기녀 출신의 초설.

매를 맞으며 살다 그를 부리던 주인이 도사들에게 매를 맞아 죽고 오갈 곳이 없어 밥이나 배불리 먹어보겠다며 남궁세가를 찾았던 매타자.

검 하나에 미쳐 고향 같은 십만마교도, 아비마저도 등지고 천하를 떠돌았던 곽상.

그리고 겉으로는 영악해 보이지만 속으로는 그 누구보다 정이 많은 잡놈 복삼.

길지 않은 시간이었으나 이 시대에서 가장 정을 많이 주었던 이들이 바로 지금 눈앞에 서 있는 이 여섯 사람이었다.

'나는 너희들을 분명히 알아보는데 너희들은 나를 전혀 알

아보지 못하는구나.'

폭풍대 여섯은 지금 자신들의 눈앞에 서 있는 이가 그들에게 있어 오늘날의 자신들을 있게 해준 생의 은인인 남궁유한인 것을 전혀 알아보지 못하고 있었다.

'십만마교의 교주가 왜 저토록 슬픈 눈으로 우리를 바라보는 것일까…….'

폭풍대 여섯은 류한의 눈빛을 바라보며 모두가 그렇게 느꼈다.

그러나 그들은 그 이유를 알 수 없었다.

류한은 곧 그런 눈빛을 거두고 말했다.

"내가 잠시 감상에 빠졌나 보군."

그는 언제나 곁에 시립하고 있는 검왕 곽연을 돌아보며 입을 열었다.

"검왕, 내 검을 가져와라."

그러자 검왕 곽연이 언제나 품에 고이 품고 있는 십만마검을 류한에게 바쳤다.

십만마검을 받아든 류한이 가타부타 말도 없이 곧장 검을 뽑았다.

"검광 곽상, 검을 뽑아라!"

그 호전적인 외침에 폭풍대 여섯이 일제히 놀라며 소리쳤다.

"이게 무슨 짓이오!"

류한이 웃었다.

"검광 곽상은 검에 미친 자라 들었다. 내 검광에게 처음이자 마지막으로 백화예검을 몸으로 느끼게 해주기 위함이다."

그 소리에 검광 곽상의 내부에서는 호승심이 들끓어올랐다.

남궁세가에 입문하고, 폭풍대를 만났다. 그리고 초설과 연을 맺으며 예전의 광기는 거의 사라진 상태였으나 검에 대한 열정만은 여전히 남아 있는 그였다.

그가 미치광이 소리를 들었던 예전의 눈빛을 되찾으며 서늘한 예기를 풀풀 풍기기 시작했다.

"백화예검이라……. 십만마교의 교주가 백화예검을 어찌 아는지는 알 수 없으나 그것을 견식시켜 준다면 이 곽상 절대 사양하지 않겠다."

곽상 또한 곧바로 검을 들었다.

"형님!"

아평과 아소가 그런 곽상을 말렸다.

검광의 검법은 누구나가 인정하는 바이지만 상대는 십만마인 위에 우뚝 선 절대자였다. 제아무리 검광 곽상이라 하나 십만마교 교주와 싸워서는 이길 승산이 적었다.

"물러나 있거라. 나는 곽상, 검에 미친 자이다. 좋은 검이 있다면, 그러한 검을 볼 수 있다면 웃으면서 죽어갈 수도 있는 사람이다!"

백화예검을 볼 수 있다는 생각에, 아니, 그것을 보지 못해도 좋았다. 무인으로 태어나 시대의 절대자인 십만마교 교주와 검을 섞어볼 수 있는 기회를 가진 자가 대체 몇이나 되겠는가?

'승패는 전혀 중요하지 않다. 저런 절대자와 검을 섞어보는 것만으로도 나는 무인으로서 일생일대의 행운을 잡은 것이나 마찬가지일 것이니.'

"오라버니, 부디 진정하셔요!"

초설이 그런 곽상의 한쪽 손을 잡으며 극구 말렸다.

"설아, 저런 절대자와 싸우는 것은 내 일생일대의 꿈이었다. 네가 끝까지 나를 말린다면 나는 그 꿈을 포기할 수도 있다. 그러나 그리하면 나는 남은 생 또한 계속해서 너를 원망하며 살게 될 것이다. 내가 그리 사는 것을 너는 원하느냐?"

"오라버니……."

곽상을 말리기 위해 한쪽 손을 붙잡고 있던 초설의 오른손이 아래로 축 늘어졌다.

그의 굳은 결심을 읽은 초설은 지금 무슨 말을 해도 곽상을 말리지 못할 것임을 알았기 때문이었다.

곽상은 굳건한 자세로 서서 맞은편에서 검을 들고 있는 십만마교 교주를 응시했다.

그는 극히 짧은 순간이었으나 상대의 기세를 읽었고, 그것만으로도 상대가 얼마나 강한지를 여실히 느낄 수 있었다.

'십만마교 교주는 하나같이 그 시대의 최강자라 하더니 그 얘기에 한 치의 틀림도 없음을 알겠다. 오늘 정말 죽을지도 모르겠구나……'

죽음을 예상하면서도 곽상의 심장은 묘한 흥분감으로 인해 박동수가 점점 빨라지고 있었다.

극히 미세하게나마 얼굴이 붉게 상기돼 있는 곽상을 바라보며 류한이 말했다.

"그대가 선수를 잡지 않으면 그대는 영원히 나를 공격할 기회조차 잡지 못할 것이다. 선수를 잡으라!"

자칫 상대를 극히 폄하하는 오만의 극치처럼 들리는 말이었으나 곽상은 전혀 그렇게 받아들이지 않았다.

이미 태산처럼 자신을 짓눌러오는 어마어마한 기세를 느낀 그는 도리어 단 한 번의 공격이라도 허락해 준 류한에게 짐짓 고마움까지 느끼고 있었다.

"그러리다……"

곽상은 검집에 들어 있는 마검 장한과 함께 일반적인 검의 삼분지 이 길이에 불과한 또 한 자루의 검을 자신의 양손에 들었다.

"검광 곽상의 검은 이도류였었지……"

류한이 중얼거렸다.

중원에서는 이도류를 사용하는 검객을 보기 힘들었다. 설사 그런 검객을 본다 해도 그들의 수준은 기껏해야 삼류였다.

이도류를 통해 초절정고수의 수준에 오른 곽상은 무림사에서도 전무후무하다 할 것이었다.

"내 검법의 이름은 '광(光)'과 '격(擊)'이오. 장검은 극한의 쾌검이며, 짧은 검은 파괴력을 한계까지 끌어올린 필살의 검이오."

합쳐서 검법 '광격(光擊)'이라 불리는 이 검 아래 무수한 고수들이 피를 뿌리며 쓰러졌었다.

"광격은 발검술의 일종이오."

검을 검집에서 뽑자마자 단 일격에 승부를 보는 발검술은 한 번의 공격 이후에는 뒤가 없는 검법의 종류였다.

단 일합에 승부를 가리지 못하면 발검술을 시전한 자는 대개 상대에게 목숨을 잃곤 하는 필살 검법이었다.

"그리고 나는 검광 곽상이오!"

그는 그러더니 십만마교 교주 옆에 시립해 있는 아비 곽연을 바라봤다.

'아버지, 당신께 아들이 어떤 검에 미쳐 있었는지를 오늘 이 자리에서 보여 드리겠습니다. 절대 실망시켜 드리지 않을 것입니다!'

아비 곽연은 자신을 죽이려 했으나 곽상은 여전히 마음속으로는 아비를 존경했다.

오늘 이 자리에서, 아비가 주인으로 모시는 십만마교 교주를 상대로 자신의 검 전부를 보여주겠다 굳게 다짐했다.

휘리릭~!

팽팽하게 마주보고 있는 류한과 곽연 사이로 하늘에서 낙엽 하나가 살랑살랑 지상으로 떨어졌다.

바로 그 순간이었다.

검광 곽상이 땅을 박차 올랐고, 그와 동시에 그의 양손에 들고 있던 검 집 두 개가 허공을 날았다.

그리고 장검과 그에 비해 상대적으로 짧은 검 두 자루가 허공을 찢어발겼다.

마검 장한에서는 특유의 귀곡성이 났고, 짧은 검에서는 천둥벼락이 치는 듯한 강렬한 파열음이 울려 퍼졌다.

단 일합의 승부!

극한에 이른 검법 광격이 펼쳐졌다.

…….

아무 소리도 들리지 않았다.

그 어떤 빛도 보이지 않았다.

그러나…….

승부는 명확히 가려졌다.

떵! 띠잉~! 띠이잉~!

금속성과 함께 곽상이 손에 들고 있던 두 자루 검의 검신이 산산조각이 나 바닥에 떨어졌다.

그리고 이어진 한마디.

"내가 졌다……."

곽상이 패배를 인정했다.

곽상의 손끝은 엄청난 전율로 인해 바들바들 떨리고 있었다.

그리고 혼잣말로 중얼거렸다.

"마침내 보았다……. 완성된 검, 인간의 몸으로 상상할 수 있는 한계에 달한 검을! 이 곽상, 그토록 원했던 최후의 검을 보았다!"

그는 자신이 패했다는 사실은 전혀 인식하지 못하고 얼마나 기뻤는지 양손으로 머리를 쥐어뜯으며 몸을 떨었다.

"으하하하! 최후의 검을 보았으니 나는 지금 당장 죽어도 여한이 없다!"

그는 하늘을 향해 미친 듯이 웃어대기 시작했다.

그는 한동안이나 그렇게 웃어대더니 아비 곽연에게 소리쳤다.

"나는 이제껏 왜 아버지가 정파의 사문도, 모든 가족도, 검왕이라는 지고지상의 명예도 다 버리고 선대 십만마교 교주의 종복이 돼 그를 주인으로 섬겼는지를 이해할 수 없었습니다! 그러나 이제는 알겠습니다! 아버지 또한 비천신마 한평 교주에게서 지금 내가 본 것처럼 최후의 검을 보았기 때문일 것입니다!"

곽상의 그 외침에 곽연이 지그시 눈을 감았다.

곽연은 아무 말도 하지 않았으나 침묵이 모든 것을 말해주고 있었다.

곽상은 미칠 듯이 기뻐하며 류한을 바라봤다.

"도저히 믿을 수 없으나 나는 당신이 누구인지 알겠소. 검을 섞으며 무수한 대화를 나누니 나는 당신을 뼛속 깊이 느낄 수 있었소."

곽상이 입술을 부르르 떨더니 입을 열었다.

"소가주……."

그의 입에서 떨어진 단어는 바로 소가주였다.

"거의 기대를 하지 않았으나 너는 나를 알아보는구나."

류한은 그답지 않게 약간 들뜬 목소리로 답했다.

"소가주가 왜 십만마교 교주가 돼 나타난 것입니까? 그리고 지금 소가주의 얼굴을 하고 무림맹에 있는 맹주는 대체 누구입니까?"

그 소리를 들은 나머지 다섯은 당최 지금의 상황을 이해할 수 없었다.

"오라버니, 오라버니!"

곽상은 검에 미친 자였다. 또한, 평소 행동도 괴팍하기 그지없고, 그것이 지나쳐 때때로 사람들에게 미쳤다 손가락질을 받기까지 했다.

얼굴도 목소리도 전혀 딴판인 십만마교 교주를 향해 곽상이 소가주라 부르자 직전 대결의 여파가 골수에 미쳐 곽상의 광증이 다시 도졌다 생각할 수밖에 없었다.

"형님, 진정하십시오!"

아평과 아소가 미친 것처럼 보이는 곽상을 말렸다.

"아니다, 아니야. 아평, 아소 너희들도 소가주와 손을 섞어 보거라. 내가 알아보았는데 너희들이라면 당연히 알아볼 수 있을 것이다."

곽상이 종잡을 수 없는 말을 하고 있었기에 아평과 아소는 그를 바라보다 몸을 돌려 류한을 노려봤다.

"대체 곽상 형님에게 무슨 짓을 한 것이오?"

"무슨 짓을 했다? 하하하! 정 알고 싶으면 너희들이 직접 확인해 보거라."

류한이 호기롭게 말하며 두 사람에게 검을 겨누자 아평과 아소는 물론이고 초설과 매타자까지 일제히 투기를 발출했다.

"아, 이것 보라고. 좋은 말 놔두고 힘으로 모든 것을 풀려 하는가? 진정들 하라고."

잡놈 복삼이 십만마교 교주와 맞서려는 폭풍대를 말렸다.

"하하하! 잡놈아, 한 가지 내기를 해보자구나. 내가 이들 넷을 동시에 상대해 십초 안에 제압할 수 있겠느냐, 없겠느냐?"

"흐흐흐! 마교 교주께서 폭풍대 넷에 은자를 건다면 그 내기에 이 잡놈 또한 응하지요."

"그러하냐? 네놈 또한 처음 만났을 때와 전혀 변한 것이 없구나."

그 소리에 복삼이 고개를 갸웃거렸다.

'처음 만났을 때라⋯⋯.'

복삼이 남궁유한 가주를 처음 만났을 때도 이런 내기에 대한 얘기를 서로 나누었다.

'왠지 이거 끈적끈적한 느낌이 드는걸?'

복삼이 그리 생각하고 있을 때, 매타자가 이미 금강불괴지신에 이른 몸을 이끌고 돌진하기 시작했다.

그에 이어 분심양의류를 기반으로 창궁무애검법과 회풍무류사십팔검을 구사하는 아평, 아소 형제가 공격해 들어갔다.

또한 가장 뒤편에서는 초설이 경천육십사비의 무공으로 일시에 예순네 자루의 비도를 날렸다.

매타자가 단단한 몸뚱이로 상대의 모든 공격을 막아주고, 아평과 아소 형제가 더할 나위 없이 날카롭게 찌르는 공격을 하며, 피하는 상대는 하나의 비도에 하나의 죽음을 부른다는 초설의 비도로 잡는다.

나름 최고의 합격진을 구성한 네 사람이었다.

그러나⋯⋯.

쾅!

순간 거대한 폭음이 들리더니 네 사람이 일시에 뒤로 튕겨 나갔다.

금강석보다 단단하다는 매타자는 뒤로 벌렁 나자빠져 입

가에서 피를 흘리고 있었다.

아평과 아소의 검신은 곽상의 검처럼 산산조각이 나 있었고, 초설이 던진 육십사 개의 비도는 자석에 빨린 것처럼 류한이 들고 있는 십만마검 위에 모조리 딱 달라붙어 있었다.

"제법이구나. 많이 늘었어."

류한이 그들의 무공을 칭찬했다.

"아니, 이럴 리가 없는디. 소가주님이 매타자의 몸뚱이는 극히 단단해, 어지간한 무공으로는 상처 하나 입힐 수가 없다 했는디……."

매타자는 이해할 수 없다는 표정으로 손으로 자신의 대머리를 벅벅 긁고 있었다.

그는 가벼운 내상과 함께 상처가 나 몸 곳곳에 흘러내리는 피를 보며 연신 고개를 가로저었다.

"자, 예전처럼 놀아보자구나!"

류한은 크게 기뻐하며 그렇게 소리쳤다.

그리고 그들은 이날 밤 밤새도록 손을 교환했다.

류한에게 그것은 커다란 기쁨이자 추억에 젖어들게 만드는 소중한 기억이 될 것이 분명했다.

낙양 인근 낙화평.

삼 일 전부터 낙화평에는 엄청난 사람들이 몰려들고 있었다.

그들은 하남성뿐만 아니라 북쪽 하북성에서도, 남쪽 광동성에서도, 저 서쪽 사천성에서도 몰려든 사람들이었다.

이들 중 상당수는 좋은 자리를 잡기 위해 낙양 성내 객잔에 투숙할 생각은 진즉에 접고, 비무대가 설치될 예정인 지점 인근에 자리를 잡고 숙식을 해결했다.

그렇게 삼 일 전부터 몰려든 사람들의 수는 이제 물경 십만을 헤아릴 정도였다.

낙화평이 제아무리 넓다 하지만 십만이라는 엄청난 숫자가 몰려들자 터무니없이 좁게만 느껴졌다.

이들이 천하 각지에서 이렇게 몰려든 이유는 오직 한 가지였다.

호사가들에 의해 '낙양쟁투' 라고 명명된 비무를 구경하기 위함이었다.

"히야~! 정말 대단한 일이 벌어졌군 그래. 이 엄청난 인파라니……."

낙양 토박이 여달후가 낙화평에 몰려든 사람들을 보며 연방 고개를 저었다.

"서두른다고 서둘렀지만 우리가 서 있는 자리에서는 비무대조차 제대로 보이질 않는구만."

여달후의 지기인 정강평이 무척이나 안타까운지 연신 투덜거렸다.

사실이 그러했다.

여달후와 정강평이 위치한 지점에서는 비무대가 제대로 보이지 않았다. 그것은 앞자리를 차지한 소수를 제외하고는 십만의 사람들 대부분이 그러했다. 심한 경우에는 비무대의 형체조차 흐릿하게 보이는 먼 곳에서 구경하는 자까지 있을 정도였으니.

"그것이 대수인가? 정파의 최고수와 십만마교의 교주가 희대의 대결을 벌이는 곳인데. 이날의 일은 분명 대대손손 회자될 것이 분명해. 이런 역사적인 현장에 함께하고 있다는 것만으로도 감격적인 것이지."

여달후가 적잖이 흥분한 어조로 말했다.

"뭐, 듣고 보니 그렇기도 하네. 사실 우리 같은 것들이야 가까이서 이 대결을 지켜본다 한들 뭐 하나 제대로 이해하겠는가?"

"이해는 하지 못해도 보는 것만으로 가슴 뛰는 일이지."

"맞네, 맞아."

여달후와 정강평은 곧 시작될 희대의 대결을 앞두고 잔뜩 기대를 하고 있었다.

둥~! 두웅~! 두우웅~!

곧 낙화평에 장엄한 북소리가 울려 퍼지기 시작했다.

그 소리와 함께 비무대 근처에 마련된 귀빈석을 향해 여러 사람들이 걸어 들어오기 시작했다.

"우와아아~! 소림장문인 법현 대사다!"

"화산 장문인 운학 도사다!"

평생 얼굴 한 번 보기 힘든 구파일방의 수좌들을 알아본 사람들이 일제히 환호성을 질렀다.

구파일방의 장문인들이 전부 등장하고 난 후, 무림오대세가의 가주들이 차례로 입장했다.

무림오대세가의 가주들 중, 아니, 구파일방을 전부 포함해도 군중들에게 가장 커다란 환호성을 받은 인물을 바로 하북팽가 가주 팽강이었다.

"처녀들 여럿 상사병으로 드러눕게 만들었을 절세의 미남이로구나."

"얼굴도 빼어난데다 가진 바 무공 또한 대단해 전설의 북검이자 도왕 팽운 이후 팽가 제일의 기재라는 소문이 자자하다네."

"허~! 어찌 하늘은 이리도 불공평하단 말인가? 절세의 미남에다 막강한 무공, 그리고 하북팽가 가주라는 무소불위의 힘까지. 어찌 한 사람이 저리도 많은 복을 누린단 말인가?"

군중들은 팽강을 부러워하면서도 내심 질투를 하기도 했다. 그러나 대다수는 무림제일의 기남아인 그를 부러워하고 있었다.

그러나 모든 것을 전부 가진 것처럼 보이는 팽강의 얼굴은 극히 어두웠다.

'과연 오늘 일이 어찌 흘러갈 것인가? 이겨도 고민, 패해도

고민인 것을.'

정파 무림맹에 속해 있는 그로서는 모든 것을 떠나 남궁유한 맹주의 승리를 바라야 하는 것이 당연했다.

그러나 그는 그리할 수 없었다.

'남궁 숙부가 승리한다면 십만마교 교주를 쓰러뜨렸다는 명예와 함께 그 기세를 몰아 무림맹을 완전한 무림 통치 기구로 변질시킬 것이 분명하다. 단지 십만마교가 아닌 남궁 숙부로 그 중심이 바뀌었다 뿐이지, 강호의 자유를 억압하는 단체가 생기는 것은 동일하지 않은가? 이는 자유로운 강호를 추구하는 내 뜻과는 완전히 상반되는 일이다.'

그렇다고 십만마교 교주의 승리를 바랄 수도 없었다.

오랜 시간 그를 접해보지는 않았으나 팽강은 분명 그에게 개인적인 호감을 느끼고 있는 것은 사실이었다.

그러나 그는 어디까지나 십만마교의 교주.

그의 겉가죽 속에는 마성에 젖은 희대의 마인이 숨어 있을지도 모를 일이며, 결정적으로 정파인들은 십만마교에 대한 불신이 너무나 강했다.

'단순히 무림맹의 영구한 해체만을 요구한다 했으나 사람이란 힘과 권력을 앞에 두면 변질되게 마련이다. 내가 그토록 믿었던 남궁 숙부마저도 힘과 권력이 생기자 완전히 달라지지 않았는가?'

이런 이유로 팽강은 어느 쪽의 승리도 바랄 수가 없는 입장이었다. 그랬기에 그의 얼굴은 극히 어두울 수밖에 없었다.

팽강이 고민하고 있는 사이, 낙화평이 떠내려갈 듯한 대함성이 터져 나왔다.

"와아아아아아아아~!"

그 함성은 거대한 것을 넘어 열광적이기까지 했다.

"소림의 성승이다!"

"무당의 검선이다!"

성승과 검선, 그 존재만으로도 압도적인 존경심을 끌어내는 정도쌍성이 등장한 것이었다.

"과연 오늘 대결이 중요하기는 중요한가 보구나. 수십 년 동안 일체 그 모습을 드러내지 않던 소림의 성승까지 등장한 것을 보니 말이야!"

낙양 토박이 여달후가 후끈 달아올라 그렇게 소리쳤다.

저 멀리서는 먼저 입장한 구파일방과 무림오대세가의 수좌들은 일제히 두 사람에게 허리를 숙여 존경의 뜻을 표하고 있었다.

비무대에 선 성승 혜원은 집결한 십만의 군중을 향해 가볍게 합장을 하고는 곧장 무림맹 귀빈석으로 향했다.

무림맹 수뇌들은 성승 혜원과 무당의 검선에 상석을 내주며 가볍게 안부를 물었다.

그사이 오늘 대결의 진행을 맡은 제갈세가주 제갈현도가 비무대 위로 올라가 소리쳤다.

"오늘의 대결은 역사적인 것이오! 이에 출전자도 아닌 이 사람이 사족을 붙여봐야 무엇 하겠소? 먼저 저 멀리 청해성 십만대산에서 이곳 하남성 낙양을 찾아준 분을 소개하겠소⋯⋯."

그 소리에 한껏 달아올랐던 십만의 군중들이 쥐 죽은 듯이 조용해졌다.

제갈현도가 천천히 소개를 이어갔다.

"십만마교의 교주인 철혈투마를 비무대로 모실까 하오!"

그 소개가 끝나자마자 비무대 한쪽에서 류한이 천천히 걸어나왔다.

마치 산책을 나온 듯 유유히 비무대를 걸어 올라오는 그의 모습에서는 여유가 넘쳤다.

비무대에 올라 온 류한은 제갈현도를 잠시 바라봤다.

'흥! 이자 또한 교주의 섭혼술에 미혹돼 있구나. 대체 얼마나 많은 이들이 교주의 섭혼술에 이지를 제압당한 상태란 말인가?'

류한은 며칠 전 폭풍대를 따로 만나 그들의 이지를 제압하고 있는 교주의 섭혼술을 힘으로 깨뜨린 바가 있었다.

그런데 오늘 역시 섭혼술에 제압당한 자를 보게 되자 절로 그런 생각이 들 수밖에 없었다.

이전에는 교주가 사람들에게 섭혼술을 펼친 것을 알았으나 그것을 깨뜨릴 방도는 알지 못했다.

그러나 십만마교 교주가 되며 교주에게만 출입이 허용된 천마전에 들어갔다 나온 후 류한은 크게 달라졌다.

천마전에서 류한이 얻지 못했던 무학상의 마지막 모자람을 채울 수 있었고, 마도시대의 교주만이 알고 있다 여겼던 여러 기이한 대법들에 대해서도 알 수 있었다.

그중 하나가 교주가 사람들을 조종하는데 사용한 천마미혼술이었다.

'천마미혼술 또한 교주만이 알 수 있는 것이었다. 그랬기에 마도시대를 살았던 나조차도 그 천마미혼술의 파해법을 알지 못했지. 하나 이제는 나 역시 교주가 돼 천마전에 들어갈 수 있었다. 이는 오늘 승부에 있어 커다란 변수가 될 것이다!'

천마전에 들어가기 전에는 고금제일신마 교주에 대한 필승의 자신감이 없었다.

류한 자신이 제아무리 급격한 발전을 이뤘다 하더라도 상대는 어디까지나 마선의 경지에 도달한 교주였다.

그러나, 그러나 천마전에서 류한은 반드시 교주를 꺾을 수 있는 필승의 해법을 발견할 수 있었다.

류한이 제갈세가주 제갈현도를 노려보고 있는 사이 그는 오늘 비무의 또 다른 주인공을 소개하기 시작했다.

"이번에는 정파를 대표해 출전하신 남궁유한 무림맹주를 초대할까 하오!"

이곳 낙양은 무림맹 총본산이 있는 곳으로, 현재 정파의 성지나 다름없는 곳이었다.

무림맹주라면 정파를 상징하는 인물, 낙화평에 모인 이들은 류한이 등장할 때와는 정반대로 열렬한 환호성으로 남궁유한을 맞이했다.

남궁유한은 무탄력 경공술인 육지비행술을 펼쳐 앉은 자세 그대로 허공을 날아오더니 비무대 위에서 한 마리 신룡처럼 멋들어지게 비무대에 착지했다.

"와아~! 대단하구나!"

등장부터 현란하고 멋들어진 경공술을 펼치며 등장한 남궁유한의 모습은 군중들의 시선을 단번에 휘어잡았다.

비무대에 등장한 남궁유한이 그를 응원하기 위해 모인 군중들을 향해 손을 한 번 치켜들었다.

그러자 이번에는 낙화평 전체가 들썩일 정도로 거대한 환호성이 터져 나왔다.

그 광경을 지켜보던 류한이 속으로 쓴웃음을 지었다.

'누가 뭐라 해도 교주가 이곳의 영웅이고, 나는 교주를 해하기 위해 온 파렴치한 악당 정도겠군. 홋!'

실제로 교주는 이곳에 마도시대를 재림시키기 위한 악의를 품고 있었고, 자신은 어떻게든 마도시대의 재림을 막기 위해 동분서주하고 있었다.

그러나 이곳에 모인 사람들은 아무도 그것을 알아주지 않았다.

속으로 몇 번이나 쓴웃음을 터뜨린 류한의 시선은 남궁유한의 겉가죽을 뒤집어쓰고 있는 교주 옆에 서 있는 인물에 주목했다.

'내 너를 어찌 찾을까 은근히 걱정하고 있었는데 알아서 내 앞에 나타났구나. 혈세신마 이놈, 너 또한 오늘 이 자리에서 결코 살아나가지 못할 것이다!'

류한은 교주와 함께 무림맹에서 출전한 또 한 사람인 혈세신마 제갈영호를 바라보며 살의를 다졌다.

"오늘 이 자리에서 분명히 보시오! 나 남궁유한이 십만마교의 사악한 마의 종자를 어떻게 뿌리 뽑는지를 말이오!"

남궁유한, 아니, 마도시대 교주 송악군은 그리 선언하더니 손을 휘익, 하고 내저었다.

그러자 주변 공기의 흐름이 달라지며 주위의 음파가 차단되고 말았다.

아무도 들을 수 없게 된 그 공간에서 송악군이 위선의 외피를 벗고 본심을 드러내기 시작했다.

"네가 본좌에게 검을 겨눈 것이 이번이 두 번째던가?"

"그렇습니다."

제아무리 뜻이 갈리고 이제는 한 하늘 아래서는 같이 살 수 없는 적이 되었다. 그러나 류한은 한때 교주로 모셨던 송악군에게 지금까지도 존대를 하고 있었다.

"너는 또다시 무모한 선택을 했다."

"……."

"네가 이 시대에 기연이라 할 만한 것들을 꽤 만난 것도 같다만 그것으로는 부족하다. 비천신마 한평이 네게 전해준 천마삼검이나 투혼장 같은 것들을 믿고 네가 감히 본좌에게 도전하고자 하는 것이냐?"

"나는 무공을 믿지 않습니다. 믿는 것은 오직 저 자신일 뿐입니다!"

"하하하! 너는 또 하나의 본좌다. 하나 너와 나는 적잖이 다른 것도 같구나. 본좌는 본좌를 믿는 것은 물론이거니와 본좌가 익히고 있는 무공 또한 믿는다! 그리고 그 무공은 감히 네가 대적할 수 없는 지고무상의 경지에 이르렀다 자부한다!"

류한도 오만했으나, 송악군은 더더욱 그러했다. 오만하지 않으면 마치 진정한 강자가 아니라고 항변하려는 듯이.

그 오만한 자부심에 류한 또한 수긍했다.

세상천지 다른 이는 몰라도 고금제일신마 교주만은 스스로 천하에서 가장 강하다 자부할 만한 절대강자라고 여겼기에.

그러나 이 떨리는 승부, 승패를 기약할 수 없는 승부에 임하기 전에 류한은 송악군에게 꼭 한 번 물어야 할 것이 있었다.

"교주님, 교주님은 강합니다. 잘은 모르나 그 어떤 초월자보다 강하다 생각됩니다."

류한의 칭찬 아닌 칭찬에 송악군은 기분이 좋아졌는지 한 손으로 부드럽게 턱을 매만졌다.

"틀린 얘기는 아니다. 이 시대에는 물론 다른 시대에도 무수한 초월자들이 있었다 하나 그들은 모두 본좌의 아래였다. 본좌만이 진정한 고금제일인이라 할 수 있다!"

류한이 고개를 끄덕였다.

"그런데 왜 이 시대에 와서는 과거처럼 절대적인 힘을 통해 시대를 지배하지 않고, 교주님답지 않게 온갖 술수를 동원한 것입니까?"

류한은 마도시대는 물론이고 무림일통 따위는 죽은 무림으로 가는 지름길이라고 굳게 믿고 있었다.

그렇다 해도 류한 역시 힘을 숭상하는 마인, 교주의 순수한 강함만은 지금까지도 존경하고 있었다.

그에게 왜 교주가 이 시대에서 압도적인 힘을 통해 천하를 일통하려 하지 않았는지는 지금까지도 커다란 의문이었다.

"그것이 궁금했느냐? 하긴 너라면 그럴 법도 하다."

송악군은 그러더니 곧 말했다.

"마도시대는 오직 본좌의 힘으로 열어 젖힌 것이다. 그 사실은 누구도 부정할 수 없다. 막상 마도시대를 연 본좌는 지독한 허무와 함께 무기력함에 빠져들었지. 그것이 바로 절대

자의 고독이란 것을 처음 알게 되었다."

　세상에 꺾어야 할 상대도, 숙적도, 호적수도 없다. 천하에 더 이상 이루고 싶은 목표도, 이상도, 야망도 없다.

　불행(?)히도 더 이상 오를 곳이 없는 정점에 이미 올라 버린 자의 절대고독이었다.

　"그런 상황에서 너를 통해 천부경 주술의 문을 알아냈다. 천부경 주술의 문을 통하면 여러 시대를 오갈 수 있는 길이 있다 했지. 그때 본좌는 벅찬 희열을 느꼈다. 아직 나에게는 싸워야 할 상대도, 이뤄야 할 것도 아직 남아 있다는 생각에 말이다. 문을 넘나들며 어딘가에는 본좌조차 상대하기 벅찬 절대강자를 만나기를 원했다. 하지만 그것은 그전에 본좌가 이룬 모든 것을 붕괴시킬 수 있는 너를 처리한 이후의 일이었다."

　다른 사람은 몰라도 류한만은 교주의 모든 것을 붕괴시킬 수 있다는 말이 단순히 마도시대의 개막과 관련된 것만은 아님을 알고 있었다.

　"그래서 가장 먼저 이 시대로 넘어왔다. 너를 찾아 이 시대로 왔으나 내심 이 시대에도 절대강자가 있기를 바랐다. 물론 이 시대에도 비천신마 한평 같은 초월자가 존재하기는 했으나 본좌에 비하면 턱없이 부족했다."

　비천신마 한평이 초월자이며 절대고수라 하나 고금제일신마 송악군에 비할 바는 아니었다.

"이런 나약한 시대 따위, 힘으로 눌러본들 무슨 흥취를 느낄 수 있겠느냐? 정마대전의 사지를 뚫고 나왔고 마도시대를 살았던 본좌에게 그것은 아무 의미가 없는 일이었다. 지루하기 그지없다 생각됐지."

"흥취…… 지루함……."

류한은 교주의 말을 되씹었다.

그런 그의 표정은 곧 참혹할 정도로 일그러지기 시작했다.

"그래서 이번 시대에서는 본좌의 힘 대신 머리를 써서 한 번 놀아보기로 했다. 그러니 꽤 재미가 있더구나."

웃고 있는 교주를 보며 류한이 아랫입술을 질끈 깨물었다.

"교주님, 당신에게는 천하가 고작 조금 큰 놀이판에 불과했습니까? 당신에게는 지금도 살아 숨 쉬는 수많은 사람들이 겨우 살아 있는 장기 말로밖에 보이지 않는 것입니까?"

"그렇다. 본좌에게 이 시대는 고작 그 정도밖에 되지 않는다. 또한 이 시대의 사람 또한 인간의 모습을 한 채 겨우 숨만 쉬는 그런 미천한 존재일 뿐이다."

송악군의 답에 류한이 곧 허탈한 웃음을 터뜨렸다.

"내 선택이 옳았음을 다시 한 번 확인시켜 줘 감사합니다."

그러더니 류한은 십만마검을 꺼내 들었다.

"무수한 생명의 고통과 슬픔, 기쁨과 고뇌를 알지 못하고 그들을 그저 살아 숨 쉬는 인형이라고 생각하는 당신은 절대 강자가 아니라 한 사람의 광인에 불과합니다."

류한이 소리쳤다.

"나 류한, 지금까지도 당신의 순수한 강함을 동경했던 것이 수치스럽다! 내 검이 비록 하늘의 검은 아닐지라도 당신은 내 검이 내리는 하늘의 벌을 결코 피할 수 없을 것이다!"

말투가 바뀌며 얼굴에 경멸스런 표정을 띠고 있는 류한을 바라보며 송악군이 비릿한 미소를 지었다.

"천벌도 강한 자만이 내릴 수 있는 법. 네가 과연 본좌에게 천벌을 내릴 수 있겠느냐? 그것은 불가능한 일이다. 하하하!"

류한이 말했다.

"나는 아마 당신보다 약할 것이다. 아마 당신이 나를 이길 것이다. 하지만 오늘 당신은 나에게 죽는다!"

류한이 패하지만 결국 죽는 것은 송악군이라는 알 수 없는 말을 내뱉은 류한은 곧바로 십만마검을 날렸다.

송악군조차도 예상하지 못한 불시의 공격이었다.

그러나 결코 비열한 행동은 아니었다.

이들이 비무대에 올라온 그 순간부터 이미 비무는 시작되는 것으로 서로 약속하고 있었기에.

류한의 손을 떠난 십만마검은 곧장 송악군을 향해 날아갔다.

이는 이기어검술의 재주로 일반인이 보기에는 가장 화려하고, 현란한 재주였다.

또한, 무림에 이기어검술을 이토록 자유자재로 구사할 수 있는 이가 채 열도 되지 않으니 대단한 재주임에는 틀림없었다.

그러나 송악군은 불시에 날린 류한의 이기어검술에 대해 전혀 두려워하지도, 놀라지도 않았다.

"흥!"

그는 그저 비웃을 뿐이었다.

한순간에 한 개도, 두 개도 아닌 백팔 개의 심검을 일시에 뽑아낼 수 있을 정도로 인간의 상상력으로서는 감히 꿈도 꾸지 못할 경지에 도달해 있는 그였다.

그랬기에 제아무리 기습이라 하나 평범한 이기어검술의 재주로는 송악군의 옷깃조차 스치지 못할 것이 분명했다.

그래도 상대는 이 하늘 아래 유일하게 자신과 견줄 수 있는 능력을 가진 류한이었다.

방심하지 않고 송악군은 이기어검술에 담긴 기세를 해소시키기 위해 막 그에 필요한 무공을 펼치려 했다.

그런데…….

자신을 향해 최단 거리 일직선으로 쏘아져 나오던 류한의 십만마검이 어느 순간 급격하게 방향을 트는 것이 아닌가?

"무슨……."

송악군으로서도 돌연한 변화의 이유는 알 수가 없었다.

그사이 완전히 방향을 꺾은 십만마검은 비무대 위에 있던 다른 자를 향해 급격히 날아갔다.

류한은 십만마검의 검의 끝부분과 자신이 노리고자 한 자의 미간을 정밀하게 그려내며 순간 십만마검의 방향을 다시 한 번 꺾었다.

그러고는 전방을 향해 하나로 붙인 검지와 중지를 쑥 내밀며 크게 소리쳤다.

"파(破)!"

순간 비무대 근처는 물론이고 낙화평에 모여 있던 모든 이들의 눈을 멀게 할 정도의 섬광이 치솟았다.

보는 것만으로도 그 엄청난 위력을 여실히 체감할 수 있는 그 공격은 바로 천마삼검 삼초 '파(破)'였다.

섬광의 폭풍이 순식간에 비무대를 휩쓸고 지나갔다.

엄청난 섬광과는 달리 비무대는 전혀 손상된 부분 없이 모든 것이 그대로였으나 단 한 가지 달라진 점이 있었다.

한 사람이 처참한 몰골로 죽어 있었다.

그는 무림맹을 대표해 송악군과 함께 출전한 자였다.

그의 이름은… 제갈영호였다!

마도시대 십삼신마 중 하나인 혈세신마로 천부경 주술의 문을 타고 넘어와 이 시대에서 온갖 음흉한 행사를 서슴지 않았던 인물이었다.

그런 그가 류한의 일초에 저항 한 번 제대로 해보지 못하고 절명하고 만 것이었다.

마도시대 당시 철혈투마 류한과 혈세신마 제갈영호는 누

가 더 낫다 우열을 가리기 힘들 정도로 팽팽한 호각이었다.

그러나 이 시대로 넘어와서는 그 지닌바 힘에 있어 너무나 큰 차이가 벌어지고 말았다.

혈세신마 제갈영호는 무엇이 그리 억울한지 눈도 제대로 감지 못한 채 혀를 내민 채 죽어 있었다.

그의 입장에서는 이렇게 죽는 것이 크게 억울할 법도 했다.

교주 송악군과 철혈투마 류한을 상대하기 위해 비무대에 오른다 했을 때, 류한에 대한 이전의 개인적인 원한까지 다 풀어버릴 요량으로 수십 가지가 넘는 방비책을 세우고 나왔던 그였다.

마도시대 신무학은 물론이고 그가 비밀리에 알고 있던 온갖 사이한 수법 등을 연구해 류한을 반드시 잡을 수 있는 방법들을 준비해 왔다.

그러나 그는 그의 예상보다 훨씬 강해진 류한의 기습적인 일 초에 허무하다 싶을 정도로 간단히 목숨이 끊기고 말았다.

벌떡!

무림맹 귀빈석에서 비무대를 바라보고 있던 무당의 검선이 류한의 일초를 보자마자 자리에서 벌떡 일어섰다.

무당의 도사이기 이전에 세수 일백을 헤아리며 제아무리 놀라운 일이 있다 해도 마음의 평정을 유지할 수 있는 세월의 수양을 쌓은 그였다.

그러나 그런 그조차도 류한이 구사한 일초에는 놀라움을 금치 못하며 자리에서 벌떡 일어서고 말았다.

"저것은……."

다른 이는 몰라도 그만은 류한의 무공을 단박에 알아볼 수 있었다.

"분명 천마삼검의 마지막 삼초인 파! 게다가 석년의 비천신마가 보여줬던 것보다 더욱 완벽한 경지! 놀랍구나, 진정으로 놀랍구나……."

천마삼검 삼초라는 소리에 무림맹 귀빈석에 모여 있던 모든 이들이 다 크게 놀랐다.

천마삼검은 십만마교 교주의 독문무공이니 지금 비무대 위에 있는 십만마교 교주가 익히고 있다 한들 하등 이상할 것이 없었다.

그러나 천마삼검의 마지막인 삼초 파라면 얘기가 달라진다.

천하에 그 적이 없다는 비천신마 한평조차 천마삼검의 파 초식만은 완벽하게 구사하지 못했다. 그러나 그는 일초인 섬과 이초인 변만으로도 천하제일인으로 우뚝 설 정도였다.

그런데 새로 등장한 십만마교 교주는 파 초식마저 완벽하게 구사하고 있다니…….

정파인들에게는 이보다 절망적인 얘기도 없었다.

비무대 위에 서 있는 송악군은 류한의 기습에 솜털만큼도 피해를 입지 않았으나 류한의 무위에 놀란 것만은 사실이었다.

'류한이 어느새 이 정도 경지에 도달해 있었던가……'

제아무리 자신의 또 하나의 분신이라 하나 천마삼검을 극성까지 익히고 있다는 사실에는 놀라지 않을 수 없었다.

'류한이 나와 동등한 수준에 오르는 것은 시간문제일 것이다. 그것을 막기 위해서라도 류한을 오늘 반드시 죽인다!'

송악군은 그답지 않게 긴장까지 하며 손에 들고 있는 검을 꺼내 들었다.

마침내 시작된 대결에서도 선공은 류한 쪽이었다.

류한의 십만마검의 검신 주위로 매화가 안개[霧]처럼 은은하게, 태양빛[昐]처럼 강렬하게 휘날리기 시작했다.

"저것은!"

그것을 지켜보던 팽 가주 팽강이 크게 소리쳤다.

"백화예검 일초 매화분분(梅花霧昐)이다!"

백화예검에 대해 가장 잘 알고 있는 이 중 하나가 바로 팽강이었다.

남궁유한과 친분도 대단했고, 결정적으로 그의 아내인 남궁아연이 남궁세가 소공녀로 남궁유한에게 직접 백화예검을 배웠기에 남편인 그 또한 백화예검에 대해 잘 알고 있었다.

십만마교 교주는 모두의 예상을 깨고 남궁세가의 비전 검법이자 정파를 상징하는 검법 중 하나인 백화예검으로 첫 수를 뽑았다.

단 한 번의 검로에 초식이 여섯 번이나 변화하며 눈으로는 도저히 따라갈 수 없는 변화를 일으키고 있었다.

매화 향기와 함께 매화 꽃잎의 환영이 휘날리고, 난초 향기가 사방에 진동했다. 곧이어 국화가 피어오르고, 부용(연꽃)이 사방 천지에 그 꽃잎을 흩날렸다. 그러고는 화중지왕이라는 목단(모란)의 향이 천지를 진동시켰다.

그러다 순간.

모든 향기와 꽃잎들이 증발하듯 사라지며, 소리도 향기도 형태도 남지 않았다.

"무음, 무취, 무형의 단계! 극성에 이른 백화예검이다!"

극성에 이른 백화예검이라니…….

팽강뿐만 아니라 그 사실에 정파의 원로들 모두가 놀랐다.

고금삼대검법의 하나로 검왕 남궁창천 이래 누구도 대성하지 못했다는 백화예검이 지금 이 순간 근 천 년 만에 귀환하고 있었다.

무림 역사상 가장 아름답고 화려한 검법인 백화예검!

구경꾼들은 류한이 펼치는 백화예검을 눈으로 따라갈 수 없었으나 검이 일으키는 아름다운 환상과 아찔한 향기만은 보고, 맡을 수 있었다.

"이것이 정녕 검법이란 말인가…….."

구경꾼들이 백화예검에 넋을 잃고 말았다.

"허~! 마교 교주의 무위가 가히 입신의 경지에 달했구나. 백화예검의 초식을 따로따로 구사하는 것만도 놀라운데 한 번의 검로로 백화예검의 여섯 초식 전부를 단번에 구사하다니. 이는 검왕 남궁창천이 살아 돌아와도 불가능한 일인 것을. 게다가 검로를 따라 흐르는 검이 변할 때마다 초식이 진화하고 있는 것 같지 않은가? 기이한 일이로다, 기이한 일이야!"

검에 있어서는 정파에서 제일로 꼽히는 무당 검선이 그저 놀랍다는 말만 반복하고 있었다.

팽강은 지금의 이 상황을 도저히 이해할 수 없었다.

'백화예검을 구사할 수 있는 이는 천하에 단 두 사람뿐이다. 내 아내인 연 매와 남궁유한 숙부! 그러나 연 매의 수준은 초보적인 단계에 불과하다. 그렇다면 백화예검은 오직 남궁 숙부만이 구사할 수 있는 것인데……'

다른 사람도 아니고 십만마교 교주가 백화예검을 저처럼 완벽하게 구사하다니.

도저히 이해하려야 할 수가 없는 광경이었다.

'그렇다면 남궁 숙부는 마교 교주의 백화예검에 대해 어찌 대처할 것인가?'

이렇게 생각하는 팽강은 물론 정파 원로들의 눈이 일제히 남궁세가 가주인 무림맹주에게 쏠렸다.

정파인들이 남궁유한이라고 굳게 믿고 있는 송악군이 검을 휘둘렀다.

군자검에서 쏟아져 나온 기세가 류한의 십만마검과 부딪치기도 전에 사람들의 귓전을 때렸다.

단 한 번의 휘두름에 불과했으나 그 일초만으로도 무림 역사상 가장 화려한 검법이라는 백화예검을 단순에 무력화시켰다.

그 놀라운 재주에 정파 원로들은 찬사를 보내는 것이 마땅했으나 조금이라도 식견이 있는 원로들은 그것을 알아보고는 순간 몸이 얼어붙는 것만 충격을 받고 말았다.

"소, 소리보다 빠른 검!"

무림에 소리보다 빠른 검은 오직 하나뿐이었다.

천마삼검의 첫 번째 초식인 '섬(閃)', 그것 외에는 없었다.

십만마교 교주는 백화예검을 구사한 반면, 무림맹주는 천마삼검 섬을 구사했다.

이 상황을 어찌 해석해야 한단 말인가?

정파 원로들이 이처럼 곤혹스러워하고 있는 순간에도 류한과 송악군의 대결이 계속되고 있었다.

싸늘한 바람이 안면을 향해 분다고 느낀 순간, 영혼마저 뒤흔들 것만 같은 강맹한 장력이 류한을 덮쳤다.

'파혼장!'

영혼을 바순다 할 정도로 강력한 파혼장이었다.

그것의 정체는 바로 극한에 달한 음공.

파혼장의 위력에 휩쓸린 류한이 그것을 타개하기 위해 순간 장심에서 장력을 발출했다.

이제는 그 장력을 발하기 위해 기를 모을 필요도 없이 자유자재로 사용할 수 있었다.

류한의 금빛 장력이 주변 공간을 모조리 와르르 깨뜨릴 것처럼 구사된 파혼장의 장력을 순식간에 부드러운 산들바람으로 만들어 버렸다.

"사숙조님! 저것은 본문의 보리무상장이 아닙니까? 소손이 잘못 본 것입니까?"

소림 장문인 법현이 그의 사숙조가 되는 성승 혜원에게 다급하게 물었다.

"보리무상장이 맞다."

"대체 마교의 교주가 어찌 본문의 비기인 보리무상장을 알고 있는 것입니까?"

성승 혜원이 지그시 눈을 감았다.

"내가 그에게 가르쳤다."

그 말에 사람들이 놀랄 사이도 없이 송악군의 검은 빠르게 움직였다.

그러나 그 변화가 상상을 초월해 사람들의 눈에는 마치 한자리에 고정돼 있는 것처럼 보일 정도였다.

변화의 한계를 뛰어넘어 검이 마치 정지해 있는 것처럼 보인다는 천마삼검 이초 '변(變)' 이었다.

'교주를 상대함에 있어 천마삼검이나 마공은 무용지물이

다. 익힌 햇수나 그 이해도에 있어 내가 그와 마공으로 경쟁한다는 것은 곧 그에게 나를 죽여달라는 소리와 같다. 나는 오늘 끝까지 정파의 무공만을 사용할 것이다!'

류한이 왼손으로 허리춤에 차고 있던 또 한 자루의 검을 빼들더니 오른손에 든 십만마검과 함께 이도류를 펼치기 시작했다.

'곽상의 이도류를 보며 느낀 바가 있었다. 나의 이도류는 곽상의 이도류와는 비교조차 할 수 없이 막강할 것이다. 하나이되 둘이며, 둘이되 넷이고, 넷이되 여덟이 되는 분심양의류와 함께 구사할 것이기에.'

마음을 나눠 한 사람으로 하여금 최대 예순네 개의 마음을 가진 채 검을 구사하도록 도와주는 절학이 바로 분심양의류였다.

류한은 두 자루의 검을 맹렬한 속도로 휘두르기 시작했다.

한 손으로는 창궁무애검법을, 다른 손으로는 회풍무류사십팔검을!

천마삼검 이초 변의 속도에 따라가기 위해 류한이 들고 있는 두 자루의 검이 경이적인 속도로 움직였다.

인간의 눈으로 따라갈 수 있는 최후의 속도라 할 만한 빠르기였다.

그러나 천마삼검 이초 변은 인간의 한계를 뛰어넘은 빠르기를 가진 검법이었다.

인간의 한계에 달한 검과 인간의 한계를 뛰어넘은 검이 맞부딪친다면 결과는 뻔했다.

쉬익!

류한의 옆구리가 송악군의 군자검에 크게 베이며 피를 콸콸 쏟아내기 시작했다.

순식간에 중상을 입은 류한이었다.

그는 교주의 무공이 가진 핵심은 앞선 공격보다 뒤의 공격이 더욱 빠르고 강하다는 점을 너무나 잘 알고 있었다.

그 사실을 뻔히 알고 있었음에도 류한은 교주의 추가 공격을 대비하기에 앞서 허겁지겁 자신의 상처 주위 혈도를 봉쇄하는데 전력을 쏟았다.

교주는 특별히 독공을 익히지는 않았으나 그의 검과 내력 자체에는 인간을 순식간에 한 줌 핏물로 녹여 버릴 정도인 강력한 독성이 내재돼 있었다.

상식으로는 도저히 이해할 수도 없고, 누군가 설명할 수도 없으며, 그처럼 될 수도 없으나 그것은 분명한 사실이었다.

부상을 입은 후 즉각 조치를 취하지 않으면 처음으로 허용한 공격이 생의 마지막으로 이어지는 것이었다.

중상을 입은 류한이 응급 처치를 하느라 순간 생긴 틈을 발견한 송악군이 의미심장한 미소를 지으며 소리쳤다.

"이제 끝이다!"

그 소리와 함께 송악군의 군자검이 류한을 향해 크게 내리

쳐졌다.

그런데 괴이한 일이 벌어졌다!

아니, 믿을 수 없는 반전이 일어났다!

기세등등하게 류한을 향해 검을 내려치던 송악군이 순간 옆구리를 움켜쥐며 바닥에 무릎을 꿇고 만 것이었다.

송악군이 누구인가?

마선의 경지에 달한 존재였다.

그가 아무런 이유 없이 바닥에 무릎 꿇을 리 만무했다.

그 괴이한 광경을 목격하더니 이번에는 류한이 의미심장한 미소를 지었다.

류한이 비릿한 웃음을 터뜨렸다.

"교주, 당신은 나를 또 하나의 당신이라 했었지. 오늘 이 자리에서 당신은 그 말의 의미를 뼈저리게 되새기게 될 것이다!"

류한은 자리에서 일어섰으나 송악군은 바닥에 무릎 꿇은 채 일어서지를 못했다.

"나는 천마전에 들어 놀라운 사실 한 가지를 발견했지, 당신이 일전에 언급했던 역행흑마대법과 천인혈에 대한 것을. 당신은 몰랐을 거야. 미래를 내다본 비천신마 교주가 일부러 그에 대한 부분을 삭제했으니."

"삭제? 대체 무슨 말이냐?"

옆구리를 움켜쥐고 고통스러워하고 있는 송악군을 향해 류한이 차갑게 말했다.

"역행흑마대법에는 한 가지 엄청난 비밀이 숨겨져 있지. 역행흑마대법을 통해 탄생한 자는 그 생명의 씨앗을 준 이의 거울인 것은 물론이거니와 한 몸과도 같아. 즉, 내가 고통을 느끼면 당신도 느끼게 되지. 마치 머리도 하나, 고통을 느끼는 뇌도 하나인데 몸은 둘인 쌍둥이처럼 말이야."

"무, 무슨 헛소리냐!"

"믿기 힘들다면 직접 보여 드리지."

류한이 품에서 비수를 꺼내 자신의 오른쪽 어깨를 자해했다.

"으윽!"

그러자 송악군 또한 오른쪽 어깨에 엄청난 고통을 느꼈다.

이번에는 류한이 왼쪽 허벅지를 비수로 심하게 후벼 팠다.

역시나 송악군 또한 왼쪽 허벅지가 불로 달궈지는 듯한 고통을 느꼈다.

"이래도 믿지 못하겠다면 이번에는 이 비수로 내 심장을 한번 찔러보겠다."

"이, 이놈! 그만 둬라! 그런 짓을 하면 너 또한 죽게 된다!"

류한이 입가에 비웃음을 머금었다.

"교주도 죽음만은 두려운가? 인간을 장기 말로 생각하고, 천하를 한껏 교주 개인의 놀이터로 생각하는 당신이? 당신은 어쩌면 의외로 나약한 인간인지도 모르겠다."

류한이 두 눈을 번뜩였다.

"이미 몇 번이나 죽어본 나는 죽음이 두렵지 않아. 또한,

무수한 사지를 몸으로 돌파하며 가슴이 찢어지고 하늘이 무너지는 듯한 고통을 수없이 경험했다. 태어날 때부터 별 노력 없이 모든 것을 해낼 수 있었고, 모든 것을 가질 수 있었던 당신은 진정한 고통의 의미를 알지 못하지?"

류한이 그러더니 비수로 자신의 온몸을 난자하기 시작했다.

사방에서 핏물이 튀고, 살이 갈라졌다.

류한이 온몸에 피를 뒤집어써 순식간에 한 명의 혈인(血人)으로 화할 정도였다.

"아픈가? 당신도 아픈가? 당신도 고통을 느끼는가?"

혈인으로 변한 상태에서도 정신이 말짱한 류한과는 달리 겉으로는 말끔하기 그지없는 송악군은 지금 고통을 이기다 못해 혼절할 지경이었다.

분명 동일한 고통을 느끼고 있을 것인데 류한은 그 고통을 이겨내고 있었고, 송악군은 그러질 못하고 있었다.

모든 것이 완벽한 절대자였던 송악군이었으나, 그는 고통을 모른다는 치명적인 약점을 가지고 있었다.

"당신은 강하지만 고통을 알지 못하는 온실 속의 화초였다. 직접 세상을 경험하지 못하고 머릿속으로만 상상하고 있었으니 무수한 사람이 죽든 말든, 세상이 지옥으로 변하든 말든 아무 느낌이 없었던 것이지."

류한은 마도시대의 참상을 다시 한 번 떠올리며 눈에서 눈물을 흘렸다.

"나는 그것을 직접 체험했기에 마도시대가 결코 도래해서는 안 된다고 굳게 믿고 있었다."

그는 비수를 들더니 바닥에 쓰러져 고통스러워하는 송악군을 향해 천천히 걸어갔다.

"내가 말했지? 네가 나보다 강하지만 결국 오늘 죽게 되는 것은 네가 될 것이라고."

피에 물든 광인의 모습으로 다가서는 류한을 보며 고금제일신마 송악군은 난생처음 공포를 느끼기 시작했다.

"이, 이놈! 물러서라!"

"당신은 진즉에 고통과 함께 그 공포라는 감정에 대해 알아야 했다. 두려움을 모르니 수백만의 사람을 죽이고도 그것이 어떤 것인지를 알지 못하고, 인위적으로 생명을 탄생시키는 그런 용서받지 못할 만행을 저지른 것이다."

"그, 그만 둬라! 우리는 둘이나 하나다. 내가 느끼는 고통을 너 또한 똑같이 느끼고, 내가 죽으면 너 또한 죽는다. 너는 나와 함께 자살이라도 할 셈이냐?"

"크크큭! 자살? 나는 자살하지 않고도 너만을 죽이는 방법을 알고 있다. 바로 불문의 정화가 담긴 보리무상장으로 너를 죽이면 간단한 일이지. 그러나 나는 그렇게 하지 않겠다. 나 또한 태생부터 죄악의 결과물이었다. 오늘 나는 너와 함께 지옥으로 떨어지겠다!"

눈동자가 뒤집혀 완전히 미친 것 같은 류한이 비수를 들어 자신의 심장을 꿰뚫으려 했다.

심장이 꿰뚫리면 마선이든 아니든 인간의 몸을 한 자는 죽게 된다.

그 말은 곧 송악군도 죽게 된다는 말이었다.

물론 류한 역시 죽게 된다.

'본좌는 죽을 수 없다! 본좌는 영생을 누리며 모든 세상을 지배할 자격이 있는 특별한 존재다. 절대, 절대 죽을 수 없다!'

죽음의 공포에 휩싸여 있는 송악군의 뇌리에 순간 한 가지 생각이 스치고 지나갔다.

'류한은 미쳤다! 이미 미쳐 버린 류한이기에 치명적인 비밀마저도 모두 털어놓은 것이다. 그것이라면, 그것이라면, 류한은 죽고 본좌는 살 수 있다!'

송악군은 순간 하늘에서 내려온 구명줄을 잡았다 생각하며 몸에 남아 있는 마지막 진기 한 모금까지 동원해 하나의 무공을 시전하려 했다.

송악군의 손이 서서히 금빛으로 물들기 시작했다.

"저, 저건!"

정파의 원로들이 일제히 자리에서 일어나며 소리쳤다.

소림 장문인 법현 역시 그러하며 그와 동시에 성승 혜원에게 물었다.

"사숙조께서 맹주에게 보리무상장을 가르치신 것입니까?"

"그런 일… 없다!"

"그렇다면?"

성승 혜원이 고개를 끄덕였다.

"저자, 남궁유한의 외피를 둘러쓰고 있는 자가 비천신마 한평을 죽인 암살자란 의미지."

그 소리에 법현의 안색이 일순간 백지장처럼 변하고 말았다.

찬란한 금빛으로 변한 손을 한 송악군이 생각했다.

'놈, 네 말은 틀렸다. 승부에서는 네가 이겼으나 죽는 것은 바로 네놈이다!'

그와 동시에 송악군이 손에서 보리무상장의 장력을 발출했다.

그때였다.

미친 것처럼 눈동자를 까뒤집고 있던 류한의 눈에 다시 정기가 어리더니 눈을 번쩍 떴다.

지금 이 순간 그는 세상에서 가장 맑고 투명한 눈을 가지고 있었다.

그것을 본 송악군이 순간 경악했다.

'무언가 잘못됐다!'

그러나 그것은 너무나 뒤늦은 깨달음이었다.

송악군의 손에 맺힌 금빛보다 몇 배는 크고 찬란한 금빛이 류한의 손에 맺히는가 싶더니 그 금빛이 송악군의 몸을 향해 덮쳐 갔다.

보리무상장과 보리무상장의 대결!

송악군이 보리무상장을 알고는 있다 하나 그것의 진정한 효용을 알 리 없어 대성하지 못한 상태였다. 더구나 그가 구사하는 것은 스승없이 책으로만 익힌 껍데기뿐인 보리무상장이었다.

반면, 류한의 보리무상장은 초월자이자 소림의 정통 제자인 성승 혜원에게 배운 것이었다. 그랬기에 보리무상장에 대한 모든 것을 알고 있었다.

보리무상장에 대한 류한의 조예는 송악군에 비할 바가 아니었다.

류한이 천마삼검 등 마교의 무공을 알고 있음에도 그에 대한 조예가 송악군에 미치지 못해 아예 사용조차 하지 않은 것처럼 송악군 또한 보리무상장은 절대 사용하지 말았어야 했다.

"으아아아악!"

고금제일신마 송악군이 처참한 비명을 내질렀다.

'이건 아니다……. 본좌가 이리 죽을 수는 없다…….'

그러나 이미 보리무상장의 장력이 그의 심장을 비롯해 골수까지 침입한 상태였다.

송악군은 뭍에 나온 생선처럼 몇 번 격렬하게 몸을 몇 번 펄떡거리더니 곧 숨이 끊기고 말았다.

"당신이 정상적인 상태였다면 내 입에서 나온 보리무상장에 대해 조금의 의심이라도 했겠지. 하지만 난생처음 느껴보는 고통과 죽음에 대한 공포가 당신의 이성을 마비시켰다. 고통과 고통을 알고 있느냐, 그것이 삶과 죽음을 갈랐다."

류한은 시체로 변한 송악군을 위에서 아래로 내려다보며 그렇게 말했다.

고금제일신마 송악군.

전무후무한 마도시대를 열었으며, 무림 역사상 최강의 강자이며 초월자인 그가 류한의 손에 죽고 말았다!

류한은 송악군을 죽인 자신의 손을 보며 혼잣말로 중얼거렸다.

"내가 초월자 송악군의 대적자였구나……."

류한은 마침내 깨달았다.

또한, 그와 동시에 역사가 바뀌며 수없이 존재할 무수한 시대의 또 다른 송악군을 자신의 손으로 직접 없애야 한다는 것 역시 깨달았다.

"나는 어쩔 수 없이 마도시대 원정대를 이끌고 다시 한 번 천부경 주술의 문을 넘어야 하겠구나."

그로부터 일 년이 지났다.

第七章 무적세가

無敵世家

　남궁세가가 자리하고 있는 안휘성 창천장원 인근의 청호
에는 아침부터 커다란 움직임이 있었다.

　청호 인근에서는 거의 일천에 달하는 인마가 뒤섞여 있었
으나, 그들 중 어느 누구도 결코 입을 열지 않았다.

　무거운 침묵만이 청호 주위를 짓누르고 있었다.

　"이 녀석아, 이곳 걱정은 그만 하고 네 앞가림이라 잘하거
라."

　몸에 가사를 걸치고 있는 노승이 흑의에 흑색 죽립을 눌러
쓰고 있는 청년에게 그리 말했다.

　"아직 송악군을 따라 이 시대로 온 마도시대 잔당들이 남

아 있습니다."

"그 폭풍대인가 하고, 적마단 말이냐? 지난 일 년 동안 네가 거의 대부분을 잡아들이지 않았느냐? 이제 몇 남지도 않은 것들은 우리 힘으로도 충분하다."

이 시대의 평범한 무인이 아니라 지금 눈앞에 있는 노승, 초월자인 성승 혜원으로도 충분한 의미였다.

"류한, 이 녀석아, 너는 걱정 말고 가야 할 길이나 가거라."

흑색 죽립을 깊숙하게 눌러쓰고 있는 류한은 저 멀리 보이는 남궁세가 창천장원을 잠시 동안 바라봤다.

'다시 한 번 천부경 주술의 문을 넘은 후에도 저 장원을 볼 수 있을까?'

류한은 이제 그가 원래 살던 마도시대로 넘어가려 하고 있었다.

마도시대에는 창천장원은 이미 불타 없어졌으니 아마 저 장원을 다시 보기는 힘들 터였다.

류한은 다시는 볼 수 없을 창천장원의 모습을 망막에 깊이 새겨놓으려는 듯 계속해서 그 방향을 응시했다.

"대사님, 아직 정파와 십만마교 사이에 오해가 다 풀리지 않았습니다. 십만마교의 새 교주가 된 염왕신마 장위라면 현명하게 대처할 것이나 오랜 오해를 단기간에 풀기는 힘들 것입니다. 그러니 대사님께서 중간에서 다리 역할을 해주십시오."

"허, 그놈 참 말도 많고, 걱정은 더욱 많구나. 오만하고 냉기 풀풀 풍기는 녀석인 줄로만 알았더니 잔정 많은 보통의 젊은 놈에 불과했구나. 걱정 말거라. 내 중간에서 크게 힘을 써 줄 것이니."

성승 혜원이 그러며 너털웃음을 터뜨렸다.

그런 혜원을 보며 조금은 안심하며 류한은 품에서 책 한 권을 성승에게 건넸다.

"기회가 되면 이 책을 남궁세가 폭풍대에게 전해주십시오."

그 책을 받아 든 성승 혜원이 책 표지에 적힌 제목을 읽었다.

"신무학총요(新武學總要)?"

"제가 알고 있는 것 중 핵심들을 간추려 적어놓은 것입니다. 폭풍대 일곱에게 남길 것은 이것 하나밖에는 없군요. 그들이 얼마나 강해질지 꼭 보고 싶었는데……. 폭풍대에게 전하셔도 좋고, 새로 남궁세가의 가주가 된 남궁서윤 가주에게 전해주셔도 좋습니다."

표면적으로는 낙양쟁투에서 죽었다 알려진 남궁유한을 대신해 선대 남궁세가 가주 남궁선의 사생아인 서윤이 새로 남궁세가의 가주가 됐다.

"걱정 말거라. 반드시 전해줄 것이니."

이제 할 일을 모두 끝마쳤다 생각이 든 류한은 저 멀리 서쪽 청해성을 바라봤다.

오늘도 여전히 웅장한 자태를 자랑하고 있을 십만대산을 마지막으로 떠올리며 곁에서 대기하고 있던 호위대장 사우군에게 명했다.

"이제 출발한다!"

그러자 마교 교주 호위대와 지옥마검대, 적색창기병대, 염왕독랑대, 금륜시마대가 일제히 청호 앞으로 집결하기 시작했다. 그리고 본디 마도시대의 인물이었던 일수라까지…….

그 수는 적지만 이들은 엄청난 전력이었다.

류한이 청호 바로 앞에서 대기하고 있는 백색 장삼의 인물을 바라봤다.

선풍도골에 얼굴에 대춧빛이 도는 그 사내는 류한의 시선을 느끼자마자 고개를 끄덕이며 주문을 외우기 시작했다.

"天二三 地二三 人二三 大三 合六生 七八九 運三四 成環五(하늘이 신의 마음 땅도 신의 마음 사람도 신의 마음 큰 신은 불과 함께하며 다음을 탄생시킨다. 물, 생물, 바람의 움직임은 태양신과 달이 환 형태를 이루는 데서)……."

백색 장삼의 사내, 태왕촌 장백문의 운사가 두 손을 각지끼며 인(印)을 맺었다.

운사는 서서히 주문을 완성시켰다.

"十往 十來 用變不 動本(만물이 가고 만물이 와서 쓰이고, 변하고, 죽고, 사는 것의 근본이다)……."

그가 주문을 다 외우더니 인을 맺고 있는 손을 청호 수면을 향해 뻗었다.

그러자 청호 수면에서 눈도 뜨기 힘들 정도의 백색 섬광이

번쩍이더니 류한을 비롯해 교주 호위대와 네 친위대를 순식간에 빛 속으로 빨아들였다.

'천부경(天符經) 주술의 문' 이 류한을 마도시대에서 이 시대로 보내줬던 것처럼 다시 한 번 그를 이 시대에서 마도시대로 보냈다.

류한과 함께 천부경 주술의 문을 넘은 이들이 바로 이미 시작된 마도시대를 바로 잡기 위해 출정한 '마도시대 원정대' 였다.

마도시대 원정대가 마도시대로 넘어온 직후.

십만마교 폭풍대주, 남궁세가 소가주, 자하령주, 십만마교 교주, 그리고 이제는 마도시대 원정대주가 된 류한이 조심스럽게 창천장원이 있는 근처로 향했다.

이 시대는 마도시대, 잠시도 긴장의 끈을 놓칠 수 없었다.

극도로 신경을 곤두세운 채로 걷고 있는 류한의 눈에 곧 하나의 건물이 눈에 들어왔다.

그것은 장원이 아니라 하나의 성이었다.

성벽만도 수십 리는 족히 돼 보이고, 성벽 안에는 하늘 높은 줄 모르고 치솟아 있는 전각이 수백 채가 넘어 보였다.

황성이라 해도 믿을 정도로 대단한 곳이었다.

"창천장원이 있던 곳에 왜 저런 성이……."

류한은 의아한 표정으로 한참 동안이나 그 성을 바라봤다.

그때 때마침 상인 행색을 한 이가 팔자걸음으로 류한 곁을 지나치고 있었다.

류한은 그 상인을 붙잡고 물었다.

"이보시오, 저 웅장한 성이 대체 무엇 하는 곳이오?"

그 물음에 상인은 '그것도 모른단 말인가'라고 말하는 듯한 표정으로 말했다.

"이곳이 처음이시오? 저곳이 바로 고금제일 천추무적 무적세가(無敵世家)요."

"무적… 세가 말입니까?"

"그렇소. 저기 저 여덟 개의 거대한 석상 보이시오?"

류한이 장님이 아닌 이상에는 족히 백 장 높이는 돼 보이는 여덟 개의 거대 석상을 보지 못할 리 없었다.

"저 중앙에 서 계신 분이 남궁세가의 쇠락기를 끝내고 오늘날의 무적세가를 이룩한 '그' 남궁유한 대협이시오."

남궁유한이란 이름을 말하기조차 송구스러워 '그'라는 말을 꼭 붙이는 상인은 지금 당장 바쁜 일이 없는 듯 나머지 일곱 개의 석상에 대해서도 설명해주었다.

"저 일곱 개의 석상이 바로 '그' 남궁유한 대협의 뜻과 그분이 남긴 무학을 이어 받아 무림을 일통한 검신 곽상, 그의 부인이자 고금제일 여고수인 초설, 금강불괴를 이룬 무적금강신 매타자, 고금제일검 아평, 아소, 영세수호검 진교, 그리고 복삼 대협의 석상이라오."

그 소리에 류한은 깜짝 놀랐다.

"무림일통이라니요?"

"이 사람 어디 딴 세상에서 살다 왔는가? 칠성위로 불리는 일곱 대협이 선두에 서 남궁세가가 무림을 일통한 지가 벌써 오십 년이나 됐소. 이제는 남궁세가가 황실 위에 군림하며 황제마저도 좌지우지하는 세상인 것을. 이는 세상 사람 모두가 알고 있는 사실이라네."

류한이 크게 충격을 받아 중얼거렸다.

"마도시대는……."

"마도시대? 그게 무슨 말인가?"

상인이 고개를 갸웃거렸다.

"혹 십만마교는 어찌 되었소?"

"십만마교? 이미 오십 년 전에 씨가 말랐네. 칠성위 일곱 분을 선두로 상상도 하지 못할 광세절학을 갖춘 남궁세가 무사들이 십만마교가 있는 십만대산에 올랐지. 그러고는 십만마교의 모든 마인들을 제압한 후 십만마교의 기둥뿌리를 뽑고, 마교를 영원히 해체시켰다네."

"……."

류한은 순간 할 말을 잃었다.

그러다 한 가지는 꼭 물어야 할 것 같아서 더 이상 볼일없으면 떠나겠다는 그 상인을 붙잡고 물었다.

"남궁세가 무사들이 익혔다는 광세절학의 이름이 무엇입니까?"

"거참, 오늘날의 정파천하를 연 무적세가의 시조가 되는 남궁유한 대협이 남긴 '신무학총요'란 한 권의 책에서부터 비롯된 것이라 하네. 나는 이만 가야겠으니, 더 궁금한 것이 있으면 다른 이들에게 묻게나."

상인은 대단히 귀찮은지 그 말만을 남긴 채 급히 자리를 떠났다.

홀로 남은 류한은 순간 정신이 멍한 상태에서도 신무학총요에 대해 떠올렸다.

"내가 무심코 남긴 한 권의 비급으로 인해 역사가 완전히 정반대가 됐구나. 마도시대가 아닌 정파천하라니……."

류한은 가슴이 답답해짐을 느끼며 무적세가를 향해 걸어갔다.

그의 눈에 곧 무적세가의 화려한 금빛 편액이 눈에 들어왔다.

"이런 것이 무적세가였단 말인가……."

그는 무적세가 편액을 한참 동안이나 멍하니 바라봤다.

그런 그의 눈에 곧 특별한 한 장소가 보였다.

무적세가 정문 입구에서 가까운 그곳은 더할 나위 없이 화려하게 치장된 전각이 들어서 있는 곳이었다.

그 전각 입구에는 이렇게 적혀 있었다.

남궁유한 대협께서 군자검을 꽂아 넣으신 곳! 그 군자검은 무적세가 정문에 묻힌 채로 영원히 무적세가를 지켜줄 것이다. 군자검이 이곳에 꽂혀 있는 한 무적세가의 영광은 계속 될 것이다……

군자검…….
기억이 났다.
자신이 분을 이기지 못하고 군자검을 남궁세가 정문에 꽂아 넣은 적이 있었다.
자신만이 아는 특별한 방법으로 검을 땅에 꽂았기에 그 누구도 군자검을 땅에서 다시 뽑아낼 수는 없었을 것이다.
류한은 군자검이 꽂혀 있다는 지점을 향해 터벅터벅 걸어갔다.
전각은 극히 화려했으나 경비병 한 명도 배치돼 있지 않았다.
세상 그 누구도 군자검을 뽑을 수 없는데 경비병이 굳이 지키고 서 있어야 할 이유가 없는 것이리라.
류한은 자신이 땅에 꽂았던 군자검 밑동에 손을 대더니 바로 힘을 주었다.
그러고는 곧바로 군자검을 땅속에서 뽑아 들었다.
"으아아악~!"
그런데 그때, 직전에 류한에게 여러 가지 얘기를 해주었던 상인이 근처를 지나가다 그 광경을 목격하고는 비명을 내질렀다.

"구, 군자검이 뽑혔다!"

그는 대경실색한 채로 곧장 무적세가 정문의 경비병을 향해 뛰어갔다.

군자검을 땅에서 뽑아낸 류한이 군자검 검끝을 무적세가 정문으로 향하며 소리쳤다.

"나는 결코 무림일통을 바라지도 않았고, 무림 전체를 지배하는 무소불위의 집법세 또한 원하지 않았다. 그러나 내 손으로 기틀을 닦은 남궁세가가 이런 형태의 무적세가가 되는 것을 바라지 않았다."

류한이 손에 든 군자검을 들어 황금빛 거대한 편액에 적힌 무적세가의 현판을 향해 던졌다.

"이번에는 내 손으로 무적세가의 기둥뿌리를 뽑아버릴 것이다!"

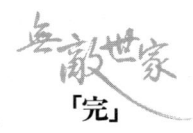

「完」

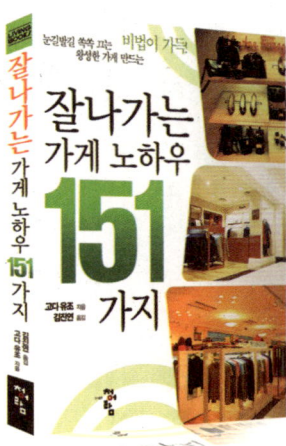

눈길발길 쏙쏙 끄는 **비법이 가득!**
왕성한 가게 만드는

잘나가는
가게 노하우
151 가지

고다 유조 지음
김진연 옮김
가격 9,800원

물건이 팔리지 않는 시대!
왕성한 가게 만드는 비법이 가득!

가게 안에 웅덩이를 만들어라
조명만 조금 바꿔도 매출이 팍 늘어난다
보기 쉽고, 집기 쉬운 가게 배치는 '경기장 형' 이 최고 등등
가게에 실제로 적용했을 때 매출이 오른 노하우만 알차게 수록
외관, 입구, 배치, 내장, 조명, 디스플레이에서 사원교육까지

도움이 되는 '발견' 이 가득가득.
당신 가게를 회생시키기 위한 소중한 책!

유행이 아닌 자유추구 -
www.chungeoram.com

입소문을 통해 아는 분은 다 알고 계십니다!
올 한해 공인중개사 최고의 화제작!

1~2권 합본 | 이용훈 지음
3~4권 합본 | 이용훈 지음
5~6권 합본 | 이용훈 지음
용어해설 | 이용훈 지음

수험생 기본 필독서
만화 공인중개사

제목 : 만화공인중개사 쓰신 분에게 감사드립니다.

학원을 두 달 다녔어요. 근데 과연 그 숫자 외우기 그런 게 몇 문제나 나올까 생각을 했어요
아니라는 생각이 드네요. 학원강의를 뒤로하고 서점을 갔어요. 내 머리에 가장이해될수있는
책이 없나 하구요. 거기서 만화를 발견했어요. 무조건 세 번 봤어요. 3개월 걸렸어요. 문제집을 보라고
했는데 그건 시행을 못했어요. 근데 합격을 했네요.
어떻게 감사의 말을 해야될지······.
도서관에서 만화책 들고 다니니까 사람들이 비웃더라구요. 만화책으로 공인중개사를 공부한다고
미친 사람처럼 보더라구요. 근데 그거 다 감수하고 했던 내가 자랑스럽습니다.
어떻게 감사의 말을 해야 할지··· 정말 감사합니다.
부디 행복하세요. 제 나이 41살에 좋은 스승을 만난 것 같습니다.
엎드려 감사드립니다.

－본사 홈페이지에 독자분이 올린 메일 中 에서 발췌－